LATINO READ-ALOUD STORIES

LATINO READ-ALOUD STORIES

Edited by Maite Suarez-Rivas

BLACK DOG
& LEVENTHAL
PUBLISHERS
NEW YORK

ACKNOWLEDGMENTS

The Invisible Hunters/Los Cazadores Invisibles reprinted with permission of the publisher, Children's Book Press, San Francisco, CA. Text copyright©1987 by Harriet Rhomer.

El Marvilloso Mundo de las Fábulas ©1986 Editorial Alfredo Ortells, S.L., España. Used by permission of Fernando J. Ortells González.

Bless Me Ultima by Rudolpho Anaya ©1992 Rudolfo Anaya. Used by permission of Susan Bergholz Literary Agency.

From *The House of the Spirits* by Isabel Allende, trans., Magda Bogin. Translation copyright ©1985 by Alfred A. Knopf Inc. Reprinted by permission of Alfred A. Knopf, a division of Random House Inc.

Published by Black Dog & Leventhal Publishers, Inc.
151 West 19th Street, New York, NY 10011

Distributed by Workman Publishing Company
708 Broadway, New York, NY 10003

Design by Liz Trovato

Manufactured in the United States of America

ISBN: 1-57912-09-1

h g f e d c b

Library of Congress Cataloging-in-Publication Data

Suarez-Rivas, Maite, 1971–Latino read-aloud stories/by Maite Suarez-Rivas. p.cm.—(Read-aloud series; 7)
Includes bibliographical references. Summary: Presents legends, fairy tales, fables, and excerpts from current Latino literature in both English and Spanish.
ISBN: 1-57912-091-1
Children's stories, Spanish American. 2. Children's stories, Spanish. 3. Children's stories, Spanish American—Translations into English. 4. Children's stories, Spanish—Translations into English. [1. Hispanic literature—Collections. 2. Spanish language materials—Bilingual.] I. Title. II. Read-aloud series (BD&L (Firm)); 7.

PZ71.S83 2000   00-020007

CONTENTS

INTRODUCTION

Do you remember being read to as a child? Many adults cherish these early childhood experiences and seek to continue this tradition with their own children. These memories are indelible for a number of reasons. The companionship and security of being read to by someone else, the escape of exploring new tales and adventures and the thrill of the world of books unfolding before one's eyes are all valuable moments for a child.

Between the ages of four and nine many children begin to recognize and learn how to read the written word. Reading aloud can help demystify a reading process that often is daunting. By reading stories that are on their interest level, but beyond their reading level, you can stretch your young readers' understanding and motivate them to improve their skills.

Latino Read-Aloud Stories was created for children who want to learn about the writings, story-telling and lore of various Latino cultures. Spanish- and English-speaking children will embrace these stories, poems and riddles and want to delve deeper into these Latino cultures rich with colorful, historic and magical literature. As befits a culture of storytelling, these Latino selections are exciting, poetic and full of adventure.

The countries represented in this volume range from Cuba, Mexico, Puerto Rico, and Bolivia to Peru, Nicaragua, Colombia, Chile and Spain.

Stories are included about the earliest civilizations, recounting tales of the Mayans, Aztecs, Incas and Taínos. The section on Nation Builders and Conquistadors boasts stories of mighty independence struggles. Also included are fables, riddles and tales that illustrate the broad number of influences of the world on Latin American cultures. Fables include themes from pre-Columbian cultures as much as they do Spanish and African cultures. The contemporary Latin American literature includes excerpts from some very famous books written by extraordinary Latino authors. We hope the selection here will peak young readers' interests and encourage them to seek out the original stories.

MYTHS AND LEGENDS OF PRE-COLUMBIAN CULTURES

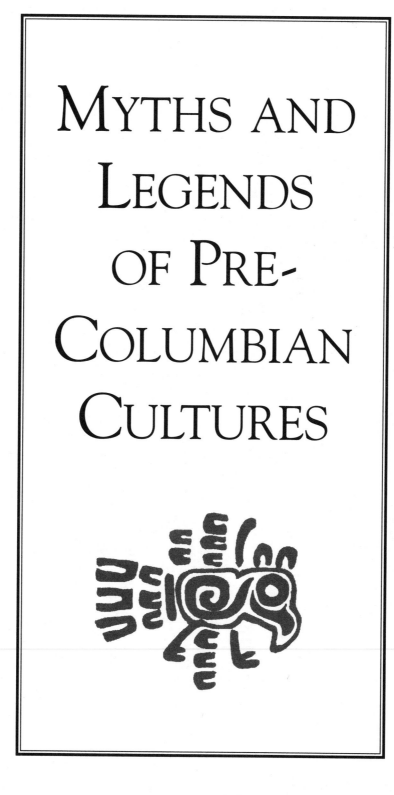

THE GOLDEN FLOWER
HOW WATER CAME TO THE WORLD

The Taínos were the first people Columbus encountered in the Americas. They inhabited the Caribbean islands of modern-day Puerto Rico, Cuba, and the Dominican Republic. Columbus asked Friar Ramón Pane to get to know the Taínos, their language, and culture. The Taínos taught the friar about their way of life and beliefs. The Taínos shared with Friar Ramón their view of how the world came into being and how they, the Taínos, came into being. In this myth the Taínos tell of how their island and the sea came to be.

Long ago, the island of Puerto Rico was called Borinquén. This was the name given to it by the first people who lived there, the Taíno. From time to time, the families in a Taíno village would stop their work and gather together for a celebration called an Areito. All through the night, they would dance and sing. Then young and old would gather in a great circle and listen to stories of magic and wonder, of Taíno heroes, and of how things came to be.

As you read this story, imagine that you, too, are sitting in this magic circle on a warm tropical night. The wind is blowing through the palm trees, the stars twinkle in the sky, and the storyteller begins to weave an ancient myth, a Taíno tale from long ago.

In the beginning of the world, there was no water anywhere on earth. There was only a tall mountain that stood alone on a wide desert plain. There were no green plants. There were no flowers. All the people lived on top of this mountain.

One day, a child went walking on the dry land below the mountain. As he bent down on the ground looking for food, something floated by on the wind. He reached out and caught it in his hand. It was a seed. A small, brown seed. He put the seed into his pouch.

The next day, he went walking, and again found something as it floated by on the wind. It was another seed. Day by day, he gathered these seeds until his pouch was full. It could not hold anymore. And the child said to himself, "I will plant these seeds at the top of the mountain."

He planted the seeds and waited. One morning, a tiny green leaf appeared. The child watched. From under the ground, a forest began to grow high on top of the mountain. All the people came to see. It was a forest of many colored flowers, a magic garden of green leaves and thick branches. The child was happy.

In the middle of the forest, at the foot of the tallest tree, there grew a vine that wrapped itself around the tree. And from that vine grew a flower more beautiful than all the rest. A bright flower with golden petals.

And from that flower, something new appeared in the forest. It looked like a ball. "Look!" cried the child. "Something is growing out of the flower!" As the people gathered around to watch, the ball grew larger and larger, until it became a great yellow globe that shone like the sun. Even as they walked on the dry land far below, people could see it shining on top of the mountain.

One woman said, "If you put your ear next to the ball, you can hear strange noises coming from inside." The people listened. Strange sounds and murmuring could be heard. But nobody knew what was hiding inside.

The people were afraid. After that, they all stayed away. Even the child stayed away.

One day, a man walking on the desert plain saw the golden ball. He said, "If that shining ball were mine, I would have the power of the sun. I could light up the sky, or make darkness fall." And he ran toward it, climbing up the rocky mountainside.

On the other side of the mountain, another man saw the shining globe, and he also said, "I want that thing for myself. It will give me great powers." He, too, began to run. Each one climbed quickly. Each one found a footpath that led to the tree.

They both ran without stopping until they reached the shining globe at the same time. But what they found was not really a ball; it was the fruit of the golden flower: a pumpkin.

The two men began to fight and argue. "It is mine!" said one.

"No, it is mine!" said the other.

Each man grabbed the pumpkin. They pushed and pulled. They pulled and tugged until finally, the vine broke. The pumpkin began to roll down the mountain faster and faster, until it crashed into a sharp rock and burst apart.

Whoosh! Waves of water poured out of the pumpkin. The water bubbled and foamed. The waves began to cover the earth, flooding the desert plain, rising higher and higher.

For it was the sea that had hidden inside the pumpkin. Out came the creatures: whales, dolphins, crabs, and sunfish. All the people ran to the top of the mountain to hide in the forest of green leaves.

"Will the whole earth be covered?" they cried. Higher and higher the waters kept rising, up the sides of the mountain. But when the water reached the edge of the magic forest the little boy had planted, it stopped.

The people peeked out from behind the leaves. And what did they see? Small streams running through the trees. A beach of golden sand. And the wide open ocean, sparkling all around them.

Now the people could drink from the cool streams and splash in the rippling waves. Now they could gather fish from the flowing tides and plant their crops. The child laughed and sang as the sun shone down and breezes blew through the green leaves and rustled the brightly colored flowers. Water had come to the earth! And that is how, the Taíno say, between the sun and the sparkling blue sea, their island home—Boriquén—came to be.

LA FLOR DORADA

Los Taínos habitaban las islas que hoy conocemos como Puerto Rico, Republica Dominicana, y Cuba. Fueron los primeros indígenas con que Cristobal Colón se encontró. Colón le pidió al Fraile Ramón Pane que se acercara a los Taínos y aprendiera su idioma, y costumbres. El Fraile aprendió sobre las tradiciones, y las creencias religiosas de los Taínos. Muchos de los mitos que explican la creación del mundo, y los orígenes de los Taínos los conocemos por el esfuerzo del Fraile Ramón. Este es el mito de como el mar y sus islas fueron creadas.

Hace muchísimos años a la isla de Puerto Rico se le llamaba Borinquén. Este era el nombre que le dieron sus primeros habitantes, los Taínos. De cuando en cuando, las familias en las aldeas Taínas paraban de trabajar y se reunían con los demás pobladores para distintas ceremonias y fiestas a las que llamaban Areito. En ellas y durante toda la noche bailaban y cantaban. También, los jóvenes y los mayores se reunían, formando un gran círculo, para escuchar historias de magia, de hazañas de los héroes Taínos y de la Creación.

Mientras lees este libro imagínate que tu también estaás sentado en este círculo en una cálida noche tropical. Que el viento sopla sobre las palmas, que las estrellas brillan en el cielo y que el narrador comienza a desarrollar un mito ancestral, un antiguo cuento Taíno.

Al comienzo del mundo no había agua en la Tierra. Solamente había una alta montaña en el medio de una llanura desértica. No había plantas. No había flores. Toda la población vivía en lo alto de la montaña. Un día, un niño se fue a caminar en la tierra desértica que rodeaba la montaña. Al inclinarse sobre el suelo en la búsqueda de alimentos vió algo que flotaba en el aire y lo tomó en su mano. Era una semilla. Una pequeña semilla de color marrón. El niño se guardó la semilla en la bolsa.

Al siguiente día, fue a caminar, y volvió a encontrar algo que flotaba en el aire cerca de él. Era otra semilla. Día a día, el niño continuó recogiendo las semillas hasta que ya no le cabían en el bolso. Entonces el niño se dijo a si mismo, "Plantaré las semillas en lo alto de la montaña."

El plantó las semillas y esperó un tiempo. Una mañana, una pequeña hoja verde apareció en la tierra arriba de la semilla. El niño continuó observando. De la tierra creció un bosque en lo alto de la montaña. Todos los habitantes acudieron a ver lo sucedído. Era un bosque con flores de variados colores, un jardín mágico de hojas verdes y gruesas ramas. El niño estaba feliz.

En el medio del bosque, al pie del más alto de los árboles, creció una liana que se enrolló alrededor del árbol. Y de esa liana brotó la más bella de las flores. Era brillante y con pétalos dorados. Y de esa flor, nació algo nuevo nunca visto en el bosque. Parecía una bola. "Miren!" gritó el niño." Algo emerge de la flor!" Mientras los pobladores se acercaban para observar, la bola crecía y crecía, hasta que se convirtió en un enorme globo amarillo que brillaba como el sol. Aún mientras caminaban bien abajo, en la base de la montaña, podían verla brillante sobre la cima. Una mujer comentó," si pones el oído cerca de la bola puedes oír extraños ruidos que proceden de su interior." Los habitantes escucharon. Se oían extraños ruidos y murmullos. Pero nadie conocía que se escondía adentro. Los pobladores estaban atemorizados y ya no volvieron a acercarse. Aún el niño no volvió a acercarse.

Un día, un hombre que caminaba en la árida llanura vió la bola dorada.

Él dijo, "si esa bola fuese mía yo tendría el poder del sol. Yo podría iluminar el cielo u oscurecerlo." Y corrió hacia ella escalando la rocosa montaña Al otro lado de la montaña otro hombre vió la bola brillante, y también dijo, "yo quiero esa cosa para mí. Me daría grandes poderes." Él también se apresuró. Ambos escalaron rápidamente. Cada uno encontró un camino que los condujo al árbol. Los dos corrieron sin parar hasta que llegaron al mismo tiempo a la brillante bola. Pero lo que se encontraron no era verdaderamente una bola; era la fruta de la hoja dorada: una calabaza.

Ambos hombres comenzaron a discutir y a pelear. "Es mía." dijo uno. "No, es mía", dijo el otro.

Ambos agarraron la calabaza y forcejearon por su posesión. Empujaban y jalaban de la calabaza hasta que esta se les escapó y comenzó a rodar cuesta abajo adquiriendo velocidad a medida que se desplazaba. La calabaza tropezó con una roca y explotó en mil pedazos.

Whoosh! Olas de agua brotaron de la calabaza. Las aguas burbujeaban.

Las olas comenzaron a cubrir la tierra, anegando la árida llanura y rebasando a cada momento nuevos niveles. Las aguas subían y subían. Era el mar que se había escondido dentro de la calabaza. De repente aparecieron los animales: ballenas, delfines, cangrejos y otros peces. Los habitantes corrían hacia lo alto de la montaña para guarecerse en los verdes bosques.

"Quedará anegada toda la Tierra?" se preguntaban despavoridos. Las aguas continuaban subiendo por las laderas de la montaña. Pero cuando éstas llegaron al nivel del bosque mágico que el niño había plantado se quedaron tranquilas. Los habitantes atisbaron entre las hojas y para su sorpresa vieron riachuelos que corrían entre los árboles del bosque, una playa de arenas doradas y un amplio y límpido océano que les rodeaba.

Ya las gentes podían beber de los riachuelos y nadar en los mares adyacentes. Ya podían recoger los peces que le traían los cambios de mareas y sembrar sus cosechas. El niño se rió y cantó mientras que el sol le alumbraba y los vientos soplaban en los bosques acariciando las flores de múltiples colores. Las aguas habían llegado a la Tierra. Y así fue como, contaba el Taíno, entre el sol y el espumoso océano se formó su isla: Borinquén.

HOW WE CAME TO THE FIFTH WORLD

THE FIRST WORLD

In the First World there were trees and vegetables and fruits. The people walked on the mountains and in the valleys, but they walked their own ways and forgot the ways of the Great Gods.

The Gods became angry. They met on the top of the highest mountain and chose the God of Water to destroy the world. The Water God stood up. His eyes were full of lightning and the winds roared around his head. He looked down at the world below and saw that everyone was lying and stealing and killing. All the people were evil except for one poor woman and one poor man who were making pulque in their tiny hut.

He strode down the mountain to them.

"Do not be afraid," he said, "but the water will soon pour down this mountain and cover the earth. You must cut down the ahuehuete tree and ride it like a boat over the water. Take a little fire with you and take one ear of corn to plant in the new world." And the good couple did what the God had told them to do.

Then the God returned to the top of the mountain and took up his flag and waved it furiously. The clouds soon covered the earth. The whirling winds came and terrified the people. The rain fell harder and harder. Cities, towns, and fields disappeared and the water covered everything but the highest peaks. The greedy people crowded onto the wooden rafts with everything they owned, but their possessions were so heavy that the rafts began to sink and the people were afraid of drowning.

"If only we were fishes and not humans, we could swim away!" they cried out. And the Gods looked down and said, "So be it! You shall be fishes!" And then there were no more people in the world. There were only fishes.

But the good woman and the good man rode their tree trunk over the flood, carrying the fire high. When the flood dried up, they stepped off their log onto the mountain and started the Second World.

THE SECOND WORLD

In the Second World there were many fishes to eat and the people were happy and did anything they pleased. But soon they forgot the Gods and began to fight over the land and the food. The Gods became angry and chose Quetzalcoatl, God of the Air, to destroy the world.

Quetzalcoatl set out in his cap of jaguar skin and his jacket of white feathers to find one good woman and one good man to be saved. He passed by all the fine houses where the people spoke of lying and stealing and killing. And he stopped in front of a simple hut where the couple inside still remembered the old Gods.

He came in and spoke to them. "Soon the wind will blow from all directions and destroy the world,"he said. "Take a little fire and an ear of corn and go hide in that cave in the mountains!"

Then Quetzalcoatl went to the top of the highest mountain and called out to all the winds. And the winds came twisting and turning, rising and falling.

The people were lifted up and thrown down. They ran away screaming, but the winds found them and lifted them up and tossed them down.

And the people cried, "Oh, if only we were animals and not people and could hide in the little mountain caves!"

"So be it!" the Gods answered. And the people were immediately transformed into all the animals of the world.

But the good couple was safe in the mountain cave. And when the storm was over they came out of the cave and began the Third World.

THE THIRD WORLD

In the Third World there were many animals to eat and the people were happy and did anything they pleased. But once again they forgot their Gods. This time the God of Fire was chosen to destroy the world. His face was fierce and yellow and he wore orange and red feathers that swayed in the wind like fire.

He made himself into a tiny flame and he danced down the chimney of the only good woman and man left on the earth. "Go quickly to the cave in the woods," he told them, "for soon all the fires under the earth will burst from the mountain peaks and destroy the world."

And the good couple was in the cave only a minute when the entrance mysteriously closed, leaving them in darkness except for their tiny flame.

Then the earth shook and the volcanoes erupted with smoke and lava. The people screamed in terror, "Oh Gods in the heavens, come to our aid! Let us be birds so that we can fly over the flame and smoke into the cool air!"

"Then birds you shall be!" answered the Gods. And the people were instantly turned into birds.

Then the volcanoes grew quiet, the cave door opened, and the good couple came out into the new Fourth World to become the mother and father of all the people.

THE FOURTH WORLD

Soon the earth was green again and there were many birds and animals and fish. The great ahuehuete trees reached almost to the sky. And for a fourth time the people forgot the Gods. Now it was the beautiful Earth Goddess who said to the others, "You, God of Water! You, God of Fire! You, God of Air! How hard you have worked! How tired you must be! Go rest in that cave and I will return for you."

And when the three Gods went into the cave to rest, there was no more rain, no more wind, and no more sun. The lakes dried up. There were no cool breezes to refresh the people. The whole world was in darkness. The crops died and the people were starving.

"Oh Gods, help us!" they cried. "Save us from hunger and thirst!" But the Gods were resting in the cave and did not hear them. The Earth Goddess sent down food at night to the good people. And the evil ones cried out, "It would be better to be eaten by jaguars than to die of hunger and thirst!"

"So be it!" said the Earth Goddess, and she commanded the hungry jaguars to eat the greedy people. The greedy people hid in the huts and in the caves, but wherever they hid the jaguars sought them out in the darkness and devoured them.

At last there were no more evil people in the world. There were only the good people whom the Goddess had cared for and the jaguars had spared.

The Earth Goddess called the three Gods from the cave then, and the rain fell, the breezes blew, and the sun gave forth light into this Fifth World.

THE FIFTH WORLD

The people sang and danced. All the earth was good again and peace and happiness continued for many years.

CÓMO VINIMOS AL QUINTO MUNDO

EL PRIMER MUNDO

En el Primer Mundo había árboles y vegetales y frutas. La gente andaba por las montañas y por los valles, mas cada cuál seguía su rumbo olvidándose del buen camino de los Grandes Dioses.

Los Dioses se enojaron. Se reunieron en la cima de la montaña más alta y escogieron al Dios del Agua para que destruyera al mundo. El Dios del Algua se paró y sus ojos se llenaron de relámpagos y el aire rugía alrededor de su cabeza. El miró al mundo allá abajo y vió que todos estaban mintiendo y matando y robando. Toda la gente era mala, excepto una pobre mujer y un pobre hombre que estaban haciendo pulque en su pequeña choza.

El Dios bajó de la montaña, dando largos pasos, hacia ellos. "No teman," les dijo, "pero el agua caerá sobre estas montaña y cubrirá la tierra. Tienen que cortar el ahuehuete y usarlo, como una canoa, sobre el agua. Llévense con ustedes un poco de fuego y tomen una mazorca de maíz para sembrar en el nuevo mundo." Y la buena pareja hizo lo que el Dios le había mandado.

Luego el Dios regresó a la cima de la montaña y se llevó su bandera y la ondeó furiosamente. Las nubes pronto cubrieron la tierra. Los vientos arremolinados llegaron y aterrorizaron a la gente. La lluvia caía con más y más fuerza. Las ciudades, y los pueblos y los campos desaparecieron; y el agua lo cubrió todo, menos los picos de las montañas más altas. La gente codiciosa se amontonó en las balsas de madera con todo lo que tenían, pero como sus pertenencias eran tan pesadas las balsas empezaron a hundirse y la gente temía ahogarse.

¡Si fuéramos peces y no seres humanos podríamos escaparnos nadando!"gritaban. Y los Dioses miraron hacia abajo y dijeron: ¡Así sea!

!Ustedes serán peces!"Y entonces no hubo más gente en el mundo. Sólo había peces.

Mas la mujer buena y el hombre bueno guiaron el tronco del árbol sobre las aguas del diluvio, llevando el fuego en alto. Cuando el diluvio se acabó ellos bajaron del tronco a la montaña y comenzaron el Segundo Mundo.

EL SEGUNDO MUNDO

En el Segundo Mundo había muchos peces para comer y la gente estaba contenta y hacían lo que ellos querían. Pero pronto se olvidaron de los Dioses y comenzaron a pelear por la tierra y la comida. Los Dioses se enojaron y escogieron a Quetzalcoatl, Dios del Aire, para que destruyera el mundo.

Quetzacoatl salió, con su gorro de piel de jaguar y su vestidura de plumas blancas, buscando una mujer buena y un hombre bueno para salvarlos. El pasó por todas las casas ricas donde la gente hablaba de como mentir robar y matar. Y se paró frente a una humilde choza donde vivía una pareja que todavía se acordaba de los antiguos Dioses.

Entró y les habló. "Pronto el viento soplará por todas partes y destruirá el mundo," les dijo. "Tomen un poco de fuego y una mazorca de maíz y escóndanse dentro de esa cueva en la montaña."

Entonces Quetzalcoatl subió a la cima de la más alta montaña y llamó a todos los vientos. Y los vientos vinieron retorciéndose y estremeciéndose, subiendo y bajando. La gente era elevada al espacio y luego arrojada a la tierra. Ellos corrían gritando pero los vientos los hallaban y los levantaban en peso y los tiraban al suelo.

Y la gente gritaba "Ay, ay, si tan sólo fuéramos animales y no gente, nos podríamos esconder en las pequeñas cuevas de la montaña!"

"¡Así sea!" contestaron los Dioses. Y la gente fue inmediatamente transformada en todos los animales del mundo.

Mientras tanto la pareja buena estaba segura en la cueva de la montaña. Cuando la tormenta terminó, ellos salieron de la cueva y comenzaron el Tercer Mundo.

EL TERCER MUNDO

En el Tercer Mundo había muchos animales para comer y la gente estaba contenta y hacía lo que querían. Pero una vez más olvidaron a los Dioses. Esta vez el Dios del Fuego fue escogido para destruir el mundo. Su cara era amarilla y feroz, y vestía plumas anaranjadas y rojas que se balanceaban con el viento como si fueran llamas.

El Dios se convirtió en una llamita pequeña y bajó bailando por la chimenea de la única mujer buena y el único hombre bueno que quedaban en la tierra. "Vayan pronto a la cueva, en el bosque," les dijo, "porque pronto todos los fuegos que hay bajo la tierra saldrán por los picos de las montañas y destruirán el mundo."

Y la pareja buena había estado en la cueva tan sólo un minuto cuando la entrada misteriosamente se cerró, dejándolos en la oscuridad, con excepción de su pequeña llamita.

Entonces la tierra tembló y los volcanes arrojaron humo y lava. La gente gritaba con terror, "¡Ay, Dioses de los cielos, vengan a ayudarnos! Permítannos ser pájaros para que podamos volar por encima de las llamas y el humo hacia el aire fresco!"

"!Entonces pájaros serán Uds!" contestaron los Dioses. Y las gentes fueron instantáneamente convertidas en pájaros.

Entonces los volcanes se calmaron y la puerta de la cueva se abrió y la pareja buena salío al nuevo Cuarto Mundo, para ser los padres de toda la gente.

EL CUARTO MUNDO

Muy pronto la tierra se puso verde otra vez y había muchos pájaros y animales y peces. Los grandes ahuehuetes casi alcanzaban el cielo. Y por la cuarta vez la gente olvidó a los Dioses. Y esta vez fue la bella Diosa de la Tierra la que les dijo a los otros, "¡Tú, Dios del Agua! ¡Tú, Dios del Fuego! ¡Tú, Dios del Aire! ¡Ustedes han trabajado mucho! ¡Han de estar muy cansados! Vayan a descansar a esa cueva y yo volveré a buscarlos."

Y cuando los tres Dioses se fueron a la cueva a descansar, no hubo más lluvia, no hubo más viento y no hubo más sol. Los lagos se secaron. No hubo más brisas frescas para refrescar a la gente. Todo el mundo estaba en la oscuridad. Las cosechas se perdieron y la gente estaba hambrienta.

"¡Ay, Dioses ayúdennos!" gritaban "¡Líbrennos del hambre y la sed!" Pero los Dioses estaban descansando en la cueva y no oían a la gente. La Diosa de la Tierra mandaba comida por la noche a la gente buena, pero no a la gente codiciosa. Y los malos gritaban, "¡Sería mejor ser devorados por jaguares que morir de hambre y sed!"

"¡Así sea!" dijo la Diosa de la Tierra y ordenó a los jaguares hambrientos que devoraran a la gente codiciosa. La gente codiciosa se escondía en las chozas y en las cuevas, pero dondequiera que se escondían, los jaguares los encontraban y, en la oscuridad, los devoraban.

Al fin ya no existía gente mala en el mundo. Sólo quedaba la gente buena que la Diosa había cuidado y que los jaguares habían dejado.

La Diosa de la Tierra llamó a los tres Dioses de la cueva y la lluvia regresó, las brisas soplaron, y el sol alumbró el Quinto Mundo.

EL QUINTO MUNDO

La gente cantaba y bailaba. Todo en la tierra era bueno otra vez y la paz y la felicidad continuaron por muchos años.

THE MIGHTY GOD VIRACOCHA

In South America in the area of Peru and parts of Chile, Ecuador, and Bolivia, flourished a culture that became the great Inca Empire. The Inca probably learned of the god Viracocha from their predecessors. Viracocha, as the greatest of all gods, played a large role in the beliefs of the Inca. In this myth, the Inca tell of how Viracocha created the world then brought life to the many different peoples of the area.

In the beginning the world was dark and still. There were no people and no animals and no trees.

Then a giant God came down to the island at the center of the earth. He had a long white beard, and the white robe wrapped around him was like the sky on a star filled night.

He was Viracocha, creator of the world, and his voice was mightier than the loudest thunder.

"Let there be sun!" he cried. And the sun appeared in the sky, warming and brightening the whole earth.

When the sun went down, he cried out again, "Let there be a moon up in the sky!" And instantly there was a moon up in the sky reflecting into all the waters that washed the rocky island at the middle of the world.

The mighty Viracocha created the stars and the planets and all the mountains and the valleys of the earth. And then it came time to make the peoples of the earth and he knew that he would need help.

"Let my first son be with me!" he called out. And a giant God exactly like himself appeared beside him and waited for his father's commands.

"Now let my second son be with me!" cried out the mighty Viracocha, and a second son exactly like the first was standing on the other side of the great God.

Then Viracocha and his two sons crossed over the water to the mainland where the cliffs of clay rose hundreds of feet out of the water.

"Now I shall shape the nations of the earth with my own hands," said the great God to his sons.

And he told his sons, "You must remember the name of each statue that I make and the place that I give it on the surface of the earth." And the two sons watched their father carefully and they remembered his words.

Then the mighty God began to sculpt giant statues from the clay. He painted each statue a different color. He gave each a different costume and different hair and a different name. He gave each a different language and different seeds to plant; and to each he gave a different place to live on the surface of the world.

When the great Viracocha had completed his work, he looked at all the statues standing before him and he was very pleased. He breathed into the statues, giving them life, and he sent them underground to wait.

The living statues became the different peoples of the world. Then Viracocha sent his first son north along the plains road to call up the people to their proper places.

He sent his second son north along the seacoast road to call up the people. And he himself walked between his two sons through the mountains. And all three Gods began calling up the people with high pitched voices.

"You people and nations! Hear and obey the command of Viracocha!

Obey Viracocha who commands you to come out and multiply and fill the earth!"

And the people began to come out. Some came out of the lakes and the waterfalls. Others came out of the caves and the mountains. Still others came out of the rocks and the trees.

The place where a living statue came out was a sacred place, and a village was built there. And the people kept coming out as they were called and they filled up the country with villages.

The three Gods in their long white robes walked north through the country, teaching the people as they came out of the earth.

They gave the people names and laws to live by and seeds to plant. And all the people were happy and obeyed the words of the Creator, Viracocha.

In one village the people lay around doing nothing. They laughed at Viracocha as he passed through their streets. They laughed at his long white robe as bright as the dawn and his horn of plenty filled with all the good things of the earth. They decided to push him off the highest rock in the village.

The people got up and moved toward the God with their mean and angry faces. And Viracocha, understanding what they were going to do, knelt on the ground and raised his hands to the sky.

He brought down fire from the heavens onto the earth and the rocks were burning like straw. Then the lazy people threw themselves at the feet of Viracocha, begging for forgiveness. And the great God was moved with compassion and he put the fire out.

Then Viracocha continued on his journey, teaching and helping all the people he had created.

At the northernmost tip of the land where it touched the sea, he met with the two other Gods. Their work was finished now and it was time for them to go away.

All the people stood and heard the God Viracocha as he spoke his last words to them.

"I must leave you now," he said. "But when many years have passed and you are troubled and have need of me, then I will come back to you and help you and teach you."

Then Viracocha and his two sons walked onto the sea as if it were land. They moved across the water like sea foam. And the people watched the Gods until they disappeared.

And sometimes, even now, the people look over the water at the sea foam and hope in their hearts that it is Viracocha coming back to them as he promised to do so very long ago.

EL DIOS PODEROSO VIRACOCHA

En el área de Perú y partes de Chile, Ecuador, y Bolivia, floreció una cultura que luego se convirtió en el gran Imperio de Sur América, conocida como Los Incas. Lo más probable es que los Incas aprendieron del dios Viracocha de sus antecedentes. Como todo gran dios, Viracocha jugó un papel muy importante en las creencias de los Incas. En este mito los Incas relatan como Viracocha creó el mundo dando vida a distintas personas en ésta área.

En el principio el mundo estaba oscuro y quieto. No había gente, ni animales, ni árboles.

Entonces un Dios gigante bajó a la isla en el centro de la tierra. Tenía una barba larga y blanca, y la blanca túnica que lo cubría era como el cielo en una noche llena de estrellas.

Era Viracocha, Creador del mundo, y su voz era más poderosa que el trueno más fuerte.

"¡Que el sol sea!," gritó. Y el sol apareció en el cielo, calentando e iluminando toda la tierra.

Cuando el sol se puso, gritó en voz alta otra vez: "¡Que haya una luna en el cielo!" Y al instante hubo una luna en el cielo, reflejándose en todas las aguas que bañaban la isla rocosa en medio del mundo.

Y el poderosa Viracocha creó las estrellas y los p[...]s montañas y los valles de la tierra.

"¡Que mi primer hijo aparezca junto a mí[...]
gigante, exactamente igual a él, aparecío a[...]
su padre.

"¡Que mi segundo hijo aparezca junt[...]
poderoso Viracocha; y un segundo hijo, [...]
aparecío de pie al otro lado del gran Dios.

"Ahora formaré las naciones de la tierra con [...]
gran Dios a sus hijos.

Y dijo a sus hijos, "Ustedes deben recordar el nomb[...] estatua
que haga y del lugar que le dé en la superficie de la tierra." Y los hijos con-
templaron a su padre muy cuidosamente y recordaron sus palabras.

Entonces el poderoso Dios empezó a esculpir estatuas gigantes con el
barro. Pintó cada estatua de diferente color. Dió a cada una un traje diferente, y cabello diferente y un nombre diferente.

Cuando el gran Viracocha hubo acabado su trabajo, miró todas las
estatuas que estaban de pie frente a él y quedó muy complacido. Sopló
cada una de las estatuas, dándoles vida, y las mandó a que esperaran debajo de la tierra.

Las estatuas vivientes se convirtieron en las diferentes gentes del mundo.
Entonces Viracocha mandó a su primer hijo hacia el norte, por el camino de
los llanos, a llamar a la gente para que fuera a los lugares corres-pondientes.

Mandó a su segundo hijo hacia el norte, por el camino de la costa, a llamar a la gente. Y él mismo caminaba entre sus dos hijos a través de las montañas. Y juntos los tres Dioses empezaron a llamar con voces agudas para
que saliera la gente.

"¡Ustedes, gentes y naciones! ¡Oigan y obedezcan a Viracocha quien les
ordena que salgan y se multipliquen y pueblen la tierra!"

Y la gente empezó a salir. Algunos salieron de los lagos y de las cataratas. Otros salieron de los lagos y de las montañas. Otras más salían de las rocas y de los árboles.

Dondequiera que una estatua viviente salía, se consagraba ese lugar y se fundaba allí un pueblo. La gente seguía saliendo cuando era llamada y se llenó el país de pueblos.

Los tres Dioses con sus largas túnicas blancas caminaron hacia el norte, a través del país, educando a la gente cuando salía de la tierra.

Dieron a la gente nombres y leyes para vivir y semillas para sembrar. Y toda la gente estaba feliz y obedecía las palabras del Creador Viracocha.

Pero en un pueblo la gente estaba reposando, sin hacer nada. La gente se reía de Viracocha cuando andaba por sus calles. Se reía de su larga túnica blanca, tan brillante como la aurora, y de su cuerno de la abundancia lleno de todas las cosas buenas de la tierra. Decidieron tirarlo desde la roca más alta del pueblo.

La gente se levantó y se acercó al Dios con sus caras llenas de maldad y enojo. Y Viracocha, sabiendo lo que iban a hacer, se arrodilló en el suelo y elevó las manos al cielo.

Hizo bajar fuego de los cielos hasta que la tierra y las rocas ardieron como si fueran paja seca. Entonces la gente perezosa se lanzó a los pies de Viracocha, suplicándole que los perdonara. Y el gran Dios se compadeció y apagó el fuego.

En la parte más al norte de la tierra, donde éste tocaba al mar, se encontró con los otros dos Dioses. Su trabajo se había ya terminado y era hora de que se marcharan.

Toda la gente se puso de pie y escuchó al Dios Viracocha cuando les dijo sus últimas palabras: "Ya debo dejarlos," dijo. "Pero cuando haya pasado mucho años y tengan muchos problemas y me necesiten, entonces regresaré a ayudarlos y a enseñarles."

Entonces Viracocha y sus dos hijos se fueron caminando por el mar, como si éste fuera la tierra. Andaban por el agua como la espuma del mar. Y la gente observó a los Dioses hasta que desaparecieron.

Y todavía, de cuando en cuando, la gente mira a lo lejos, sobre el agua, a la espuma del mar; con la esperanza en sus corazones de que se trata de Viracocha, que vuelve a ellos como prometió hacerlo.

THE INVISIBLE HUNTERS

Like many of America's cultures in the time of Columbus, the Miskito of Nicaragua faced many challenges to their traditional ways of life. This legend from Central America tells of one such challenge. When settlers arrived and introduced bartering for goods, a common practice among the Spaniards, it presented a significant change in the way of life for one Miskito village.

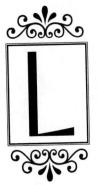

late one Saturday afternoon, three brothers left the village of Ulwas on the Coco River in Nicaragua. They were going to hunt wari, the wild pig that is so delicious to eat. After walking an hour through the bush, they heard a voice.

"Dar. Dar. Dar" said the voice.

The brothers stopped. They looked around, but there was nobody there. Then they heard the voice again.

"Dar. Dar. Dar."

The voice came from a vine that was swinging from a tree in front of them.

The first brother grabbed the vine. Instantly, he disappeared. Then the second brother grabbed the vine and he disappeared.

The third brother cried out in fear, "What have you done with my brothers?"

"I have not harmed your brothers," answered the voice. "When they let go of me, you will see them." The first two brothers let go of the vine. Instantly they became visible again.

"Who are you?" demanded the brothers in amazement.

"I am the Dar," said the voice. "When you hold me, neither human nor animal can see you."

The brothers quickly understood how the Dar could help them.

"We could sneak up on the wari and they wouldn't see us."

"Then we could kill them easily with our sticks."

Each of the brothers wanted a piece of the Dar.

They grabbed for it, but the vine swung away from them and disappeared.

"Before you take my power, you must promise to use it well," said the Dar.

"We will promise anything," said the brothers.

"First, you must promise to never sell the wari meat. You must give it away. Then, you must promise never to hunt with guns. You must hunt only with sticks."

The brothers had never sold wari meat. They had always given it to the people. They had never hunted with guns. They had always hunted with sticks. They knew no other way.

"We promise," they said. So the Dar allowed each of them to take away a small piece of the magic vine. That day, the brothers had great success in the hunt. After killing many wari, they hung their pieces of the Dar on the tree and started for home.

The people of Ulwas welcomed the brothers with much rejoicing. They cleaned the animals and hung them above the fire. Soon, the delicious smell of smoking meat was ready, the brothers cut it in pieces and shared it with everyone. Never had the people of Ulwas eaten so well.

Later that night, the elders of the village asked the brothers how they had killed so many wari. The brothers told them about their promises to the Dar.

"This is truly good fortune," said the elders. "We have heard of this vine. It is very old and powerful. As long as you keep your promises, our village will prosper and our people will honor you."

With the help of the Dar, the brothers became famous hunters. Stories about them spread to all the villages along the Coco River and even beyond.

One day, a boat carrying two strangers arrived at Ulwas. The strangers greeted the brothers and gave them presents—bright-colored cloth and barrels of wine.

"We have traveled many days to meet such great hunters," they said.

The brothers invited the men to eat with them. After they had eaten, the strangers told the brothers that they were traders. They had come to buy wari meat.

"We cannot sell the wari," said the brothers, remembering their promise to the Dar. "That is what our people eat."

The traders laughed. "We never expected that such great hunters would be so foolish. Of course your people have to eat. We only want to buy what they don't eat."

The brothers were tempted. "Maybe we could sell just a little meat," said the first brother.

"But the Dar will know," said the second brother.

The brothers looked at each other nervously. Then the third brother said, "We have seen that the traders are clever men. Their power must be greater than the power of the Dar."

The brothers nodded. It would not be wise to displease the traders.

So the brothers began to sell the wari.

The traders returned many times to the village of Ulwas. Each time they brought more money for the hunters. Each time they took away more wari. Soon the brothers were worried that there was not enough wari for the people.

The traders laughed at their worries. "It is your own fault for hunting with sticks," they said.

"But we have always hunted with sticks."

"That is why you cannot feed your people. You need to kill the wari faster. You need guns."

The brothers talked things over. "If we bought guns, we could kill more wari," said the first brother. "We could sell to the traders and feed the people too."

"But what will happen to us?" asked the second brother.

The third brother laughed before he answered.

"We will become clever men—like the traders."

So the brothers began to hunt with guns. They had completely forgotten their promise to the Dar.

Little by little their hearts turned away from the people. The more meat they brought home, the more they sold to the traders. They were becoming accustomed to the things that money could buy.

The elders of the village spoke sternly to the brothers. "You must feed the people. They are hungry."

The brothers answered angrily, "If they want meat, they can pay us for it like the traders do!"

But the people had no money. They began to wait for the hunters outside the village. When the hunters returned loaded down with wari, the people demanded meat.

"Clever men do not give away what they can sell," said the hunters to each other. So they gave the people spoiled meat, which they could not sell.

The people were angry. "Are you no longer our brothers?" they shouted.

The hunters laughed and went on their way. They even pushed aside the elders who tried to reason with them.

Many months passed. One day when the brothers returned to the village, the people did not crowd around them as usual. Instead, they backed away. Some covered their eyes and screamed. Others stared in disbelief at the strange procession of dead wari moving slowly through the air. Only the elders understood what happened.

"The Dar has made the hunters invisible," they said.

It was true. The brothers were invisible. They had left their pieces of Dar at the tree as they always did, but they were still invisible. Something had gone wrong.

They dropped the animals they were carrying and raced through the bush to the tree.

"What have you done?" they asked the Dar in terror. But the Dar did not answer them.

The brothers fell to their knees and begged for help. But the Dar only repeated its name over and over.

"Dar. Dar. Dar."

Then the brothers realized what terrible things they had done, and they were ashamed. Tearfully, they made their way home.

Outside the village the elders were waiting. The brothers pleaded for forgiveness, but the elders did not forgive them.

"From this moment on, you are banished from Ulwas," they said. "Never again will you live with us."

The brothers begged the elders for one more chance. "How can we live away from our people?" they cried.

But the elders turned their backs on them and walked away.

So the invisible hunters left their village forever. They wandered up the Coco River as far as the falls at Carizal. As they wandered, they called out to the Dar, begging to become visible again.

Some of the Miskito people from the Coco River say that the hunters are still wandering after all these years. A few even say that the invisible hunters have passed them in the bush. They know it is true, they say, because they have heard voices calling, "Dar. Dar. Dar."

LOS CAZADORES INVISIBLES

Los Miskito de Nicaragua al igual que la mayoría de las culturas nativas de América Latina confrontó el reto de lidiar con la cultura del conquistador.

Esta historia popular de Centro América relata la dificultad que tenían los indígenas con el sistema de intercambio de bienes, una práctica común entre los colonizadores. El sistema de intercambio representaba un reto a las costumbres tradicionales del pueblo Miskito.

Un sábado por la tarde, tres hermanos salieron del pueblo de Ulwas, junto al río Coco. Iban a cazar wari, el puerco salvaje de carne muy sabrosa.

Después de caminar una hora por el monte, oyeron una voz.

—Dar. Dar. Dar —decía la voz.

Los hermanos se detuvieron. Miraron a su alrededor pero no vieron a nadie. Entonces oyeron de nuevo la voz.

—Dar. Dar. Dar.

La voz salía de un bejuco que colgaba de un árbol frente a ellos.

El primer hermano agarró el bejuco. E instantáneamente desapareció. Entonces el segundo hermano agarró el bejuco. Y él también desapareció.

El tercer hermano, lleno de miedo, gritó:

—Qué les has hecho a mis hermanos?

—No les he hecho nada a tus hermanos —contestó la voz—. Cuando ellos me suelten, los verás.

Los dos primeros hermanos soltaron el bejuco. E instantáneamente se volvieron visibles.

— Quién eres? —preguntaron los hermanos, sorprendidos.

—Soy el Dar —dijo la voz—. Si alguien me agarra, se vuelve invisible y ni los seres humanos ni los animales lo pueden ver.

Los hermanos se dieron cuenta inmediatamente de que el Dar les podía ser muy útil.

—Podríamos acercarnos a los waris sin que nos vieran.

—Luego podríamos matarlos fácilmente con nuestros palos.

Cada uno de los hermanos quería un pedazo de Dar. Se lanzaron a coger el bejuco, pero el Dar se alejó y desapareció.

—Antes de apoderarse de mi poder, tienen que prometer que lo usarán bien —dijo el Dar.

—Te prometeremos cualquier cosa —dijeron los hermanos.

—Primero tienen que prometerme que nunca venderán la carne de wari. Solamente la regalarán. Luego, tienen que prometerme que nunca cazarán con escopetas. Tienen que cazar solamente con palos.

Los hermanos nunca habían vendido la carne de wari. Siempre se la habían dado a la gente. Nunca habían cazado con escopetas. Siempre habían cazado con palos. No lo sabían hacer de otra manera.

—Lo prometemos —dijeron. Y el Dar permitió que cada uno se llevase un pedazo pequeño del bejuco mágico.

Ese día los hermanos cazaron muchísimo. Después de matar muchos waris colgaron sus pedazos del Dar en el árbol y regresaron a casa.

La gente de Ulwas recibió a los hermanos con mucho regocijo.

Limpiaron los animales y los colgaron sobre el fuego. Pronto el delicioso aroma de la carne asada llegó a todas las casas de la aldea. Cuando la carne estuvo lista, los hermanos la cortaron en pedazos y la compartieron con todos. Nunca había comido tan bien la gente de Ulwas.

Más tarde, esa noche, los ancianos de la aldea les preguntaron a los hermanos cómo habían conseguido tantos waris. Los hermanos les contaron las promesas que habían hecho al Dar:

—Qué buena suerte han tenido! —dijeron los ancianos—. Hemos oído hablar de ese bejuco. Es muy viejo y muy poderoso. Mientras cumplan sus promesas, nuestra aldea prosperará y nuestra gente los honrará.

Con la ayuda de el Dar, los hermanos se convirtieron en cazadores famosos. Se contaban cuentos sobre ellos en todas las aldeas a lo largo del Río Coco y hasta más allá.

Un día, llegó a Ulwas un barco con dos extranjeros. Los extranjeros saludaron a los hermanos y les dieron regalos: telas de muchos colores y barriles de vino.

—Hemos viajado por muchos días para conocer a estos cazadores famosos —dijeron.

Los hermanos los invitaron a comer con ellos. Después de la comida, los extranjeros les contaron a los hermanos que eran comerciantes. Habían venido a comprar carne de wari.

—No podemos vender el wari —dijeron los hermanos, acordándose de su promesa al Dar—. Eso es lo que come nuestra gente.

Los comerciantes se rieron. —Nunca pensamos que cazadores tan famosos fueran tan tontos. Claro que la gente tiene que comer. Solamente queremos comprar lo que sobra.

Los hermanos se sintieron tentados. Hablaron entre sí. —Quizás pudiéramos vender nada más un poco de carne —dijo el primer hermano.

—Pero el Dar lo sabrá —dijo el segundo hermano.

Los hermanos se miraron nerviosamente. Entonces el tercer hermano dijo.

—Hemos visto que los comerciantes son hombres muy hábiles. Su poder tiene que ser mayor que el poder del Dar.

Los otros hermanos asintieron. No valdría la pena disgutar a los comerciantes.

Así que los hermanos comenzaron a vender la carne de wari.

Los comerciantes regresaron varias veces al pueblo de Ulwas. Cada vez traían más dinero para los cazadores. Cada vez se llevaban más wari. Pronto los hermanos empezaron a preocuparse al ver que no había suficiente wari para el pueblo.

Los comerciantes se rieron de sus preocupaciones.

—Es culpa de ustedes por cazar solamente con palos—dijeron.

—Pero simepre hemos cazado con palos.

—Esa es la razón por la que no pueden alimentar a su pueblo. Tienen que cazar los waris más rápidamente. Necesitan escopetas.

Los hermanos conversaron entre sí.

—Si compráramos escopetas, podríamos cazar más waris —dijo el primer hermano—. Podríamos vender a los comerciantes y alimentar al pueblo también.

—Pero, qué nos pasará? —preguntó el segundo hermano.

El tercer hermano se rió antes de contestar. —Nos convertiremos en hombres hábiles como los comerciantes.

Así que los hermanos comenzaron a cazar con escopetas. Se olvidaron por completo de su promesa al Dar.

Poco a poco, sus corazones se alejaron de su gente.

Mientras más carne cazaban, más vendían a los comerciantes. Se estaban acostumbrando a las cosas que podían comprar con el dinero que gana-ban.

Los ancianos del pueblo hablaron seriamente a los hermanos.

—Necesitan darle de comer a la gente. Tienen hambre.

Los hermanos respondieron, enojados. —¡Si quieren comer carne, nos pueden pagar por ella como hacen los comerciantes!

Pero la gente no tenía dinero. Comenzaron a esperar a los cazadores en las afueras del pueblo. Cuando los cazadores regresaban cargados de wari, la gente les pedía carne.

—Los hombres listos no regalan lo que pueden vender —se dijeron los cazadores. Así que les daban a la gente la carne malograda que no se podía vender.

La gente se enojó. —¿Ya no son ustedes nuestros hermanos? —les gritaron.

Los cazadores se reían y seguían su camino. Hasta hicieron a un lado a los ancianos que trataban de razonar con ellos.

Así pasaron muchos meses. Un día, cuando los hermanos regresaron al pueblo, la gente no se reunió a su alrededor como de costumbre. Algunos se cubrieron los ojos y gritaron. Otros miraron incrédulos a la extraña procesión de waris muertos que se movía lentamente por el aire. Sólo los ancianos entendieron qué era lo que pasaba.

—El Dar ha vuelto invisibles a los cazadores —dijeron.

Era verdad. Los hermanos eran invisibles. Habían dejado sus pedazos de Dar en el árbol como de costumbre, pero habían permanecido invisibles. Algo no iba bien.

Soltaron los animales que llevaban y corrieron hasta el árbol.

—¿Que nos has hecho? —le preguntaron alarmados al Dar.

Pero el Dar no les contestó.

Los hermanos cayeron de rodillas y le rogaron al Dar que les ayudara.

Pero el Dar sólo repitió su nombre una y otra vez.

—Dar. Dar. Dar.

Entonces los hermanos se dieron cuenta de las cosas terribles que habían hecho y se sintieron muy avergonzados. Llorando, regresaron a su casa.

En las afueras del pueblo los esperaban los ancianos.

Los hermanos les rogaron que los perdonaran, pero los ancianos no los perdonaron.

—Desde este momento, tienen que irse de Ulwas—dijeron—Nunca más vivirán con nosotros.

Los hermanos les rogaron a los ancianos que les dieran una última oportunidad. —¿Como podemos vivir lejos de nuestra gente? —dijeron llorando.

Pero los ancianos les dieron la espalda y se fueron.

Así que los cazadores invisibles dejaron su pueblo para siempre. Deambularon por las márgenes del río Coco y llegaron hasta las cataratas de Carizal. Mientras vagaban, llamaban al Dar, rogándole que los volviera visibles de nuevo.

Algunos de los Miskitos del río Coco dicen que los cazadores todavía vagan después de todos estos años. Algunos hasta dicen que los cazadores invisibles han pasado junto a ellos en el monte. Saben que es así, dicen, porque han oído voces que llaman: —Dar. Dar. Dar.

HOW HUN NAL YE FED THE PEOPLE

The Maya created a great civilization in the area of the Yucatán, and parts of modern-day southern Mexico, Guatemala, El Salvador, and Belize. That civilization at its peak, the time of the Classic Maya, is often called the greatest of ancient civilizations. Through a book called the Popol Vuh, written by the Quiché Maya—the subsequent civilization that inherited many of the Classic Mayan beliefs—we know much of their mythology. In the Popul Vuh the Quiché tell of how the gods created people so that through prayer and sacrifice the people would provide for the gods. This is one of those stories. In it we read how corn, the most important part of the Mayan diet, grew as a result of the offerings of the people and the kindness of the gods.

he world was divided into three parts: the skies, the land on which the people lived, and the inner world—the world underneath their land.

"We must be respectful of the power of the inner world,"said the rulers. "The inner world is hungry enough to drink all the rain that falls from the sky. It can be so hungry as to eat all the seeds that fall to the ground."

But the people also respected the power of the inner world. The rulers told the people: "The inner world can also create. It turns rain water into rivers. The inner world turns seeds into plants. We need the help of the inner world. We must treat the inner world very well."

The people wanted to please the inner world. And the rulers knew how the people could serve the inner world and, in turn, the inner world would help the people. At the right time of year everyone would spend many days feeding the inner world. "It is time to plant the seeds that came from last year's corn," the rulers would say. And the people did. They spent many days feeding the inner world. They did this by planting the seeds of last year's corn in the ground.

When they finished it was time to call upon their God of Corn, Hun Nal Ye. "Hun Nal Ye, can you go into the inner world? Can you assure us that we have given the gods enough to eat? Can you bring back to us any of their leftover seeds?" The people knew it was the leftover seeds of the inner world, soaked in the waters underground, that turned into plants. And that the plants gave corn.

Hun Nal Ye said "You have fed the inner world many seeds. The gods know of your goodness and thoughtfulness. I will go to the inner world and find the place where the gods left the seeds they were too full to eat." So Hun Nal Ye went in search of the caves that connected the land of the people to the inner world.

Hun Nal Ye entered the cave and walked towards its end. He walked and walked for a long time until he ran into a river. There he came across two inner world gods and their canoe. "We can take you to the place where the seeds are," said the gods. Hun Nal Ye got into the canoe with the gods and they began to row. They rowed deeper and deeper into the inner world.

While the gods rowed the canoe, Hun Nal Ye talked to the iguana, the parakeet, and the dog who were also in the canoe. The trip was very long. They spent many nights and many days in the inner world. The iguana, the parakeet, and the dog kept Hun Nal Ye company. They also helped guide the way to the place where the seeds were stored. They told him that the gods of the inner world had many leftover seeds. "The seeds are mixed with the waters of the inner world. They will turn into plants for the people," said the animals.

When they reached the place, the parakeet, the iguana, and the dog helped Hun Nal Ye. "Here is a bag we have made for your journey back. It will fit all the seeds you need. But surely the people will have a grand celebration when you return and for that, we give you this". They dressed Hun Nal Ye in jade from head to toe. His long thin face looked beautiful framed in jade. He was now ready to go back from where he came and deliver food to the people. His traveling partners said goodbye and Hun Nal Ye began the long trip back towards the cave.

Hun Nal Ye came back dancing the whole way. He danced side to side. He danced up and down. He danced around and around. As he danced back towards the cave the special seeds he was carrying became plants. They sprouted about his head. They pushed through the inner world through the dirt and out onto the land where the people lived. The people saw what was happening.

As their land gave birth to plants that would soon be corn for them to eat, the people were aware of how thankful they were to Hun Nal Ye. "Again he took the seeds from the depths of the inner world. And again he returns with plants that will give us corn." And so the people prepared a great feast and when Hun Nal Ye came out of the cave they celebrated the success of his journey. The people thanked Hun Nal Ye. He said goodbye and reminded the people that when the time again came when they planted the seeds he would return to help bring the seeds from the gods of the inner world.

DE CÓMO HUN NAL YE
ALIMENTÓ AL PUEBLO

Los Mayas crearon una civilización magnífica en el área de Yucatán partes de lo que hoy es Méjico, Guatemala, El Salvador, y Belize. Durante su punto máximo, el tiempo del Maya Clásico, se dice que esta civilización era la más esplendorosa de las civilizaciones antiguas. Los Mayas Quiché, la civilización subsiguiente, heredó muchas de sus tradiciones y creencias. El Popul Vuh son los mitos de los Mayas relatados por los Mayas Quichés. En el Popul Vuh los Quiché cuentan cómo los dioses crearon al hombre para que éste le ofreciera sacrificios y oraciones . Este es uno de esos cuentos.

En él leemos cómo el maíz, la comida más importante de la dieta Maya, creció como resultado de las ofrendas de los hombres a sus dioses ,y las bondades de los dioses hacia los hombres.

El mundo estaba dividido en tres partes: los cielos, la tierra sobre la que vivían los pueblos, y el mundo interior (el mundo debajo de la tierra).

"Debemos respetar el poder del mundo interior," decían los gobernantes.

"El mundo interno está lo suficientemente hambriento como para beberse toda la lluvia que caiga del cielo, y tener tanta hambre como para comerse todas las semillas que caigan en la tierra."

Pero el pueblo también respetaba el poder del mundo interior. Los gobernantes le dijeron al pueblo: "El mundo interno también puede crear. Tiene el poder de convertir el agua de lluvia en ríos y las semillas en plantas. Nosotros necesitamos la ayuda del mundo interno. Nosotros debemos tratar muy bien al mundo interno."

El pueblo quería complacer al mundo interior. Y los gobernantes sabían como el pueblo podía servir al mundo interno y, así, el mundo interno ayudaría al pueblo. Todos los años llegada la época adecuada el pueblo debería pasar muchos días alimentando el mundo interno.

"Ha llegado el momento de plantar las semillas del maíz de la cosecha anterior," decían los gobernantes. Y el pueblo lo hacía. Ellos pasaban muchos días alimentando el mundo interno. Plantaban en la tierra las semillas del maíz de la cosecha anterior. Cuando terminaban era el momento de invocar al Dios del Maíz, Hun Nal Ye. "Hun Nal Ye, puedes entrar al mundo interno?" Puedes asegurarnos que le hemos dado a los dioses suficientes alimentos? "Puedes traernos las semillas que les sobraron?"

El pueblo sabía que las semillas que sobraban eran las que mojadas en las aguas del subsuelo se convertían en plantas. Y que las plantas les daban el maíz.

Hun Nal Ye dijo "Han alimentado con muchas semillas al mundo interno. Los dioses conocen sus bondades y sus intenciones. Yo iré al mundo interno y encontraré el sitio donde los dioses una vez hartos dejaron las semillas que no comieron." Así que Hun Nal Ye se marchó a la búsqueda de las cuevas que conectaban la tierra del pueblo con el mundo interno.

Hun Nal Ye entró a la cueva y caminó hacia el final. El caminó y caminó por mucho tiempo hasta que llegó a un río. Allí encontró una canoa con dos dioses del mundo interior. "Podemos llevarte al sitio donde se encuentran las semillas que buscas," dijeron los dioses. Hun Nal Ye se subió a la canoa de los dioses y éstos comenzaron a remar. Ellos remaron por mucho tiempo adentrándose en el mundo interior.

Mientras los dioses remaban Hun Nal Ye le habló a la iguana, al perico y al perro que también viajaban en la canoa. El viaje era muy largo. Se pasaron muchas noches y días en el mundo interior. La iguana, el perico y el perro acompañaban a Hun Nal Ye. También ayudaban a guiar la canoa hacia el sitio donde se guardaban las semillas. Los animales le dijeron a Hun Nal Ye que a los dioses del mundo interno les sobraban muchas semillas. "Las semillas están mezcladas con las aguas del mundo interior. Ellas se convertirán en plantas que alimentarán al pueblo," dijeron los animales.

Cuando llegaron al sitio, el perico, la iguana y el perro ayudaron a Hun Nal Ye. "Aquí te entregamos un saco para tu viaje de regreso. En él te caben todas las semillas que necesitas. Seguro que el pueblo hará una gran celebración a tu regreso de este exitoso viaje y para esa ceremonia te hacemos este obsequio." Ellos vistieron a Hun Nal Ye de jade desde la cabeza a los pies. Su larga y afinada cara lucía muy bonita enmarcada por el jade. El ya estaba listo para regresar a su pueblo y entregarles los alimentos. Los compañeros de viaje se despidieron de Hun Nal Ye y éste emprendió el largo viaje que lo llevaría a la cueva.

Hun Nal Ye bailó durante todo el viaje de regreso. Bailó de lado a lado de arriba a abajo. Bailó dando vueltas y más vueltas. Mientras bailaba en su viaje de regreso las semillas especiales que cargaba se convirtieron en plantas. Crecieron por arriba de su cabeza. Brotaron del mundo interno apartando los suelos hasta llegar al mundo donde vivían las gentes. Los pobladores vieron lo que estaba pasando. Observaban que en sus suelos crecían las plantas que pronto se tornarían en maíz para su alimentación, el pueblo se sentía enormemente agradecido a Hun Nal Ye. "Una vez más él había llevado las semillas a lo más profundo del mundo interno y había regresado con las plantas que les daría el maíz. "Así que los pobladores prepararon un gran festival y cuando Hun Nal Ye salió de la cueva ellos celebraron el éxito de su viaje. El pueblo mostró su agradecimiento a Hun Nal Ye. El se despidió y les recordó que cuando llegase la época de la siembra él regresaría para ayudar a traer las semillas de los dioses internos.

THE FALL OF QUETZALCOATL AND THE CITY OF TULA

Quetzalcoatl was the most revered god and ruler of the Aztecs, a civilization that existed in the area of modern-day Mexico before the time of Columbus. In Aztec legend Quetzalcoatl was white because he came from the heavens and the bright shining stars. This is one of numerous stories about Quetzalcoatl and his brother Tezcatlipoca, the god of darkness. Driven from his people by the events in this legend, Quetzalcoatl left Tula by boat. He promised to one day return and re-create the wonderful days of Tula for the people. When many years later the paler-skinned Spaniards arrived by boat, the Aztecs assumed the deity to have returned.

Tula was the most magnificent city of the Toltecs. The people had cotton to make clothes and precious stones. There was more than enough food for everyone, everything from large colorful squash to tasty chocolate. And its people were happy. When asked how they came to be so fortunate the people of Tula pointed to Quetzalcoatl, the one they called their culture god. He had taught them everything from planting food to sewing cotton into clothes. With Quetzalcoatl, the Toltecs thrived. But one day Quetzalcoatl left and the splendor of Tula came to an end. This is the story of how that happened.

During the reign of King Huemac the Toltecs engaged in many wars with their neighbors. Huemac felt threatened, not only by the wars but also by the priest who lived just outside Tula.

"He calls himself Quetzalcoatl. But can he be the Quetzalcoatl?" he asked his servants.

"Why do they give so many thanks and praise to him? I am the one who organizes the armies to win wars. I am the one that keeps the people of Tula safe."

Huemac was not the only one jealous of Quetzalcoatl.

"The people of Tula know only Quetzalcoatl. But I have existed as long as he has," said Tezcatlipoca. He was as evil a god as Quetzalcoatl was good.

"The people of Tula need to remember who I am." And with that he took the webs spun by a hundred spiders and created a long rope. He tied the rope to a cloud and climbed down from the skies toward Tula.

Meanwhile, King Huemac decided that an allegiance with Quetzalcoatl would be best. "If the people see us together they will think of me and give thanks to me as well. When there is a need to go to war they will not hesitate. This will bring stability to Tula."

Huemac had a young daughter with beautiful big eyes and long black hair. "For the future of Tulan you will marry Quetzalcoatl," he told her. She was dressed in her prettiest gown and most sparkling jewels. Huemac then went to see Quetzalcoatl and offered him her hand in marriage.

"Your daughter is beautiful and kind, but I cannot marry," Quetzalcoatl said. "I must stay devoted to all the people of Tula, not to a family of my own."

Quetzalcoatl did not mean to anger Huemac but the King felt humiliated. He returned home with his daughter. Before he was jealous of how the people loved Quetzalcoatl. Now King Huemac was also angry with Quetzalcoatl, who rejected him and his daughter. Huemac swore revenge.

"I will go pray at the temple of Tezcatlipoca. He is an enemy of Quezalcoatl. He will help me show the people of Tula who they should thank for the riches they enjoy."

As Huemac was praying Tezcatlipoca listened and thought. "Yes, I will help Huemac. The people should not waste all their thankfulness on Quetzalcoatl." But Tezcatlipoca was devious. "Nor should they instead thank Huemac." As he plotted with Huemac against Quetzalcoatl he also thought of how to bring Huemac down. "The people will then remember me," said Tezcatlipoca.

Tezcatlipoca and King Huemac went ahead with their plan to bring Quetzalcoatl down. They sent a sorcerer, in disguise, to see Quetzalcoatl. The sorcerer claimed to have a drink that would make Quetzalcoatl feel young again and offered it to him. Quetzalcoatl responded:

"Yes, you are right to say that I look tired. I am tired. My many efforts in teaching the people of Tula bring them bounty. My many efforts in convincing the people not to wage war, as Huemac wants, oftentimes work. But both leave me very tired. I am not young anymore."

"You need to remain young and strong for the people of Tula." The sorcerer claimed. "This drink will help you."

And like that he tricked Quetzalcoatl. The drink made him fall asleep. While he was asleep the sorcerer dressed him in a silly costume. The drink then made Quezalcoatl wake up and act foolish. The sorcerer took Quetzalcoatl to the streets of Tula. The people saw Quetzalcoatl acting drunk and foolish. They were ashamed and humiliated. But not as much as

Quetzalcoatl. When the spell was over and he realized what he had done, Quetzalcoatl left Tula, ashamed.

"We were victorious," Huemac prayed to Tezcatlipoca. "The people no longer think Quetzalcoatl divine. They have seen him dressed like a fool and acting like a fool."

King Huemac was happy. He was so happy that he gave a festival that lasted many days and many nights. Huemac celebrated the fall of Quetzalcoatl so much that he did not pay attention to the wars he was waging. Slowly Tula began to fall as the great city. And then Tezcatlipoca was happy as well for his plan had been to ruin Quetzalcoatl and Huemac. A short time after Quetzalcoatl left, Huemac died in battle.

The people of Tula were the saddest of all. They realized that Huemac had tricked Quetzalcoatl. And in tricking Quetzalcoatl, Huemac had tricked the people into thinking less of him. Quetzalcoatl had left Tula but promised to return one day. Since then, the people of Tula have awaited his return so they can again enjoy the better times Quetzalcoatl brought, and thank him for all his kindness towards them and their village.

LA CAIDA DE QUETZALCOATL Y LA CIUDAD DE TULA

Quetzalcoatl era el dios más venerado de la civilización Azteca. La civilización Azteca existió antes de los tiempos de Cristobal Colón, en lo que hoy es Méjico. Los Aztecas creían que Quetzalcoatl era blanco porque venía del cielo y de las brillantes estrellas. Esta es una entre muchas leyendas de Quetzalcoatl y su hermano Tezcatlipoca, que era el dios de la oscuridad. Alejado de su pueblo por los eventos de esta leyenda, Quetzalcoatl se fue de Tula en un bote. El le prometió al pueblo que regresaría para recrear los días maravillosos de Tula. Años después los españoles, quienes eran de piel más clara, arribaron a estas tierras. Los Aztecas creyeron que su dios había regresado.

Tula era la ciudad más majestuosa de los Toltecas. La población cultivaba algodón para confeccionar telas y contaba con yacimientos de piedras preciosas. Había suficiente comida para todo el mundo, desde grandes calabazas hasta el sabroso chocolate. Y el pueblo era feliz. Cuando les preguntaban qué los había hecho tan afortunados, los habitantes de Tula señalaban

a Quetzalcoatl, a quien llamaban el dios de su cultura. El les había enseñado todo: desde la siembra hasta la manufactura de su vestimenta. Junto a
Quetzalcoatl los Toltecas progresaban. Pero un día Quetzalcoatl se marchó
y el esplendor de Tula llegó a su fin. Esta es la historia de cómo sucedió
todo.

Durante el reinado del rey Huemac los Toltecas se vieron envueltos en
numerosas guerras con sus vecinos. Huemac se sintió amenazado, no solo por
las guerras, sino también por el sacerdote que vivía en las afueras de Tula.

"El se llama a sí mismo, Quetzalcoatl," Pero puede ser él
Quetzalcoatl?" le preguntó el rey a sus siervos.

"Por qué se lo agradecen todo y lo veneran? Yo soy el que organiza
los ejércitos que ganan las guerras. Yo soy el que proteje al pueblo de
Tula."

Huemac no era el único que sentía celos de Quetzalcoatl. "El pueblo
de Tula solamente cree en Quetzalcoatl. Pero desde que él ha existido
también existo yo," dijo Tezcatlipoca. El era un dios tan malo como
Quetzalcóatl era bueno.

"El pueblo de Tula necesita recordar quién soy. Y con esto, tomó la red
tejida por cientos de arañas y fabricó una larga soga que ató a una nube y
descendió desde los cielos hasta Tula.

Mientras tanto, el rey Huemac decidió que una alianza con Quetzalcoatl
sería lo mejor. "Si el pueblo nos ve unidos creerán en mí y me darán también las gracias. Cuando haya necesidad de ir a la guerra ellos no dudarán.
Esto traerá estabilidad a Tula."

Huemac tenía una hija joven de grandes ojos bellos y largo pelo negro.

"Por el futuro de Tula te casarás con Quetzalcóatl", le dijo. Ella apareció
vestida con su más lindo traje y joyas ostentosas. Huemac fue entonces a
visitar a Quetzalcóatl y le ofreció la mano de su hija en matrimonio.

"Tu hija es preciosa y buena pero yo no puedo casarme," Quetzalcoatl le dijo. Debo mantenerme consagrado al pueblo de Tula, no a una familia." Quetzalcoatl no pretendía disgustar a Huemac, pero el rey se sintío humillado. Regresó a su casa con su hija. Antes se sentía celoso del amor que el pueblo profesaba a Quetzalcoatl. Ahora el rey Huemac también sentía ira contra Quetzalcoatl. Huemac juró vengarse.

"Yo iré a orar al templo de Tezcatlipoca. El es enemigo de Quetzalcoatl. El me ayudará a demostrarle al pueblo de Tula a quién deben agradecer las riquezas de las que disfrutan."

Mientras Huemac oraba, Tezcatlipoca escuchaba y pensó "Sí, ayudaré a Huemac. El pueblo no debe malgastar todo su agradecimiento en Quetzalcoatl." Pero Tezcatlipoca era malvado. "Ni deben agradecer tampoco a Huemac." Mientras conspiraba con Huemac en contra de Quetzalcoatl, el también pensaba en cómo derrocar a Huemac. "El pueblo se acordará de mí entonces," dijo Tezcatlipoca.

Tezcatlipoca y el rey Huemac continuaron con su plan de derrocar a Quetzalcoatl. Disfrazada, enviaron a una hechicera a visitar a Quetzalcoatl. La hechicera decía poseer un brebaje que lo haría sentir joven nuevamente, y se lo ofrecieron. Quetzalcoatl respondió:

"Sí, tienen razón al decir que parezco cansado. Estoy cansado. Mis muchos esfuerzos por educar al pueblo de Tula ha producido sus riquezas. Mis muchos esfuerzos por convencer al pueblo de no declarar la guerra, como Huemac desea, a menudo funciona pero, todo esto me deja muy cansado. Y ya no soy joven."

"Tú necesitas permanecer joven y fuerte para el pueblo de Tula." La hechicera exclamó. "Este brebaje te ayudará." Y así fue cómo engañó a Quetzalcoatl. El brebaje lo hizo dormir. Cuando cayó dormido, la hechicera lo vistió con un ridículo disfraz.

La bebida hizo que Quetzalcoatl se despertara y se sintiera perturbado. La hechicera llevó a Quetzalcoatl a las calles de Tula. El pueblo lo vió actuar borracho y de una manera incoherente. Ellos se sintieron avergonzados y humillados. Pero nunca tanto como Quetzalcoatl. Cuando el hechizo dejó de surtir efecto y se dió cuenta de lo que había hecho, Quetzalcoatl abandonó Tula avergonzado.

"Nosotros somos los victoriosos," Huemac declaraba a Tezcatlipoca. "El pueblo nunca más reconocerá a Quetzalcoatl como ser divino. Ellos lo han visto vestido ridículamente y actuando como tal."

El rey Huemac estaba contento. Estaba tan contento que dió un gran festejo que duró muchos días y muchas noches. Huemac celebró tanto la caída de Quetzalcoatl que no prestó atención a las guerras existentes. Lentamente el esplendor de Tula comenzó a decaer. Por lo que Tezcatlipoca estaba eufórico, ya que sus intenciones de arruinar a Quetzalcoatl y a Huemac habían hecho efecto. Poco tiempo después de que Quetzalcoatl se marchara, Huemac murió en una batalla.

A partir de ese momento el pueblo de Tula conoció la desgracia. Muy pronto comprendieron que Huemac había engañado a Quetzalcoatl. Dicho engaño había provocado el menosprecio del pueblo hacia Quetzalcoatl, lo que provocó su marcha. Sin embargo, Quetzalcoatl prometió regresar algún día. Desde entonces, el pueblo de Tula ha esperado su regreso para disfrutar aquellos tiempos mejores que Quetzalcoatl les regaló y para agradecerle su generosidad.

THE LOST CITY OF EL DORADO

Whereas the Aztecs, Inca, and Maya left great monuments, the Chibcha of modern-day Colombia and Panama were best known for their expertise in fashioning jewelry and offerings from the gold and emeralds that were plentiful in their land. These items played an important role in Chibcha religious ceremonies. They created statues and other gold relics, which were then offered to their gods. The Lost City of El Dorado tells of one such ceremony and how it came to be.

Along time ago, shortly after the world was created, there was a lake called Guatavita Lake, located around the mountains of what is today Colombia. For many generations the Chibcha Indians lived near the lake. They believed a magic serpent lived at the lake's bottom.

"She could be Bachué, our Mother," said one of the Chibchas. "Or she could be the devil. But whatever she is, whoever wakes her will be taken and never return."

All the people of the village knew this. All except the princess. She was young and the only daughter of the King. He watched over her lovingly but was very protective. She had never left the area of the palace. The palace had many rooms in which she could play and a large garden in which she spent many days. But the princess wanted very much to see all the land of Guatavita.

One day, she snuck out of the palace and hiked to the mountain area. There, for the first time, she saw trees that grew luscious green leaves and thick twisted vines. She swam in streams that bubbled down the mountain with sweet cool water. From the vines she swung and when she grew tired she rested under the canopy of the leaves. The princess played all day. When the sun began to set she started to find her way home. Walking down the mountain the princess came across the largest lake she had ever seen. It was Lake Guatavita.

Is it from this large lake that the sweet waters run into the streams? As she thought, the princess knelt at the edge of the lake. With her hands she reached and gathered water to taste.

The waters of the lake moved a little. And then they moved a lot, for the princess had awoken the legendary serpent. The surface of the lake changed from calm to enormous waves churning back and forth, created by the serpent as she swam towards the surface. The princess first saw the serpent's curled back, then her long neck and finally her head. The princess was not scared. The beauty of the serpent made her think it was friendly. Emeralds sparkled off the serpent's back and her eyes were cherry-colored rubies.

"How beautiful you are," said the princess to the serpent. They both looked at each other for a moment and with that the serpent closed her eyes, slid back underneath the water and returned to her slumber.

All this made the princess late. By the time of her return the King was frantic. "Oh do not be worried," said the princess. "I have seen our lands, the green of the trees, the sweetness of the waters, and the lovely red eyes of the lake's serpent."

With this news the King was alarmed. "My dear princess, the serpent belongs to another world, you cannot go to that lake again." The princess was sad but she listened to the King's words. She had no intention of going again.

But that night, as the princess slept, the eyes of the serpent appeared in her dream. For the first time she heard its voice. "Come to me. Come to me at the water's edge."

When morning came, the King realized the princess was missing and his heart sank. "The serpent cast a spell on the princess. She has left this world for that of the serpent's." The king ran to the lake. As he suspected, there lay the princess' robe. He thought he would never see her again.

The sadness that came over the king, was so great it drained all his power. This made the Chibchas worried. No land can last long without a strong King. One of the Chibcha priests had an idea. "Because of the serpent the King has lost his power. Therefore it is only the serpent who can restore the King to as he once was."

The priest hiked to the water's edge. There he lit a bright fire and danced and sang around the flames. It became very dark. The moon disappeared. Then the waters of Lake Guatavita started to move. Great waves curled up and rushed to the shore. And just as it seemed that the water would overflow the lake borders, the moon reappeared and the waters calmed.

"The serpent has spoken," the priest told the King. "Your princess is alive and well in the serpent's world. You need not be sad, for when your reign has come to an end you will join her in the world under Guatavita."

This made the King feel strong again and he reigned for a long time. Each year, to thank the serpent and to insure her promise, the King and his people traveled to the water's edge. There the people painted the King in gold and adorned him with emeralds. Once this was done the King rowed a boat to the lakes deepest point. There he sang and slowly dropped the emeralds and other jewels into the lake. These were gifts for the serpent. When finished with all the jewels the King would dive into Lake Guatavita. His last offering, the gold on his body, slid off his skin towards the bottom of the lake, towards the world of the serpent and the princess. The King did this for many years until the year he dove, and it being his time, he joined the princess and the serpent.

The reign of that King was so prosperous that each year, all future kings made the same offering to the serpent of Guatavita. With time the world underneath the waters of Guatavita became painted in gold and paved with emeralds. The Chibchas came to call the place El Dorado. And though many have searched for it, none have found it. But the Chibcha know that it is there.

LA CIUDAD PERDIDA DE EL DORADO

Los Chibcha habitaban el área que hoy es Colombia y Panamá. Mientras los Aztecas, los Incas, y los Mayas dejaron grandes monumentos los Chibcha son reconocidos por su destreza en hacer joyas y objetos de ofrendas. El oro y las esmeraldas abundaban en estas tierras. Estos minerales jugaron un papel importante en las ceremonias religiosas ya que los Chibchas creaban estatuas y reliquias que le ofrecían a sus dioses. La ciudad perdida del Dorado relata una de estas ceremonias.

l poco tiempo de la creación del mundo, en las montañas de la actual Colombia se encontraba el lago Guatavita. Por varias generaciones los Chibcha habitaron las cercanías del lago. Ellos creían que en el fondo del lago habitaba una serpiente mágica. "Ella puede ser Bachué, nuestra madre," dijo uno de los Chibchas. "O puede ser el diablo. Pero ya sea uno o el otro, el que la despierte será apresado y nunca regresará."

Todos en la aldea lo sabían. Todos menos la princesa. Ella era joven y la única hija del rey. El la vigilaba y la protegía en exceso. Ella nunca había salido del área del palacio. El palacio tenía muchas habitaciones donde ella podía jugar y un jardín muy grande donde ella pasaba muchos días. Pero la princesa tenía gran interés en ver los alrededores del Guatavita.

Un día ella se escapó del palacio y caminó hasta el área de la montaña. Allí por primera vez vió los árboles de los que crecían grandes hojas verdes y fuertes ramas trensadas. Ella nadó en los fríos arroyos cuyas aguas burbujeantes descendían de la montaña. En las ramas se meció y cuando se cansó descansó debajo de la espesa vegetación. La princesa jugó todo el día. En la tarde, a la puesta del sol, comenzó a buscar el camino de su casa. Mientras andaba cuesta abajo encontró el lago más grande que jamás hubiese visto. Era el lago Guatavita. "Era éste el gran lago del que provenía el agua fresca de los arroyos?" Mientras pensaba, la princesa se arrodilló a orillas del lago. Tomó agua en sus manos y la probó. Las aguas del lago comenzaron a desplazarse. Al rato estaban picadas pues la princesa había despertado a la legendaria serpiente. La superficie del lago perdió su calma. La serpiente mientras nadaba hacia la superficie creaba enormes olas que batían las aguas. Lo primero que la princesa vió fue la espalda enroscada de la serpiente, después su largo cuello y por último su cabeza. La princesa no tuvo miedo. La belleza de la serpiente le hizo pensar que sería amistosa. Esmeraldas brillaban en su espalda y sus ojos eran como rubíes del color de los cerezos. "Qué linda eres," dijo la princesa a la serpiente. Las dos se miraron por un momento y un tanto después la serpiente cerró sus ojos y se deslizó de vuelta a su letargo en las profundidades del lago.

Este encuentro hizo que la princesa se retrasase. A su regreso el rey estaba frenético. "Oh no te preocupes," dijo la princesa. "Yo he visto nuestras tierras, el verde de los árboles, las frescas aguas, y los preciosos ojos rojos de la serpiente del lago." Esta noticia alarmó al rey. "Mi querida princesa, la serpiente pertenece a otro mundo, tú no puedes ir más a ese lago." La princesa estaba triste pero escuchó las palabras del rey. Ella no tenía intenciones de regresar. Pero esa noche mientras la princesa dormía, los ojos de la serpiente aparecieron en sus sueños. Por primera vez ella oyó su voz. "Ven a mí, ven a mí en la orilla del agua."

Al llegar la mañana y estar la princesa perdida el corazón del rey se desplomó. "La serpiente ha hechizado a la princesa. Ella ha dejado este mundo para irse al de la serpiente." El rey corrió al lago. Como el había sospechado allí encontró el ropaje de la princesa y pensó que nunca volvería a verla. La tristeza que invadió al rey fue tan grande que le dejó sin fuerzas. Ello preocupó a los Chibchas. No hay tierra que sobreviva sin un rey fuerte. Uno de los sacerdotes Chibchas tuvo una idea. "Es debido a la serpiente que el rey ha perdido su fortaleza por lo que sólo la serpiente puede devolvérsela y llevarlo a lo que antes fue." El sacerdote anduvo hasta el borde de las aguas. Allí encendió un fuego y bailó y cantó alrededor de las llamas. La luna desapareció y la oscuridad prevaleció. Entonces las aguas del lago Guatavita comenzaron a moverse. Grandes olas se levantaban y rompían en la orilla. Y cuando parecía que las aguas se desbordarían, la luna reapareció y el lago se calmó. "La serpiente ha hablado, el sacerdote le dijo al rey. Su princesa está viva y sana en el mundo de la serpiente. No necesita estar triste pues cuando llegue el final de su reinado usted se reunirá con ella en el mundo de abajo del Guatavita."

Esto hizo sentir fuerte de nuevo al rey y reinó por mucho tiempo. Cada año para darle gracias a la serpiente y para asegurarse que cumpliría lo prometido, el rey y su pueblo viajaban a la orilla de las aguas. Allí el pueblo pintaba al rey de oro y le obsequiaban muchísimas esmeraldas. Entonces el rey remaba en un bote hasta el punto más hondo del lago donde, mientras cantaba, lentamente echaba a las profundidadeslas esmeraldas y otras joyas. Todo como regalos para la serpiente.

Una vez descargada las joyas el rey se zambullía en el lago para que el oro de su cuerpo también llegase al mundo de la serpiente y de la princesa. El rey hizo esto por muchos años hasta que llegó el año en que se zambulló para siempre, pues le tocaba reunirse con la princesa y la serpiente.

El reinado del rey fue tan próspero que cada año todos los futuros reyes hacían la misma ofrenda a la serpiente del Guatavita. Pasados varios años el mundo debajo de las aguas del Guatavita se vió pintado de oro y cubierto de esmeraldas. Con el correr de los tiempos los Chibchas le llamaron al sitio El Dorado. Muchos son los que afanosamente han buscado este sitio, ninguno lo ha encontrado; más los Chibchas saben que ahí esta.

FABLES AND RIDDLES

The telling and retelling of fables and riddles were the ways in which Latino cultures passed down information from generation to generation. Whether by word of mouth or through the written word, this was how many moral lessons and life experiences were taught.

Felix Maria Sanmeiego is a famous teller of fables from the Iberian peninsula. Nobel Prize-winner Gabriela Mistral is a modern-day teacher of life's lessons. Both authors' works are included in the following chapter.

Fables

THE CHICKEN AND THE BABY SNAKES

A chicken noticed a nest of snake eggs and thought, "Poor little snakes. They have no one to help them hatch. But they will be all right. I will be their mother." Saying this, the chicken sat on the nest and kept the snake eggs warm so they would hatch. Within a short time, the eggs hatched. The snakes were hungry and they went after the chicken, who died as a result of her good intentions.

Be prudent with those that can cause us harm.

LA GALLINA Y LAS CULEBRAS

Una gallina vió unos huevos de culebra.—¡Pobrecitos!—dijo la gallina—. No tienen quien los caliente. Pero no se morirán. Aquí estoy yo y les serviré de madre—. Diciendo esto se echó sobre los huevos y les dió calor. A poco salieron de los cascarones unas culebritas, y como sentían mucha hambre, se lanzaron sobre la gallina y la mataron.

Con los malos debemos ser prudentes.

THE BLIND MAN AND THE CRIPPLE

While walking down a windy path, a blind man tripped on a rock and fell.

"I cannot go on by myself. This path is too difficult." He rested on a rock and waited.

A little while passed, and the blind man heard someone approaching.

"My friend," said the blind man. "Would you help me find my way?"

"I would very much like to help but I am lame. The path is windy and my legs are having a hard time of it alone. You look well and strong."

"Yes, I am healthy. It is not my legs that give me trouble. It is my eyes. I am blind."

"Luck is not on our side," remarked the lame man. "You are healthy but cannot see. I can see, but can barely walk. Nevertheless, I have an idea. What do you think if I lend you my eyes, and you help me with your feet?"

"Great idea," answered the lame man. "Alone we may not get to where we are going. But together we are sure to finish this walk."

So the blind man bent down and the lame man sat on his shoulders. Using the blind man's legs and the lame man's eyes, the two proceeded along their journey.

Said the lame man to the blind man:

"Take me on your shoulders.

You will be my legs,

And I will be your eyes."

With teamwork strengths can overcome weaknesses.

El ciego y el cojo

Un ciego que pasaba por un camino muy difícil tropezó con una piedra y se cayó. No pudiendo seguir sólo su paseo se sentó en el borde del camino y esperó.

A poco sintió ruidos de pasos.

—Amigo mío —gritó el ciego— ¿Serás tan bueno que me ayudes a andar por este camino tan difícil?

—De buena gana lo haría contestó una voz— pero soy cojo y a duras penas consigo arrastrarme. En cambio tú pareces muy fuerte.

—Sí, soy fuerte —dijo el otro—, pero me falta la vista. Soy ciego.

—La suerte —respondiéndole el cojo—ha sido dura con nosotros. Tú puedes caminar, pero no ves; yo veo, pero apenas si logro caminar. Pero se me ocurre una idea. Yo te prestaré mis ojos y tú me ayudarás con tus pies.

—Convenido —dijo el ciego—. Valemos poco si estamos solos, pero nos hacemos fuertes cuando nos reunimos.

Y así fue, en efecto. El cojo se sentó sobre los hombros del ciego y éste, guiado por el cojo, anduvo sin dificultad por el camino.

Dijo el cojo al ciego:

—Llévame en tus hombros.
Tú mis pies serás;
Yo seré tus ojos.

La unión convierte en poderosos a los débiles.

THE SNAKE AND THE FILE

A snake entered the shop of a locksmith and bit on a steel file. Said the file to the snake: "The ignorant one who will lose here is you. How do you intend to make a dent in me, who spends the day making dust of metal?"

LA SERPIENTE Y LA LIMA

En casa de un cerrajero entró la serpiente un día, y la insensata mordía en una lima de acero. Díjole la lima: —El mal, necia, será para ti. ¿Cómo has de hacer mella en mí, que hago polvos el metal?

The Mule and the Cricket

A mule had just started plowing when a cricket came by and teasingly said "Oh, My! What a crooked line you have plowed!" But the mule calmly answered, "My dear lady, had I not plowed the other rows so straight, you would not notice this one slight mistake. Please do not be so concerned. To my master I am a solid worker who does a fine job and he forgives the occasional bungle amiss many successful."

El buey y la cigarra

Arando estaba el buey, y a poco trecho, la cigarra, cantando, le decía: —¡Ay, ay, qué surco tan torcido has hecho! —Pero él le respondió:
—Señora mía,
si no estuviera lo demás derecho,
usted no conociera lo torcido.
Calle, pues, la haragana respondona, que a mi amo sirvo bien, y él me perdona entre tantos aciertos un descuido.

THE DOG AND THE CROCODILE

A dog was drinking in the Nile as he swam. "Drink carefully," said a sly crocodile." The prudent dog replied: "It could be harmful to drink and swim at the same time. But is it better to slow down and wait for you to bite me?" The crocodile answered: "Oh, what a wise old dog! I admire your position—do not take advice from your enemy."

EL PERRO Y EL COCODRILO

Bebiendo un perro en el Nilo al mismo tiempo corría. —Bebe quieto— le decía un taimado cocodrilo.

Díjole el perro prudente:—Dañoso es beber y andar; ¿pero es sano el aguardar a que me claves el diente? ¡Oh qué docto perro viejo! Yo venero tu sentir en esto de no seguir del enemigo el consejo.

THE FLIES

Two thousand flies swarmed a section of Honeycomb and there, as a result of excess they died— their legs imprisoned by their feast. Another, inside a pastry buried his craving. But so it is, if you study the matter closely: Human hearts perish when they fall prisoner to the vice that draws them in.

LAS MOSCAS

A un panal de rica miel dos mil moscas acudieron que por golosas murieron presas de patas en él. Otra dentro de un pastel enterró su golosina. —Así, si bien se examina, los humanos corazones perecen en las prisiones del vicio que los domina.

THE FARMER AND HIS CHILDREN

An old farmer had two sons who were very good to him, but they didn't work very hard. Little things distracted them and the boys often forgot their duties. The old farmer, knowing he was gravely ill, called upon his sons. In a serious but gentle tone, he said,

"My dear sons, in a little while I will pass away. I want you to know that all I have to leave you is this land and its harvest. I wish that you would till and cultivate the land as I have until now, for hidden right beneath the soil is a great treasure."

A few days later, as he anticipated, the old farmer passed away. His sons were sad for many days. They cried and mourned his passing, but eventually they had to get to work. Then they remembered what their father said about the hidden treasure, and thinking that by treasure he meant buried money or jewels, they began tilling the soil. Thinking only of the buried fortune, the sons worked tirelessly from dawn to dusk. Never before had they worked so hard that nothing distracted them.

This went on for months. In the end the boys did not find any buried treasure. But all the while the boys' efforts had perfectly prepared the land, and the harvest that it produced was just reward for their hard work.

When one works hard and with dedication there are riches to be gained.

EL LABRADOR Y SUS HIJOS

Un anciano labrador tenía dos hijos que, aunque muy bondadosos, no eran demasiado trabajadores, ya que con frecuencia se olvidaban de sus obligaciones y se distraían con cualquier cosa. Su padre, habiendo enfermado gravemente, los reunió un día y, en un tono solemne pero lleno de dulzura, les dijo:

—Hijos míos, dentro de muy poco tiempo me moriré. Quiero que sepáis que todo lo que os puedo dejar en herencia es la granja y las tierras. Deseo que continuéis cultivándolas como yo he hecho hasta ahora, pues a muy poco profundidad hay un inmenso tesoro escondido.

A los pocos días, tal como les había anticipado, el anciano murió. Sus hijos estuvieron un largo tiempo muy tristes y abatidos, pero no tuvieron más remedio que ponerse a trabajar. Entonces se acordaron de lo que su padre les había dicho del tesoro escondido y, creyendo que se trataba de algún dinero o joyas enterradas tiempo atrás, comenzaron a cavar las tierras palmo a palmo.

Con el estímulo de la fortuna que iban a descubrir, se pasaban el día entero trabajando sin cesar. Nunca se habían esforzado tanto como entonces. Estaban siempre con la azada en la mano y únicamente descansaban cuando el sol se ponía. Después de varios meses de fatigas, no hallaron, al fin, tesoro alguno, pero la tierra, perfectamente desterronada y removida, les dió una cosecha muy abundante que fue la justa recompensa a su trabajo.

El trabajo, realizado con esmero y constancia, es fuente de riqueza.

THE HORSE, THE DEER, AND THE HUNTER

In a beautiful forest lived a deer and a horse. They lived independent lives, each one minding his own business and never bothering the other. Both were very happy and peaceful because they had everything they each needed. There was a river that flowed down the mountain, bringing crystal-clear water to drink. There were many wide-open spaces where they could run free and play. The forest provided many different kinds of plants and grasses for the deer and the horse to eat. They lived comfortably, not needing anything else. The horse and deer both drank from the same bend in the river. On occasion, they found each other there and talked about the forest. When they were finished with their friendly chat, each went his separate way.

But on one occasion the friendly chat turned a little mean-spirited. The deer, finished with what he had to say, made fun of the horse and stuck his tongue out as he ran away. The horse was offended and ran after the deer. But the deer ran faster, and he got away. After that day, whenever the horse and deer crossed each other in the forest, the horse tried to catch the deer. But the deer, quick and agile, always got away.

Even though what occurred was of little consequence, the horse felt that he should teach the deer a lesson and so he went to see a hunter who lived nearby.

"Get on my back," he told the hunter," and I will take you near the deer. He cannot run away from your bow and arrow and I will have my revenge." So the hunter set off riding the horse, and when they came across the deer the hunter aimed and released an arrow. The arrow missed, but the deer was so frightened, that he left the forest, never to return.

"Very good." Said the horse to the hunter. "Now you can release the reins and remove your saddle, for that deer will not be bothering me again." But the hunter refused. He had always wanted a horse and now he found one. The horse ran, bucked, and neighed, but with the saddle and the reins the hunter could well keep him under control. Eventually exhausted, the horse let the hunter steer him to his home where the horse was locked in a corral.

"What a fool am I," thought the horse. "Because I would not forgive a small offense I will pay for the rest of my life."

Vengeance only leads to further misfortune.

EL CABALLO, EL CIERVO Y EL CAZADOR

En un hermoso bosque vivían en libertad un ciervo y un caballo. Llevaban una vida muy independiente, cada uno conforme a sus costumbres, y nunca se molestaban el uno al otro. Los dos eran muy felices, pues tenían a su alcance todo lo necesario para vivir en paz y tranquilidad. Un caudaloso río bajaba de las montañas ofreciéndoles un agua limpia y cristilina. Grandes extensiones de terreno les permitían correr a sus anchas. Tenían hierba y alimento en abundancia para cubrir sus necesidades. En definitiva, vivían cómodamente y ninguno deseaba nada que no pudiera tener. A veces, coincidían en el río y charlaban amigablemente durante largo rato, marchándose después cada uno por su camino.

En una ocasión, discutieron por algo de poca importancia, y al fin, el ciervo se atrevió a burlarse del caballo, sacándole la lengua. Este se sintió muy ofendido y persiguió al ciervo dispuesto a castigarle, pero era más veloz que él y escapó. A partir de aquel día, cada vez que se encontraban, el caballo trataba inútilmente de atrapar al ciervo, pues éste siempre se ponía a salvo gracias a su gran rapidez y agilidad. Entonces el caballo, a pesar de la poca importancia de lo sucedido, decidió pedir ayuda a un cazador que vivía en las proximidades.

—Yo te llevaré cerca del ciervo —le dijo— y así tú, con tus armas, podrás cazarle desde lejos y quedaré vengado.

Salió, pues, el cazador montado en el caballo y cuando hallaron al ciervo disparó contra él con su ballesta. Falló el tiro pero el ciervo, espantado, huyo de aquellos lugares para no volver jamás.

—Muy bien —dijo el caballo—. Ahora ya puedes quitarme las riendas y la silla, pues ése ya no volverá a molestarme.

Pero el cazador se negó a ello. Por mucho que el caballo saltó, corrió e hizo cabriolas no consiguió quitarse de encima a su jinete, hasta que, agotado, hubo de dejarse conducir a la cuadra del cazador.

—¡Tonto de mí! —pensaba—. Por no perdonar una pequeña ofensa tendré que pagar mi soberbia durante el resto de mi vida.

La venganza solo conduce a nuevas desgracias.

THE THIEF
AND THE DOG

Outside of a large city lived a family with their dog, Ladri. Throughout the day Ladri played with the children and ran around the yard. At night, Ladri remained alert, as it was his job to guard the house and the family. He was smart. He would investigate any noise or movement around the house. He barked loudly if he thought it at all suspicious.

One dark and moonless night, when Ladri could barely see a few yards, he heard a noise coming from the other side of the wall that faced the street. He quickly jumped up and ran towards the spot near the wall to see what was hapenning. There, climbing over the wall to get into the yard, Ladri found a man who immediately offered him a piece of steak. Ladri asked the man, "Why are you offering me food?"

Not in the least bit ruffled, the man answered. "It's a present for you. I would like to be your friend".

"Is it truly a present? Or perchance, are you trying to trick me?"

"Oh no! I do not wish to trick you. But in exchange for the present I thought you could let me into the house," said the man. He was sure he could befriend Ladri with the delicious steak.

"If I let you into this house you could hurt or rob my owner and his family. So even though today you offer me food in exchange for my silence, tomorrow, without my owner, I may go hungry. Don't you see? It is much better for me to bark and wake everyone, than to eat the piece of steak you offer." And with that, Ladri started to bark and howl so wildly that the thief barely had time to escape before his owner came outside.

Be mindful of not jeopardizing your current well-being in exchange for a passing fancy, however tempting it may be.

EL LADRÓN Y
EL PERRO

En las afueras de una gran cuidad vivía una familia que tenía un perro lla-mado Ladri. Durante el día jugaba con los niños y correteaba por el jardín, pero por la noche permanecía alerta, ya que era el encargado de vigilar la casa. No había ruido o movimiento que el inteligente animal no descubri-era al instante, e inmediatamente acudía a ver lo que pasaba, ladrando con gran estruendo cuando se trataba de algo sospechoso.

Una oscura noche sin luna, en la que difícilmente se podía ver más allá de un par de metros, Ladri oyó un ruido extraño junto a la pared que daba a la calle. De un salto se incorporó y fue rápidamente a ver lo que sucedía. Allí, subido a la valla, vió a un hombre que intentaba saltar al jardín y que, al verle, le ofreció un pedazo de carne. Entonces Ladri le preguntó extraña-do:

—¿Por qué me das eso?

El hombre, con toda naturalidad, le respondío:

—Es un regalo que te hago, ya que quiero ser tu amigo.

—¿Es únicamente un obsequio o pretendes, quizás, engañarme?

—No, no quiero engañarte sólo que, a cambio de la carne, me has de dejar entrar en la casa—dijo el hombre, convencido de que el perro iba a aceptar el trato.

—Si te dejo entrar en la casa y matas o rabas a mi amo o a su familia, aunque ahora me des comida para que calle, luego me moriré de hambre, por lo que más me conviene ladrar y despertarlos, que comerme el pedazo de carne que me ofreces.

Y dicho esto, Ladri comenzó a ladrar tan furiosamente, que el hombre apenas tuvo tiempo de escapar antes de que salieran los dueños.

Quien es prudente no abandona su bienestar actual, a cambio de una satisfacción pasajera, por muy tentadora que sea.

THE SPARROW AND THE HARE

There was once a hare who, unlike other animals in the wilderness, always felt at ease. Even if danger was suddenly about, his swiftness was sure to save him. The hare could run so fast that no other four-legged animal in the wilderness could catch him. He often spent days scavenging about his home but never strayed too far. Peluso was a sparrow who had his nest near the hare's home. Peluso was not very friendly. He was frequently mean-spirited and often made fun of the other animals.

On this day the hare found a patch of grass and dozed as the sun shined on him. He was always on the watch for animals around him but never thought about being attacked from above. And so it happened that an eagle flew down and snatched him from his rest. The hare, intent upon getting free but having no such luck, spent the day hanging in the air from the claws of the eagle.

Peluso watched what happened and flew towards the hare.

"You run so fast. Whenever a hunting dog gets even close to your tail, his owner praises and rewards him. Start to run now! What is holding you back?"

With that, Peluso started to laugh. "Are you not blessed with the fastest legs in the wilderness, capable of fleeing from all harm? Why do you not escape?" The sparrow continued to mock the hare in this manner. "Birds truly are the mightiest of all animals," the sparrow boasted." All others, including you, are easy to snare."

Peluso was so preoccupied making fun of the hare that he did not see the hawk that came up fast behind him. The hawk, aware that the sparrow's defenses were distracted by his teasing, thought the sparrow looked like an appetizing lunch. At that moment Peluso noticed the hawk and tried to scurry away.

"Help!" Peluso screamed. But it was already too late, the hawk had Peluso in his clutches and quickly swallowed the bird whole.

"He deserves it!" proclaimed the hare. "I could not think of a better punishment! Why be mean to those in danger and give advice without following it first!"

Do not make fun of another's misfortune, you could one day find yourself in a similar situation.

EL GORRIÓN Y LA LIEBRA

Había salido una liebre de su madriguera y tranquilamente estaba tomando el sol. Si algún peligro le acechaba, gracias a su gran agilidad, huía con toda rapidez y no existía animal de cuatro patas que fuera capaz de alcanzarla. Le gustaba merodear por los alrededores, pero nunca se alejaba demasiado de su casa. A poca distancia de allí, poseía su nido un gorrión, a quien todo el mundo conocía por el nombre de Peluso. No tenía muchos amigos, ya que era envidioso, burlón y siempre estaba insultando a los demás animales.

La liebre se había detenido en una pequeña hondonada y parecía un poco adormecida por los suaves rayos solares. Distraída, y sin pensar que un enemigo pudiera atacarle desde el aire, fue apresada por una enorme ·guila.

Intentó soltarse de sus terribles garras, pero sin conseguirlo se encontró surcando el aire, presa del poderoso animal.

Peluso, que había visto cómo era capturada la liebre, emprendió el vuelo y, dirigiéndose hacia ella, le dijo:

¿No eres tan ligera que si te persigue un perro y consigue acercarse a tu rabo, su dueño le acaricia y le alaba? Pues empieza a correr, ¿qué te detiene? Y comenzó a reírse.

—¿No estás dotada de las patas más ágiles y eres capaz de huir de cualquier peligro? ¿Por qué no escapas ahora? —continuó burlándose el infame gorrión.

—Nosotras, las aves— seguía Peluso—, sí que somos poderosas. No como vosotras que sois muy fáciles de atrapar.

Y así, sin cesar de burlarse del desgraciado animal, no se dió cuenta de que, por detrás de él, venía un gavilán a toda prisa. Había salido también de caza y, viendo al indefenso gorrión, pensó que sería un apetitoso bocado. Por lo que no dudó en dirigirse hacia Peluso, con muy malas intenciones.

Entonces, éste lo vió e intentó huir.

—¡Socorro!— tuvo tiempo de gritar. Pero ya era demasiado tarde, pues había sido alcanzado por el gavilán, quien, sin ninguna consideración, se lo tragó de inmediato.— ¡Se lo merecía!— exclamó la liebre—. ¡No ha podido tener mejor castigo! ¿Quién le mandó insultar al afligido y, además, meterse a consejero no sabiendo cuidarse ni él mismo?

No hay que burlarse de las desgracias ajenas, pues muy fácilmente nos podemos ver en la misma situación.

THE OLD MAN AND DEATH

In the mountains, through a rocky trail,
tripping crag after crag,
went an old man who was frail,
carrying wood in a heavy bag.
cursing his miserable plight.

Finally he did fall,
And thinking that his luck was gone
and he could not stand up,
He began to call upon death to pick him up,
Again and again, on and on.

Holding a scythe,
in the form of a skeleton,
Final Destiny offered itself.
But the old man,

With the fear of turning deceased,
Full more of terror than respect,
Trembling, stuttered and said:
"I called you …Ma'm …in desperation;
but …"

"Finish! What is it you desire, hapless man?"

"Only that you carry my bag of wood."

Have patience with the frustration that leaves you unhappy; even in distressing situations life is desirable; as the Old Man with his bag of wood tells us.

EL VIEJO Y LA MUERTE

Entre montes, por áspero camino,
tropezando con una y otra peña,
iba un viejo cargado con su leña,
maldiciendo su mísero destino.

Al fin cayó y, viéndose de suerte
que apenas levantarse ya podía,
llamaba con colérica porfía
una, dos y tres veces a la muerte.

Armada de guaraña, en esqueleto,
la parca se le ofrece en aquel punto;
pero el viejo, temiendo ser difunto,
lleno más de terror que respeto,
trémulo le decía balbuciente:
"Yo—señora—os llamé desesperado;
pero—"

Acaba; ¿qué quieres, desdichado?
"Que me cargues la leña solamente."

*Tengan paciencia quienes se creen infelices; que aún la situación más lamenta-
ble es la vida del hombre siempre amable:el viejo de la leña nos lo dice.*

The Hen who Laid Golden Eggs

There was a hen who lay
An egg of gold for her owner each day
Albeit he earned he was not satisfied
For great riches the hen's owner vied.
All the gold he wanted to mine,
And gain more wealth in less time.
So he killed the hen;
And opened her then.
But when he looked inside
he found the hen had no mine to hide.
And with the hen dead his daily gold gone.
How many exist, who have enough to savor
Abundant wealth want without labor.
At times taking on a pursuit
Which seems to yield quick loot
But within short time
At the moment all wealth is considered mined,
Counting all their riches
Find themselves without even britches.

LA GALLINA DE LOS HUEVOS DE ORO

Erase una Gallina que ponía
un huevo de oro al dueño cada día.
Aún con tanta ganancia mal contento,
quiso el rico avariento
descubrir una vez la mina de oro,
y hallar en menos tiempo más tesoro.
Matóla; abriole· el vientre de contado;
pero, después de haberla registrado,
¿qué sucedió? Que , muerta la Gallina ,
perdió su huevo de oro y no halló mina.

¡Cuántos hay que, teniendo lo bastante,
enriquecer quieren al instante,
abrazando proyectos
a veces de tan rápidos efectos,
que sólo en pocos meses,
cuando se contemplaban ya marqueses,
contando sus millones,
se vieron en la calle sin calzones!

The Sheepherder and the Philosopher

In a small hut, far from the nearest village and days from the closest town, lived a sheepherder. He was not rich. He was not poor. He lived enjoying his days— there was nothing more he wanted. As he grew older, the days engaged in his work made him wise. So wise that his neighbors came to call him the sage of life and science.

One day, in a nearby town, a philosopher heard about the sheepherder. Educated in the best schools and most renowned colleges, the philosopher spent his days in search of wisdom.

"In such a place so remote, how can a sheepherder acquire so much knowledge?"

Curious, the philosopher went to visit the sheepherder. Three days later he arrived at the wise man's house and asked:

"Tell me, at what school did you get all the ideas in your head?
What are the books you read,
Which showed you how life should be led?

Do you know of Plato and Socrates?
Have you traveled to many places?
What do you know of languages, cultures and races?"

"I have no formal education.
What I know is not from any publication,"
the old man humbly replied.
"About this I have never lied.
Traveled anywhere? No, I have not.
But any person can learn from nature what truly is, and what is not."

"With perseverance and teamwork a bee builds a comb,
 and that is why he has a home.
Any ant, dedicated to bringing food into its little cave,
reveals how wise it is to save.
My dog is the role model of loyalty and fidelity—who I admire,
and to which I aspire.
The dove's good will and kindness teaches any family,
a lesson of peace by which to live happily.
Hens keep their babies warm and fed,
and like other birds, show parents skills that cannot be read."
So you see I have not learned from any professor,
But the wisdom of sage nature is none the lessor .

With that the wise man went quiet and the philosopher exclaimed:
"What I heard of your virtue is fact."
"Your doctrine of nature is more truth than can be found in a library
stack".
Look around you and observe. If you examine what you see it will serve.
These experiences will teach both sense and science. Contemplation is a
wonderful education.

El Pastor y el Filósofo

En un pueblo bastante apartado vivía en su choza un anciano Pastor. No conocía ni la mísera, ni la riqueza. Creció, siempre empleado en su labor, disfrutando la vida en contacto con la naturaleza y sin desear nada más. Por su dedicación al trabajo, siendo un buen observador, llegó a convertirse en un hombre ilustrado. Tanto que sus vecinos le llamaban "el sabio de la ciencia y de la vida".

Un filósofo de un pueblo cercano que había asistido a las mejores universidades en busca de sabiduría, oyó hablar sobre los conocimientos de este señor. En un lugar tan remoto, "?Cómo puede haber adquirido ese pastor tantos conocimientos?" Picado por la curiosidad, se fué a su casa y le preguntó: "Dime, ?En qué escuela te hiciste sabio? ?Qué libros leiste?

?Donde aprendiste tus sabias lecciones sobre la vida? ?Has viajado por el mundo? ?Conoces otras culturas? ?Estudiastes a Sócrates y a Platón ?

"Lo que sé no lo obtuve por una educación formal" respondió humildemente el pastor. "Ni otros paises recorrí, ni en la escuela del mundo fui educado".

Lo poco que sé me lo ha enseñado
La naturaleza en fáciles lecciones:
Aprendí, de la abeja, lo industrioso,
y de la hormiga, que en guardar se afana,
a pensar en el día de mañana.
Mi mastín, el hermoso
y fiel, sin semejante, de gratitud y de lealtad constante es el mejor mod-

elo, y, si acierto a copiarle, me consuelo.

Si mi nupcial amor lecciones toma las encuentra en la cándida paloma,
En la gallina a sus pollos abrigando,
Con sus piadosas alas , como madre,
Y las sencillas aves aun volando, reglas presentan para ser buen padre.

Es como te digo,
Ni de escuela o profesor yo he aprendido.
Para saber de vida y de belleza nada como la lección de la naturaleza.

Entonces calló el viejo sabio.
"Tu virtud acredita, buen anciano"
el filósofo exclama.
"Tu creencia verdadera y justa fama."
Asíquien sus verdades examina
Con la meditación y la experiencia,
llega ra a conocer virtud y ciencia.

CRICKETS AND FROGS

In the beginning there was only one Old Cricket in the gully. He chirped.

Suddenly from a little patch of grass nearby came another chirp. Then another one, and again another. Soon the whole gully was chirping and singing. The song spilled out over the entire field and spread over the land with a great sweetness.

The Old Cricket became very worried. "Where am I?" he cried. "This cricket song is everywhere. Which song is my song? Which cricket am I?"

For a time everything grew very still and quiet in the Old Cricket's kingdom. There was a long silence that lasted many weeks.

Then all at once a great croaking chorus of frogs shattered the stillness of night.

As long as the ponds had been filled with clean pure water, the frogs were quiet. But when the water lilies, cattails, and bulrushes began to grow, the frogs started their song, and the night became alive with their croaking.

When the frogs stopped to rest their throats, the crickets started to chirp again more loudly than ever. The crickets and the frogs began a musical battle to see which could sing the loudest.

All the while the stars blinked down on them with approval. But which did the stars prefer? Were the stars blinking at the crickets or the frogs?

It was a noisy battle. First one chorus sang out a great rocking rhythm into the nights. Then the other began. Each one wanted the most silent part of the night for his song.

Finally the Old Cricket said: "Let us divide the night like a fruit, and each of us will sing for one half of the night." The crickets chose the most silent part of the night. So did the frogs. They could reach no agreement. From that day to this, they have never agreed.

And ever since, the Old Cricket keeps chirping: "Where am I?" Which cricket am I?" And all the other crickets sing the same song: : "Where am I?" Which cricket am I?"

From here to the starry sky you can hear the Old Cricket chirping everywhere. He will never again be ONE cricket—never again.

GRILLOS Y RANAS

En el principio había un solo Viejo Grillo en la quebrada. Cantó.

De pronto, de una hierba punzada por sus notas, fueron saliendo otros y otros. Unas noches después, cantaba la quebrada entera; más tarde llegaron al llano donde el canto extendido fué cobrando una gran suavidad.

La desesperación del Viejo Grillo era ésta: ?Donde se encontraba él ahora, si cantaba en todas partes?

Por un tiempo todo fué silencio y quietud en el dominio del Viejo Grillo. La calma duró varias semanas.

Pero de pronto un inmenso coro de ranas rompió la quietud de la noche.

Mientras el agua de los estanques fué pura y límpida, las ranas no cantaban. Pero cuando los nenúfares, las espadañas, y los juncos invadieron sus aguas, empezó el canto malaventurado, y la noche vibró con su croar.

Cuando callaban para darle un descanso a sus gargantas, los grillos comenzaban su canto más fuerte que nunca. Fué así que empezó el duelo musical entre los grillos y las ranas para ver quien podía cantar más ruidosamente.

Si oía el desafío de las dos familias y las estrellas hacían su gran parpadeo de aprobación. ?Pero a cuáles iba dirigida la aprobación?

El duelo era evidente. Uno de los coros se callaba a causa del otro que se columpiaba en la noche. Andaban disputándose el silencio.

El duelo era evidente. Uno de los coros se callaba a causa del otro que se columpiaba en la noche. Andaban disputándose el silencio.

El viejo grillo propuso a los sapos que partieran la noche como una fruta y cantase cada pueblo durante la mitad de ella. El obstáculo estuvo en que ambos coros eligieron el más puro gajo de la noche, y, hasta hoy, no hubo pacto.

Desde entonces el Viejo Grillo sigue cantando: "?Dónde estoy? ?Cuál soy yo?" Y todos los grillos cantan el mismo canto: "?Dónde estoy? ?Cuál soy yo?"

Y desde aquí hasta el cielo estrellado, se lo escucha por todas partes. No será UNO nunca más, nunca más.

THE ELEPHANT AND HIS SECRET

Before the elephant was really an elephant, before he had a shape, or a size, or even any weight, he longed to be on earth. He wanted to be big and heavy.

One day the elephant found a great gray shadow that a huge mountain cast over the plain. He touched the shadow. It was wrinkled and rough like the mountain. He picked it up. It was as heavy as the mountain. He pulled it over his head like a great gray sweater, and lo and behold the shadow covered all of him.

The shadow hung a little loose and baggy at the seams since, after all, it was the shadow of a very big mountain. But it fitted the elephant well enough. It bulged where he bulged and it sagged where he sagged. It had wide flapping ears. It had a long, long nose that hung to the ground and looked like the trunk of a tree. And it had a short skinny tail, frayed at the end like a rope.

That is how the elephant got the shadow of a mountain for his body.

Now that he had a shape and a size and plenty of weight, the elephant was eager to go out and explore the world and meet the other animals. But one thing was still missing. He had no eyes since the shadow of the mountain never had eyes. The elephant could not see.

So the elephant made a wish. Nothing happened. He wished again. Still nothing happened. Then he wished very hard, harder than he had ever wished in his life. Suddenly two tiny eyes began to open. They weren't very much for such a big elephant. But they were a lot better than nothing.

At last the elephant had everything he needed to go out to see the world.

When the mountain saw her shadow stand up and start to walk away, she was astonished. "Where are you going?" she cried. "Don't forget to come back one day." Then she leaned down close to the elephant and whispered a secret in his ear.

The elephant listened. Then he smiled—the first time that an elephant had ever smiled.

"Don't forget the secret," the mountain said.

"I won't forget," the elephant replied. He curled his long trunk high in the air and, waving good-bye to the mountain, he lumbered off to see the world.

On the first night he came upon a river that sparkled like diamonds. There at the side of the river hung a moonbeam caught between two tall bulrushes. The elephant slipped the tip of his trunk under the moonbeam to see if he could pluck it like a flower. But when he gave a quick upward flip with his trunk, he sliced the moonbeam right in two. There he was with half a moonbeam stuck firmly on each side of his trunk. Now the elephant had two magnificent tusks, curved and ivory white like the new moon.

At first all the other animals were afraid of the elephant. They hid among the grasses and behind the trees and around the bend in the river. But their eyes followed him wherever he went, watching him by day and by night.

"His eyes are so small and he is so big," cried the rabbit. "He will not be able to see us. He will crush us with his weight."

"But he is careful. He gropes along the ground, feeling his way with the tip of his trunk," said the lizard who was in a good position to know.

"He swings his trunk as gently as the rocking waters of a pond," said the frog. "He must be a very gentle elephant."

And so bit by bit all the animals learned that the elephant would not hurt them. They began to come out from among the grasses and from behind the trees and from around the bend of the river.

Gradually they got used to the way the elephant looked. They got used to his shape and his size and his weight. They even got used to his eyes being so small. In fact the zebra once said: "Really, his eyes are quite a good size. Just about the size of mine. It is the rest of him that is too big."

As the animals grew more confident, they began to give him advice.

The deer said: "You should not let your ears hang down loose like the leaves of a banana plant because that way they will never catch the wind." And she pricked up her ears to show the elephant how ears should be.

The gazelle, gazing at the great columns of the elephant's legs, said: "Look at those legs! They are like Hindu temples. Not like mine, rounded haunches that taper down to the fineness of an arrow.

The Arabian horse said: "What a small tail for such a big body! A tail should be wide and uncombed and fly free like a flag!"

The elephant listened patiently. He did not get angry. And it was a good thing, too, because if he had lost his temper and bellowed and stamped his feet, he would have caused an earthquake that would have shaken the whole continent and half the sea besides.

Instead he smiled.

"He smiles as if he had a wonderful secret," thought the owl as he opened one eye in the dark.

Little by little all the animals learned that the elephant was very kind.

One day Mother Monkey lost her baby who had skittered up a very tall tree.

"He doesn't come when I call," cried Mother Monkey.

"I've looked and I've looked and I don't see him anywhere. There are so many branches and so many trees. I shall never be able to find him!" Great tears rolled down her face.

"Dry your tears, Mother Monkey," said the elephant. "I can see your baby. He has fallen asleep on the highest branch of the cottonwood tree." Standing very tall, the elephant reached up with his trunk and wrapped its soft velvet tip around the sleeping baby monkey and lowered him gently into his mother's arms.

Another day he heard the giraffe sighing. "What is the matter, giraffe?" asked the elephant.

"Oh, elephant, I shouldn't complain. I am very happy that my long neck reaches up to the topmost part of the tree where the leaves grow green and delicious. But while my head is so high, my tail is so low that I cannot keep the flies off my back."

"I will help you," said the elephant, and with his short skinny tail, frayed at the end like a rope, he swished all the flies from the giraffe's back.

And on still another day, an old, sick rhinoceros came shuffling along and got stuck between two enormous trees. "I'm wedged in and I'll never get out," wailed the rhinoceros. "And no other animal is strong enough to help me."

"I am strong enough," said the elephant. With his long tusks, curved and ivory white like the new moon, he pulled and pushed at the trees until they bent, and he set the old rhinoceros free.

And so the animals grew to love the elephant as their friend.

By now the elephant had seen much of the world, and he had made friends in all parts of the earth. But sometimes he longed to see his friend the mountain again. Then he would think of the secret the mountain had whispered in his ear, and he wondered when it would come to pass.

One day it hapenned.

Lo and behold, a large drop of rain fell right on the elephant's forehead. Then another drop. Then another, until raindrops were splashing all around him. At first the drops fell in a slow uneven beat, then in a fast patter. Finally the rain came in a torrent, falling thick and fast.

"This is it!" exclaimed the elephant. "This is the secret that the mountain whispered in my ear. This is the beginning of the Second Deluge. It will rain for forty days. And it will rain for forty nights. The waters will cover the land. And I, the elephant, will save all the animals of the world."

The other animals were swimming and splashing around in the torrent. Even the giraffe was up to his ears.

"Oh, help us, elephant! Help us!" brayed the donkey whose frightened voice could be heard above the storm.

"Climb on my back!" the elephant called out cheerfully. "Just climb on my back!"

So all the animals, big and small, climbed up. They clung to his neck. They rode on his tusks. They hung from his tail. And the elephant set out on his long journey halfway around the world, wading and swimming through the rising floods. He held his trunk high like a tall mast. He spread his great ears to the wind like sails.

At last, trumpeting his arrival like a ship coming into port, the elephant brought all the animals safe to Ararat, that high mountain where Noah's Ark landed thousands of years before—the very same mountain that had whispered the secret in his ear, and whose great gray shadow had become his very own body when he set out on his adventures in the world.

EL ELEFANTE Y SU SECRETO

❦

Antes de que el elefante fuera realmente un elefante, antes de que tuviera forma o tamaño, o siquiera peso, él quería estar en la tierra. El quería ser grande y pesado.

Un día, el elefante encontró una enorme sombra gris que una grandísima montaña proyectaba sobre el llano. Tocó la sombra. Era arrugada y áspera como la montaña. La recogió. Era tan pesada como la montaña. Se la puso sobre la cabeza como un gran suéter gris, y maravilla de maravillas, la sombra lo cubrió por entero.

La sombra le caía un poco suelta y abolsada en las costuras, ya que después de todo, era la sombra de una montaña muy grande. Pero le que daba bastante bien al elefante. Abultaba donde él abultaba y se hundía donde él se hundía. Tenía anchas orejas colgantes. Tenía una larguísima nariz que colgaba hasta el suelo y que parecía el tronco de un árbol. Y tenía una corta y delgada colita que terminaba deshilachada como una soguita. Así es como el elefante adquirió la sombra de una montaña como cuerpo.

Ahora que él tenía forma y tamaño, y bastante peso, el elefante tuvo ganas de salir a explorar el mundo y conocer a los otros animales. Pero le faltaba todavía una cosa. El no tenía ojos, dado que la sombra de la montaña nunca tuvo ojos. El elefante no podía ver.

Así que el elefante pidió al cielo. Nada sucedió. El suplicó otra vez. Pero otra vez nada. Entonces él rogó con toda el alma, como nunca había rogado en su vida. De repente, dos ojitos empezaron a abrirse. No eran de tamaño apropiado para aquel enorme elefante, pero eran mucho mejor que nada.

Por fin el elefante tenía todo lo que él necesitaba para irse a ver el mundo.

Cuando la montaña vió que su sombra se incorporaba y comenzaba a alejarse, se quedó asombrada. "¿A dónde vas?" le gritó. "¡No te olvides de volver algún día!" Entonces se inclinó, acercándose al elefante, y le susurró un secreto al oído.

El elefante escuchó. Entonces se sonrió: era la primera vez que un elefante se sonreía.

"No olvides el secreto," dijo la montaña.

"No lo olvidaré," respondió el elefante, el enroscó su larga trompa en el aire y la sacudió, despidiéndose así de la montaña, y se fue a ver el mundo.

La primera noche él llegó hasta un río que brillaba como diamantes. Allí, a la orilla del río, colgaba un rayo de luna cogido entre dos altos juncos. El elefante deslizó el extremo de su trompa bajo el rayo de luna para ver si él podía cortarlo como una flor. Pero cuando le dió una sacudida rápida, rasgó el rayo de luna en dos. Ahí estaba él, con medio rayo de luna pegado a cada lado de su trompa. Ahora el elefante tenía dos colmillos magníficos, encorvados y de un blanco marfil como la luna nueva.

Al principio, los otros animales tenían miedo del elefante. Ellos se escondían entre las hierbas, detrás de los árboles y al otro lado del recodo del río. Pero sus ojos lo seguían dondequiera que él iba, vigilándolo día y noche.

"Sus ojos son tan pequeños y él es tan grande," gritó el conejo. "El no nos prodrá ver. El nos aplastará con su peso."

"Pero él es cuidadoso. El tantea por el suelo buscando el camino con la punta de su trompa," dijo la lagartija que mejor que nadie podía saberlo.

"El balancea su trompa tan suavemente como las ondulantes aguas de una laguna," dijo la rana. "El debe ser un elefante muy manso."

Y así poco a poco todos los animales comprendieron que el elefante no les haría daño. Empezaron a salir de entre las hierbas y de detrás de los árboles y del otro lado del recodo del río.

Gradualmente ellos se acostumbraron a la apariencia del elefante. Ellos se acostumbraron a su forma, a su tamaño y a su peso. Ellos incluso se acostumbraron a sus ojos que eran tan pequeñitos. Tanto, que la cebra dijo una vez: "De verdad sus ojos son de bastante buen tamaño. Más o menos del tamaño de los míos. Es el resto de él lo que es demasiado grande."

A medida que los animales ganaban más confianza, ellos empezaron a darle consejos.

El ciervo le dijo: "No debes dejar que tus orejas cuelguen sueltas como las hojas de un plátano, porque así no cogerán el viento." Y aguzó sus orejas para mostrar al elefante cómo debían ser las orejas.

La gacela, mirándole las grandes columnas de sus piernas, le dijo: "¡Mira esas piernas! Son como los templos hindúes; no como las mías, ancas redondeadas que van bajando hasta hacerse saetas."

Y el caballo árabe dijo: "Qué cola pequeña para ese cuerpote. La cola ha de ser ancha y despeinada, ondeando libre como una bandera."

El elefante escuchaba pacientemente. El no se enojaba. Y esto era bueno también, porque si él hubiera perdido la paciencia y hubiera bramado y pateado el suelo, hubiera provocado un terremoto que habría estremecido todo el continente y la mitad del mar también.

En vez de esto, él sonreía.

"El sonríe como si tuviera un maravilloso secreto," pensó el buho, abriendo un ojo en la obscuridad.

Poco a poco, todos los animales comprendieron que el elefante era muy bondadoso.

Un día la mamá Mona perdió a su hijito que se había trepado a un árbo- lo muy alto.

"No viene cuando lo llamo," sollozó la Mamá Mona. "Lo he buscado y buscado y no lo encuentro por ninguna parte. !Hay tantas ramas y tantos árboles! !Nunca podré encontrarlo!" Gruesos lagrimones rodaban por su cara.

"Sécate las lagrimas, Mamá Mona," dijo el elefante. "Yo puedo ver a tu hijito. El se ha quedado dormido en la rama más alta de una ceiba." Irguiéndose el elefante alzó la trompa y con su suave punta aterciopelada envolvió al monito dormido y lo depositó suavemente en los brazos de su madre.

En otra ocasión él oyó a la jirafa suspirando. "?Qué te pasa, jirafa?" preguntó el elefante.

"!Ay!, elefante, no debía quejarme. Estoy muy contenta con que mi largo cuello alcance hasta lo más alto del árbol donde las hojas crecen verdes y deliciosas. Pero mientras mi cabeza está tan arriba, mi cola está tan abajo que no puedo espantarme las moscas de la espalda."

"Yo te ayudaré," dijo el elefante, y con su colita corta y delgada, deshilachada en la punta como una soguita, él sacudió todas las moscas de la espalda de la girafa.

Y aún otro día, un viejo rinoceronte enfermo que venía arrastrando los pies, se quedó atrapado entre dos árboles gigantescos. "Estoy encajado aquí y nunca podré salir," gimió el rinoceronte. "Y no hay ningún otro animal que sea bastante fuerte para ayudarme."

"Yo soy bastante fuerte," dijo el elefante. Con sus largos colmillos, encorvados y de blanco marfil como la luna nueva, él jaló y empujó hasta que los árboles se doblaron dejando libre al viejo rinoceronte.

Y así los animales aprendieron a amar al elefante como a un amigo.

Ya el elefante había visto mucho del mundo, y tenía muchos amigos por todas partes de la tierra. Pero a veces él deseaba ver otra vez a su amiga la montaña. Entonces él pensaba en el secreto que la montaña le había susurrado al oído, y él se preguntaba cuándo ocurriría.

Un día sucedió.

Maravilla de maravillas, una enorme gota de lluvia cayó justo en la frente del elefante. Después, otra gota. Después otra, hasta que las gotas estaban salpicando por todas partes alrededor de él. Al principio las gotas caían con un ritmo lento y desigual, después, con un golpeteo rápido. Finalmente la lluvia cayó en un torrente, denso y vertiginoso.

"¡Esto es!" exclamó el elefante. "Este es el secreto que la montaña me susurró al oído. Es el comienzo del segundo Diluvio Universal. Lloverá durante cuarenta días. Y lloverá durante cuarente noches. Las aguas cubrirán toda la tierra. Y yo, el elefante, salvaré a todos los animales del mundo."

Los otros animales estaban nadando y chapoteando en el torrente. Hasta la jirafa estaba hasta las orejas.

"¡Por favor!" ¡Ayúdanos, elefante! !Ayúdanos!" rebuznó el asno cuya voz llena de espanto se oía por encima de la tormenta.

"Trepa a mi espalda," dijo el elefante con ánimo. "Súbanse."

Así todos los otros animales, grandes y pequeños, se subieron. Ellos se pegaban a su cuello, cabalgaban en sus colmillos y colgaban de su cola. Y el elefante empezó su largo viaje alrededor del mundo, vadeando y nadando a través de las crecientes aguas. El mantuvo su trompa enhiesta como un alto mástil. El abrió sus grandes orejas al viento como velas.

Por último, anunciando estrepitosamente su llegada, como una nave llegando a puerto, el elefante condujo a todos los animales, sanos y salvos, a Ararat, la alta montaña donde el Arca de Noé había llegado miles de años antes, la misma montaña que le había susurrado el secreto al oído, y cuya gran sombra gris se había transformado en su propio cuerpo cuando él salió a correr sus aventuras por el mundo.

Riddles

Can you figure out these riddles?

From the earth I went to the skies
From the skies I went back to the earth
I am not a god, yet not being a god
Just like a god, everyone expects me.

De la tierra subí al cielo;
Del cielo bajé a la tierra.
No soy Dios, y sin ser Dios,
Como al mismo Dios me esperan.

The Rain   La Lluvia

Less than six inches from each other,
they see everything except themselves.

A menos de seis pulgadas de distancia hay
dos niñas y no se pueden ver ni tocar.

The Iris of Your Eyes   *La Niñas de los Ojos*

In the skies I am made of water,
On earth I am made of dust,
In churches I am made of smoke
And a veil I appear to your eyes.

En el cielo soy de agua,
En la tierra soy de polvo,
En las iglesias de humo
Y una telita en los ojos.

A Cloud   *La Nube*

I am a very small box,
White like a piece of chalk,
Which everyone one can open,
But none of us can shut.

Una caja muy chiquita,
Blanquita como la cal.
Todos la saben abrir,
Nadie la sabe cerrar.

The Egg   El Huevo

In the spring I decorate the outdoors with my colors,
In the fall I give you food to eat,
Beneath me you find shade in the hot summer,
And in the winter I give you fire with which to heat.

Te adorno en la primavera,
En otoño te alimiento,
Te refresco en el verano
Y en invierno te caliento.

The Tree   El Árbol

I am big, very big
Larger than the earth
I burn, but won't burn out.
I burn, but am not on fire.

Grande, es muy grande,
Mayor que la tierra;
Arde y no se quema;
Quema y no es candela.

The Sun   El Sol

I stand very proud,
A great gentleman,
With a red hat, a gold cape,
and steel spurs on my feet.

Muy arrogante,
Gran caballero,
Gorra de grana, Capa dorada
Y espuelas de acero.

The Hen   El Gallo

Fairy Tales and Stories

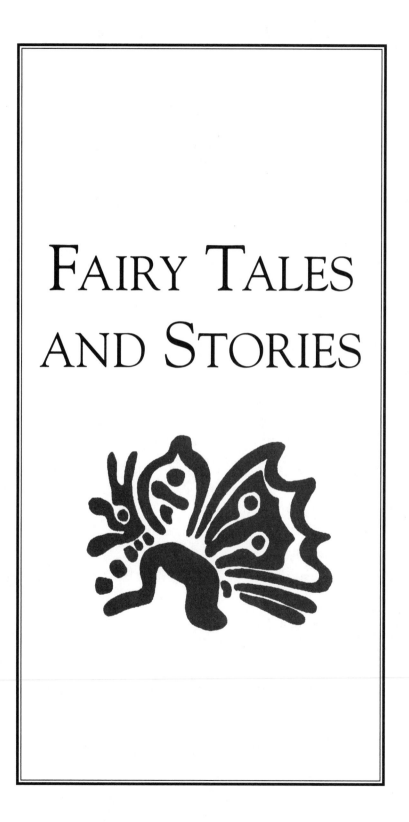

LITTLE MISS MARTINEZ

A CUBAN FAIRY TALE
Retold by
Dr. Marta Barros Loubriel

nce upon a time there was a little bug whose name was Miss Martinez. She lived in a tiny house and worked hard to keep it tidy. One day as she swept her front porch she found a gold coin. She sat on her porch to think what she would do with her bit of money.

— "Should I buy candies? Oh no!" she thought, "My friends will call me indulgent!"

— "Should I buy shoes? Oh no!" she thought, "My friends will tell me I am vain!"

Miss Martinez thought for a long time and decided to buy some nice smelling powder.

The next day, she cleaned her little house. When she was done, Miss Martinez used her new powder and sat on her porch to see if anyone would notice.

After a while her neighbor, the little bull, passed by. "Miss Martinez,

How pretty you look!"

"Thank you for the compliment Mister Bull," said the little bug, Miss Martinez.

"Would you marry me?" asked the little bull.

"And in the mornings, what would you say to me?"

"MOOO, MOOO!" said the little bull proudly.

"Oh, no! That would frighten me!"

So the little bull went on his way.

Some time later another neighbor passed by. This time it was the rooster. He said:

"Miss Martinez, How beautiful you look!"

"Thank you Mister Rooster for the compliment."

"Would you marry me?" He asked.

"And in the mornings, what would you say to me?"

"COO COORU COO COO COO!" replied the rooster.

"Oh, no! That would frighten me!"

So the rooster went on his way.

Just a little while later a puppy passed by:

"Miss Martinez, How gorgeous you look!" said the puppy.

"Would you marry me?" He asked.

"And in the mornings, what would you say to me?" said the little bug Miss Martinez.

"BOW, WOW, WOW!!!" Barked the puppy.

"Oh, no! That would frighten me!"

And so, the puppy also went along his way.

Some time passed and in front of Miss Martinez's porch passed a goat who exclaimed:

"Miss Martinez, how pretty you are!"

"Thank you Mister Goat".

"Would you marry me?" he asked.

"And in the mornings, what would you say to me?"

"BEHHHHH, BEHHHHHH" said the goat as he stretched his neck.

"Oh, No, no! That would frighten me"

Mister Goat went on his way.

Some time later Mister Perez, the small mouse, passed by.

"Miss Martinez, How attractive you are!"

"Thank you Mister Perez."

"Would you marry me? He asked.

"And in the mornings, what would you say to me?"

"kiiii, kiii" said the mouse. It sounded like a little whistle.

"Oh, how pretty! Like that I will not be frightened."

And so Miss Martinez the little bug and Mister Perez the little mouse were married. Some days later Miss Martinez was on her way to the market. She called upon Mister Perez and said:

"Mister Perez, I am going out for a bit. Please take care of the soup I have on the stove and stir it well."

With that Miss Martinez left. The little mouse climbed up to the brim of the pot and begun to stir the soup with a spoon. He felt the urge to try the soup. With the spoon he leaned in a little to get an onion. And while doing that he fell into the pot!

When Miss Martinez returned from the market she went looking for Mister Perez and found him in the soup pot.

Miss Martinez began to cry and the neighbors tried to console her. When they asked her what had occurred she sadly sang:

Mister Perez
fell into the hot,
because he would not

go without a taste from the pot!
And now this little bug
cannot stop her cries and is sour,
because she will never get another hug
hour after hour.

LA CUCARACHITA MARTINA

UN CUENTO CUBANO
Escrito por
Dra. Marta Barros Loubriel

abía una vez una cucarachita llamada Martina que vivía en una casita muy chiquitita. Era muy trabajadora y limpiaba todas las mañanas el frente de su casa. Un día se encontró una moneda. Entonces se sentó a pensar lo que haría con la moneda

—¿Compraré caramelos? ¡No, no, no, los vecinos me dirán que soy golosa!

—¿Compraré zapatos? ¡No, no , no, los vecinos me llamarán vanidosa!

La cucarachita estuvo pensando mucho tiempo y decidió comprar con la moneda una caja de polvos olorosos.

Al siguiente día se empolvó bien y se sentó frente a su casa para que los vecinos se fijaran en lo bonita que se veía.

Al cabo de un rato, pasó un torito y le dijo:

—Cucarachita martina, ¡qué bella estás!

—Gracias, señor torito, por el piropo.

—¿Te quieres casar conmigo?

—¿Y como me llamarás?

—¡No, no, no, así me asustarás!

El torito siguió su camino.

Al rato pasó un gallito y le dijo:

—¡Cucarachita Martina, qué hermosa estás!

—Gracias, señor gallito, por el piropo.

—¿Te quieres casar conmigo?

—¿Y como me llamarás?

—¡Quiquiriquí, quiquiriquí!

—¡Ay, no, no, así me asustarás!

El gallito siguío su camino.

Al poco rato pasó un perrito y le dijo:

—¡Cucarachita Martina, qué preciosa estás!

—Gracias, señor perrito, por el piropo.

—¿Te quieres casar conmigo?

—¿Y cómo me llamarás?

—¡Gua, gua, gua!

—¡No, no, no, así me asustarás!

El perrito prosiguió su camino.

Al rato pasó un chivito y le dijo:

—¡Cucarachita Martina, qué linda estás!

—Gracias, señor chivito.

—¿Te quieres casar conmigo?

—¿Y cómo me llamarás?

—¡Bee, beeee!

—¡No, no, así me asustarás!

El chivito prosiguió su camino.

Al rato apareció el ratoncito Pérez.

—¡Cucarachita Martina, qué guapa estás!

—Gracias, señor ratoncito.

—¿Te quieres casar conmigo?

—¿Y cómo me llamarás?

—¡Gui, guiii!

—¡Ay, qué lindo, así no me asustarás!

La cucarachita Martina y el ratoncito Pérez se casaron. Al otro día la cucarachita tuvo que ir al mercado a hacer la compra. Llamó al ratoncito y le dijo:

—Ratoncito Pérez, voy a salir un momento. Cuídame la sopa que tengo en la olla y revuélvela bien.

La cucarachita se fue. El ratoncito se encaramó encima de la olla y empezó a revolver la sopa con una cuchara. Sintió la tentación de probarla. Al ir a sacar una cebollita, !Ay! se cayó dentro de la olla.

Cuando la cucarachita regresó del mercado, fue a buscar al ratoncito Pérez y lo encontró flotando en la sopa.

La cucarachita empezóa gritar y acudieron los vecinos a consolarla. Al preguntársele lo que había ocurrido, ella decía muy desconsolada:

—¡El ratoncito Pérez
cayó en la olla
por la golosina
de la cebolla!
¡Y la cucarachita
le canta y le llora
muy angustiadita
hora tras hora!

THE FLIGHT OF WITCHES

A FOLKTALE FROM ARGENTINA

artina was a girl from a humble family who lived in Santiago del Estero. Because the family was poor Martina worked as a cook for a local wealthy family, the Lóricas. She was such a great cook and worked so many years for them that they considered her one of the family. The Lóricas had a daughter, Rosario, who was the same age as Martina. The two girls were good friends. Each day when Martina finished the cooking and Rosario completed her homework the two girls would play.

One day, when the family had finished their dinner, Martina brought them a present. It was a basket of the most delicious oranges. Rosario's father was surprised: "How did you get these oranges out of season? This time of year they grow only in the orchards of Catamarca!"

"My family helped me," replied Martina, hoping Mr. Lórica would not press for more information. "This family is so good to me. I wanted to give you a wonderful gift. Without the money to buy something extravagant, I thought of these oranges—delicious and not readily available this time of year in Santiago del Estero." The Lóricas were so pleased with their gift. They ate oranges for the entire week until they were all gone.

Rosario, more than anyone else in the house, enjoyed the oranges. They were her favorite fruit. When the oranges were all gone she asked her friend Martina: "Where can we get more oranges? We have no more left. They are so delicious that I do not want to eat anything else!" But Martina did not want to answer. "It is a secret," she told Rosario each time the girl asked. But Rosario was not one to give in so easily. She so liked the oranges Martina had given them that she persisted in asking Martina where they came from. It took Martina a few months, but finally she gave in and told Rosario her secret.

"Your father guessed it. These oranges came from Catamarca."

Rosario was confused. "But that is so far away. Who went all that way to bring the oranges to Santiago del Estero?"

"I can cast a spell," replied Martina. "A little bit of witchcraft. At night, in the fields, I sing a song that turns me into a bird. And then I can fly—until the spell is broken by the first ray of morning light and the crow of the rooster. That is enough time for me to fly to Catamarca, pick oranges from the orchards, and return home.

Rosario could not contain her excitement. "I want to fly to Catamarca! I want to soar like a bird and pick the sweetest oranges from the orchards in Catamarca! Martina, please take me!" Martina had never told anyone about the spells her grandmother taught her. And she had never used the spell on someone else. But Rosario was her good friend, and this was not a difficult spell.

"Ok. Let's go tonight to the fields. I will sing and the spell will be cast. As birds we will fly to Catamarca. I only need you to promise me one thing: Do not say 'Ave María Purísima.' This phrase breaks the spell and you will not be able to fly.

Rosario promised and the next night the girls went to the fields. Martina sang and the spell took hold: The two girls were changed into birds. They had a terrific time flying to Catamarca and arrived with just enough time to pick the oranges and return.

Holding a basket between their beaks, they plucked oranges and dropped them in one after the other. The girls were having so much fun laughing and talking as they flew from tree to tree. Their basket was almost full, but they made so much noise that the orchard owner heard them. He came running out of the house followed by his hunting dogs.

Rosario was scared. When she saw the owner and his barking dogs coming towards the orchard she screamed: "Ave María Purísima!" At that moment her wings closed. Rosario fell to the ground and landed near the trunk of an orange tree. There she was stuck and scared as the owner and dogs hunted for the thieving birds. "I am going to get my grandmother," Martina assured Rosario. "She will know how to fix this." But Martina would not return in time.

Rosario hid for a long time but the dogs were expert hunters and after a while they did find her. One of the dogs was about to pick Rosario up with his teeth. But at that moment, the owner's daughter came rushing from the house. "Do not hurt the bird! I want him for a pet." And with that bit of good luck Rosario was saved from the teeth of the dogs. The girl took Rosario to a birdcage she had in her room. Happy with her new pet she went back to bed.

The sun rose the next morning and the rooster crowed. The girl woke up thinking of her new pet. She opened her eyes and looked towards the birdcage. Surprised she screamed: "Papá, papá, papá. Look!" There inside the birdcage was no longer the bird she had brought in last night instead there was a young girl!

Rosario was embarrassed, but she had no other choice but to confess the plan she and Martina had devised to retrieve oranges from the orchard. The owner was angry but he also felt bad when he thought how close Rosario came to the teeth of his dogs. He forgave Rosario who then began her long trip back to Santiago del Estero.

EL VUELO DE LAS BRUJAS

UN FOLCLORE DE ARGENTINA

 artina era una niña de familia humilde que vivía en Santiago del

Estero. Debido a la situación económica de sus padres, Martina se colocó como doméstica en casa de los ricos Lórica. Tantos años

trabajó para ellos que no sólo llegó a ser una excelente cocinera sino que la consideraban como un miembro más de la familia. Ellos tenían una hija llamada Rosario, de la misma edad de Martina, por lo que al acabar ésta sus deberes y la hija Lórica sus estudios, las dos jugaban y conversaban mucho. Eran muy buenas amigas.

Un día, después de terminar la cena, Martina les trajo a la mesa, como regalo, unas naranjas exquisitas. El papá de Rosario estaba asombrado:

"¿Cómo conseguiste naranjas tan ricas en esta temporada? Usualmente en estos meses solo los naranjales de Catamarca dan fruta." "Mi familia me ayudó," respondió Martina, esperando que no le hicieran más preguntas. "Ustedes son tan bondadosos conmigo que deseaba traerles algo especial. Sin plata para un regalo lujoso pensé en algo que yo sí podía conseguir." La familia Lórica disfrutó tanto de las exquisitas naranjas que estuvieron comiéndolas por una semana hasta terminarlas.

Pero nadie en la familia las disfrutó tanto como Rosario. A ella le encantaban las naranjas, su fruta favorita. Cuando se acabaron le preguntó a su amiga Martina: "¿Dónde podemos conseguir más? ¡Se han acabado! Son tan ricas que no quiero comer ninguna otra cosa." Pero Martina no le quiso contestar. "Es un secreto," fue su única respuesta. Pero Rosario era insistente. Y como le gustaron tanto las naranjas obsequiadas por Martina no se cansaba de preguntar lo mismo. Al cabo de varios meses, Martina al fin le confesó su secreto.

"Tu papá lo dijo. Son de los naranjales de Catamarca."

"¿Pero quién llegó hasta allá?" preguntó Rosario, confundida, pues Catamarca quedaba demasiado lejos.

"Sé de un hechizo y un poco de brujería," dijo Martina. En el campo, al anochecer, canto una canción que me convierte en pájaro y así vuelo hasta que se rompe el hechizo con el primer rayo del sol en la mañana, cuando canta el gallo. Eso me da bastante tiempo para llegar a los naranjales de Catamarca, escoger las naranjas y regresar a casa.

Rosario no pudo contener su entusiasmo "Yo quiero acompañarte. Quiero ir a Catamarca volando como un pájaro y escoger las naranjas más dulces de la temporada! Llévame, Martina, por favor." Martina nunca había divulgado los secretos de brujería que le enseñó su abuela y nunca había usado el hechizo en otra persona. Pero Rosario era su buena amiga y esto no era difícil. "Bueno, iremos al campo esta noche, Rosario. Yo cantaré, nos convertiremos en pájaros y volaremos a Catamarca: Sólo me tienes que prometer una cosa: No dirás ¡Ave María Purísima! Esta frase rompe el hechizo y no podrás seguir volando."

Rosario lo prometió y al próximo día, a la hora apropiada, las dos niñas se fueron al campo. Allí Martina cantó y se produjo el hechizo: Se convirtieron en pájaros. Se divirtieron muchísimo volando hasta Catamarca, llegando justo a tiempo para escoger las naranjas y regresar. En los dos picos llevaban una cesta y ahí depositaban las naranjas. Tanto se divertían que las dos amigas cantaban y reían mientras volaban de árbol en árbol. Tanto ruido hacían que cuando tenían casi llena la bolsa fueron oídas por el dueño del sembrado. Este salió de su casa con sus dos perros cazadores ladrando muchísimo.

Rosario se llenó de miedo. Al ver al hombre y sus perros, asustada, gritó: "¡Ave María Purísima!" En ese instante perdió la capacidad de volar y cayó a tierra, muy cerca del tronco de un naranjo. Así se encontró, impedida y llena de miedo en el naranjal, mientras que el dueño y sus perros buscaban ansiosos a los traviesos pájaros. "¡Voy a buscar a mi abuela!", le gritó Martina a Rosario, "Ella sabrá cómo romper el hechizo." Pero a pesar de sus buenas intenciones Martina no regresó a tiempo.

Rosario se encondió lo más que pudo por un largo rato. Pero los perros eran sabuesos y al fin la encontraron. Ya casi tenía un perro a Rosario en su boca cuando precipitadamente salió de la casa la hija del dueño:

"No dañes al pájaro! Yo lo quiero para mí." Y así, por buena suerte, se salvó de sus dientes. La niña se la llevó y la puso en una jaula que tenía en su cuarto. Encantada con su nueva mascota, se fue a dormir.

Al llegar la mañana, salió el brillante sol y cantó el gallo. La niña se despertó, pensando en su pájaro, abrió los ojos y miró hacia la jaula que colgaba del techo de su cuarto. Pero que sorpresa: "¡Papá, Papá, Papá, mira!" gritó la hija del dueño. Allí, dentro de la jaula, no estaba ya el pájaro que ella había traído la noche anterior sino ¡una jóven!

Al ser descubierta, Rosario no tuvo más remedio que contar lo que había ocurrido y confesar el plan que ella y Martina habían ideado para recoger naranjas en Catamarca. El dueño estaba enojado por la travesura de las niñas, pero también le dió pena pensar cuan cerca de los dientes de sus pe ßrros estuvo la joven y el peligro que había corrido, por lo que la perdonó. Y entonces fue que Rosario pudo emprender de nuevo su largo viaje de regreso a Santiago del Estero.

OUR LADY OF GUADALUPE

A LEGEND FROM MEXICO

uan Diego was a poor Indian who lived in the area of Tlatilolco, Mexico. On one Saturday he awoke early as he had many things to do. "I have some of errands to run and then I will make my way to Tlatilolco to attend the special Saturday Mass," Juan Diego told his Uncle Bernardino.

Before sunrise Juan Diego had finished his errands and started on his long walk towards the church. By the time he reached Tepeyacac Hill the sun was coming up over the horizon. He noticed that as the sun began to shine the birds sang a beautiful song. As Juan Diego approached the hill the birds' song seemed more like heavenly music.

"Am I dreaming? What a moment ago sounded like chirping birds now seems to be the song of angels." Just as he was thinking this the music stopped and a voice spoke his name.

"Juanito, Juan Diego." The voice was so soft that Juan Diego was not scared. He walked up the hill towards where he was being called.

When Juan Diego reached the top of Tepeyacac he came face to face with a Lady whose robe shined brighter than the sun. Juan Diego looked towards her feet. This time of year the ground grew weeds and the earth showed through. But around the cliff where she stood there were leaves that sparkled like emeralds and turquoise and dry roots that now glistened like gold. She appeared to come from another world. This was no ordinary woman. Juan Diego bowed before her.

"Juanito, where are you going?" the Lady asked.

"My Lady, I have to go to your church as the priests there say mass for us on Saturdays."

"Juanito, I am Mary, the Holy Mother of God—the Creator of all things and the one to whom you pray. I would like a church to be built on this hill so that there I can show all my love and compassion and help all of your people with their troubles."

"But I am a poor man," Juanito exclaimed humbly. "How can I help you?"

The Lady responded in her most motherly voice.

"Go to the palace to see the bishop of Mexico. Once you are with him tell him of my wish for a church to be built on this site."

Juan Diego felt blessed. Our Lady had come to him with her wish and asked that he personally tell the bishop. He was so excited he ran most of the way to the bishop's palace.

The bishop listened. He was patient and attentive as Juan Diego told of walking towards mass, hearing the music, and finding Our Lady on the hilltop. When Juan Diego finished retelling the events of that morning the bishop responded:

"Come back tomorrow. I will again hear your story from beginning to end and review your request". Upon hearing this answer Juan Diego was sure the bishop did not believe his wish came from Our Lady. He left the bishop's palace feeling defeated and went straight to see Our Lady.

"Dear Lady. Please entrust your wish to someone else, someone of higher status, someone more important. I am a poor man with nothing to offer. The bishop kindly listened to the message that you asked me to deliver. But when I finished I could see in his eyes that he thought me imaginative, but not your messenger."

"Dear Juanito," she responded, "do not give up. I have many messengers whom I trust with very important requests. You are special to me. You are the one that will help my wish be granted. Go again tomorrow. The bishop will know that your message is true."

When Juan Diego arrived again at the palace the bishop was surprised to see him. He had thought Juan Diego a poor man with an overactive imagination. This time the bishop asked many questions.

"Where did you see her? How was she dressed?" Juan Diego explained again and hoped the bishop would believe him this time. But the bishop was not convinced.

"In addition to your message I need a sign," said the bishop. And, with this, Juan Diego left the palace. Feeling sad again, for he had not been able to convince the bishop, Juan Diego went to see Our Lady.

"Do not give up, my Juanito. Return to me in the morning. I will have a sign for you. Just as the bishop requested." Juan Diego planned to return but when he went home that night he found his uncle very sick. The doctors told Juan Diego that it was too late. Uncle Bernardino asked Juan Diego to go fetch a priest in the morning.

And so the next day, instead of visiting the hilltop, Juan Diego passed

Tepeyacac without going up the hill. He needed to fulfill his uncle's last wish. But before he got around the hill, Our Lady came down to him. "Where are you going, dear Juanito?"

"My dear Lady. Tomorrow I will return for your sign and I will take it to the bishop. Today I must run to get the priest. My uncle is ill, and this is his last wish.

"Juanito," said Our Lady. "Are you not under my protection? Do not be worried. Your uncle is no longer sick. He is now cured."

When Juan Diego heard this he was sure it was true. And so instead of going to fetch the priest he climbed the hilltop. When he reached the top he was amazed by what he found. It was winter but the top of the hill was covered in the reddest roses. "Cut them and gather them," said the Lady. "This is your sign for the bishop."

Juan Diego arrived at the bishop's palace with his hands holding together the wrap he usually wore around his shoulders. Now it was holding dozens of roses. The bishop's workers saw what Juan Diego had and led him inside. Juan Diego knelt before the bishop, retold his story, and then spread his hands apart to open the wrap. The roses fell from the wrap and scattered on the floor. Juan Diego's wrap was left in his hands. Before it was a solid pale color. Now imprinted on it was the perfect image of Our Lady, just as she appeared to Juan Diego on the mountain of Tepeyacac.

The bishop fell to his knees. "Juan Diego, I have not believed you until now. For that I am sorry. Take me to the place where Our Lady wishes her church be built." Juan Diego took the bishop to the top of Tepeyacac. There he asked to be excused. Juan Diego needed to check on his uncle, so he rushed home.

"She appeared to me as well," said Uncle Bernardino. Just at the moment Our Lady told Juan Diego that his uncle was not ill, the old man had been cured. She had appeared to him and said, "You nephew is revealing my wish to the bishop. A church will be built on the top of Tepeyacac. It will be named, as you are to remember me, Holy Mary of Guadalupe."

To this day the church is there, right at the tip of Tepeyacac. And inside the church is Juan Diego's wrap with the beautiful image of Our Lady of Guadalupe, the one who protects the people, shows them Her love, and offers Her compassion.

NUESTRA SEÑORA DE GUADALUPE

UNA LEYENDA MEXICANA

uan Diego era un indio pobre que vivió en la región de Tlatilolco, Méjico. Un sábado se despertó temprano pues tenía muchos quehaceres. "Tengo varias gestiones que hacer y después me iré a Tlatilolco para asisitir a la misa especial de los sábados," le dijo a su tío Bernardino.

Antes de la salida del sol Juan Diego había terminado sus gestiones y había comenzado su larga caminata a la iglesia. Para cuando llegó a la loma llamada Tepeyac, el sol se levantaba sobre el horizonte. Juan Diego observó la belleza del canto de los pájaros que trinaban con los primeros destellos de luz. A medida que Juan Diego se acercaba a la loma el canto de los pájaros le sonaba más a música. "¿Estoy soñando? Lo que hace poco oía como cantos de aves ahora me suena como cantos de Angeles."

Mientras así pensaba la música paró y escuchó una voz que decía su nombre. "Juanito, Juan Diego". La voz era tan delicada que no le atemorizó. Juan Diego caminó loma arriba hacia el sitio desde el que le llamaban. Cuando llegó a la cima del Tepeyac se encontró cara a cara con una Señora cuya túnica era más brillante que el sol. El le miró los pies. Era la época del año en que el suelo se llenaba de yerbajos mas notó que alrededor del sitio en que se encontraba la Señora había hojas que parecían esmeraldas y turquesas y que las raíces brillaban como el oro. Ella aparentaba ser una mujer especial y Juan Diego se arrodilló ante su presencia.

"¿A dónde vas Juanito? preguntó la Señora. "Mi Señora me dirijo a su iglesia donde los sacerdotes ofrecen misa los sábados". "Juanito, soy María, la Santa Madre de Dios, el creador de todas las cosas, al que tu sueles rezarle. Me gustaría que construyesen una iglesia en este sitio para yo poder mostrar todo mi amor y compasión ayudando a tu gente con sus problemas". "Pero soy un hombre pobre" dijo Juan humildemente. ¿Cómo puedo ayudarle? La Señora respondió con voz maternal. "Vete al palacio del obispo de Méjico y comunícale mi deseo de construir una iglesia en este sitio."

Juan Diego se sintió como un hombre con una misión especial. Nuestra Señora le había comunicado su deseo y le había pedido que él se lo dijese al obispo. Estaba tan exitado que corrió la mayor parte del trayecto hasta el obispado. El obispo le escuchó. El estuvo muy atento al relato de Juan Diego quien le relató como en su camino a misa había escuchado una música especial y se había encontrado a la Señora en la cima de la loma. Cuando Juan Diego terminó su historia el obispo le dijo "Regresa mañana. Volveré a escuchar tu relato desde el principio al final y consideraré la petición que me traes". Al escuchar esta respuesta Juan Diego pensó que el obispo no había creído que la petición venía de Nuestra Señora y se sintió derrotado, por lo que decidió irse de nuevo a ver a la Señora.

"Querida Señora, le pido que le confíe su encargo a otra persona, tal vez a alguien de mayor rango social. Soy un hombre pobre y no tengo que ofrecer. El obispo tuvo la delicadeza de escucharme más al terminar mi relato ví en sus ojos que él pensaba que yo era un hombre imaginativo pero no que yo era vuestro mensajero."

"Querido Juanito," respondió la Señora. "No te rindas. Tengo muchos mensajeros a los que les confío peticiones importantes. Para mí tu eres especial. Tú eres el que me ayudarás a que mis deseos se cumplan. Regresa mañana a ver al obispo. Élsabrá que tu mensaje es verdadero." Cuando Juan Diego regresó a encontrarse con el obispo éste se sorprendió al verle. El obispo había pensado que Juan Diego era un hombre pobre con una imaginación hiperactiva. En esta ocasión el obispo le hizo muchas preguntas. "¿Dónde la viste? ¿Cómo estaba vestida?" Juan volvió a explicarle y se llenó de esperanzas que ahora si que el obispo le creería. Mas no resultó. El obispo no estaba convencido. "Además de tu mensaje necesito una señal especial," dijo el obispo.

Juan Diego triste volvió a salir del palacio del obispo y se encaminó a encontrarse con Nuestra Señora. "No te rindas Juanito. Regresa a mi en la mañana. Tendré una señal lista, tal como la ha pedido el obispo."

Juan Diego planeó regresar a la mañana siguiente pero cuando volvió a su casa encontró a su tío gravemente enfermo. Los médicos le dijeron a Juan Diego que su tío estaba moribundo. Bernardino le pidió al sobrino que llegada la mañana fuese a traerle un sacerdote. Al amanecer Juan, en vez de subir a la loma de Tepeyac, fue a cumplir con el último deseo de su tío. En el camino una vez pasada la loma la Señora se le acercó y le preguntó: "¿A dónde te diriges Juanito?" "Mi querida Señora, mañana regresaré por vuestra señal y se la llevaré al obispo. Hoy debo correr a buscar un sacerdote para llevárselo a mi tío que está gravemente enfermo; es su último deseo." "Juanito", dijo Nuestra Señora, "¿No te encuentras bajo mi protección? No te preocupes. Tu tío ya está curado."

Cuando Juan Diego escuchó estas palabras estuvo convencido que su tío estaba curado. Así que no fue en pos del sacerdote y decidió subir al Tepeyac. Cuando llegó a la cima se maravilló con lo que vió. A pesar de ser invierno la cima estaba cubierta por rosas rojísimas." Córtalas y llévaselas al obispo, esta es la señal."

Juan Diego llegó al palacio del obispo llevando en sus manos el sarape que usualmente se tiraba sobre los hombros, en él traía docenas de rosas. Los ayudantes del obispo vieron el cargamento que Juan traía y le dejaron pasar. Juan Diego se arrodilló de frente al obispo, le volvió a contar la historia y abrió sus manos para abrir el sarape. Las rosas cayeron al suelo. Juan Diego mantuvo el sarape en sus manos. Este ya no era una tela desteñida y pálida pues en ella estaba reflejada la imagen de la Señora tal como la había visto Juan en sus encuentros. El obispo se arrodilló y dijo: "Juan Diego no te había creído hasta ahora. Me arrepiento de mi comportamiento. Llévame al sitio donde la Señora quiere erijamos la iglesia."

Juan llevó al obispo a la cima del Tepeyac. Una vez allí se excusó. Juan quería ver a su tío asi que corrió a casa. "Ella también se me apareció," dijo el tío Bernardino. En el momento que la Señora le dijo a Juan que su tío ya no estaba enfermo este se había curado. Ella se le apareció y le dijo: "Su sobrino le ha comunicado mi deseo al obispo. Una iglesia será construída en la cima del Tepeyac. Será llamada como yo deseo que se me recuerde: Santa María de Guadalupe."

Hoy en día la iglesia está en la cima del Tepeyac. Dentro de la iglesia está el sarape de Juan Diego con la imagen de Nuestra Señora de Guadalupe, la que protege al pueblo, les da su amor y les ofrece compasión.

JOHN, THE SILLY BOY

Throughout Mexico and Puerto Rico there are many stories about John, the Silly Boy. John makes many mistakes, but in the end good things happen. This is because John is honest and always means well. This story tells of how John became a rich boy.

nce upon a time lived a young boy who always meant well but made many silly mistakes. His mother named him John. But everyone in his village called him Silly John.

One day John's mother sent him on an errand. "We need rice. Find the fattest chicken in our coop and sell her to the grocer. Then buy us a bag of rice with the money you are paid."

"I am on my way," replied John. He went to the yard and picked a chicken from the chicken coop. John then started his long walk to the grocery store.

On the way to the grocer, John came across a big group of people. Among them was a bride dressed in white and her new husband. Because John was young, from a very small town, and had little experience, he did not really know how to greet people he did not know well. But the week before, John had gone with his mother to a funeral. He remembered how his mother greeted people and said to the newlyweds:

"I am so sorry for your loss."

Confused, and a little insulted, the new husband replied:

"What are you saying! That is how you greet people when something sad has happened. The next time you see a group you should proclaim "Hurrah! Hurrah! Live long and happy!""

John understood he had made a mistake, and promised the husband "I will do just that."

A little while later John came across the butcher. He was walking down the road with his children and some pigs he had just bought. John, thinking he knew how to greet this group, shouted:

"Hurrah! Hurrah! Live long and happy!"

The pigs, scared by John's shouts, began to run. The butcher and his children had to run after them until they caught up. Tired, and a little mad, the butcher looked at John. John realized he had made a mistake. The butcher gave him this advice: "When you come across another group like this the right thing to say is "May God give you two for every one one you have.""

John understood he had made a mistake and promised the butcher:

"I will do just that."

John was right outside the town when he saw a farmer. The farmer had spent the day weeding his fields. When John came upon him, the farmer was burning a big pile of weeds. John remembered the butcher's advice. Thinking he knew how to greet the farmer he said:

"May God give you two for every one one you have."

"Little boy! What are you saying!" John knew right away that his greeting was wrong. Now he felt sad. He had tried to greet everyone the proper way but had made a mistake each time. John started to cry. He told the farmer all that had happened on his walk into town. He told the farmer about the newlyweds, the butcher, and the mistakes he made greeting them. The farmer listened to all John said. Then he gave him some advice:

"Son, it seems you make mistakes a lot. Instead of saying silly greetings, next time you come across a group greet them by offering your help."

On top of all his other mistakes, the next time John had bad luck as well. He came across two men fighting. John remembered the farmer's advice and offered his help:

"Wait, sirs, I will help you."

These men were big and strong. When John offered his help they stopped fighting and started to laugh. One of them gave John this advice: "It would be better to say 'Please sirs, do not fight.' You are too young to fight with us."

"I will do just that." John replied.

John arrived at the grocery store. He was thinking of all the mistakes he had made. "I hope I have better luck on the way home." He sold the chicken, bought the large bag of rice, and started the walk back home.

In a short time he saw two men walking towards him on the road. John was embarrassed with all the mistakes of the day. He did not want to make any more. There was a tree off of the road. John decided to climb it and hide in its leaves until the men passed. That way he would not greet them and did not make a mistake.

Again John had bad luck. When the men saw the tree they decided to rest underneath its shade. One of the men said to the other: "In the shade we can count the money without anyone noticing what we are doing." One of the men then emptied a bag filled with gold coins. There were so many of them that the coins formed a small hill. The other man spoke: "What are you doing! Anyone passing by will see this hill of gold coins and know what we did." The men were thieves. John did not notice this. But he did notice that these men were fighting. The situation was just like the one before. He was sure of how to greet them:

"Please sirs, do not fight."

At the moment John said this his bag of rice split and the rice came pouring down from the tree onto the thieves. They thought it was some-one trying to punish them. "Run, Run! Do not come after us. Keep all the money." They yelled as they ran away, leaving behind the hill of gold coins.

"Yes! At last I have said the right thing! The men are so thankful that I helped end their fight. Look at the present they have left me!" thought John. John felt better about the day. He climbed down the tree and began to pick up the rice and the coins. When the bag was full, John continued walking home. When he arrived he showed his mother what he brought.

"We are rich!" said John's mom. "How did this happen?"

"Mom, there is not much to explain. It is easy to find wealth if you are courteous and take the advice of others."

And that is the story of Silly John and how he became a wealthy boy.

JUAN BOBO, EL RICO

Se han escrito ya muchas historietas sobre el personaje de Juan Bobo, por la general, de origen mejicano o puertorriqueño. Todas se basan en la serie de errores que el pequeño comete pero siempre con un fin feliz, por ser Èste un joven honesto y bien intencionado. En el cuento que nos ocupa hoy se relata cómo, a pesar de todo Juan Bobo logró hacerse rico.

Erase una vez un niño de muy buena voluntad pero que hacía muchas tonterías. Su mamá le llamaba Juan pero los demás en el pueblo le decían Juan Bobo. Un día la madre le dijo: "Juan nos hace falta arroz. Vete al corral, agarra la gallina más gorda y véndela en el mercado. Con el dinero que recojas compra una bolsa de arroz."

"Ya voy," respondio Juan quien salió inmediatamente al patio, tomó la gallina y se dirigió hacia el pueblo.

En el camino se encontró con un grupo grande de personas entre las que venía una novia toda vestida de blanco junto a su nuevo marido. Como fue criado en el campo, Juan Bobo no había tenido oportunidad de relacionarse mucho ni de hacer amistades. Pero recordó que, en la semana anterior, acompañadon a su mamá a un funeral, ésta había saludado diciendo: "Reciban ustedes mis más sentido pésame." Esa misma frase se la repitió a los recién casados, por lo que el novio, insultado, le respondió : "¿Qué dices? Así se saluda sólo en ocasiones tristes. Cuando te encuentres con desconocidos los recibes con un ¡Viva, Viva!" Juan Bobo comprendió su error y así prometió hacerlo la próxima vez.

Poco tiempo después, Juan Bobo vió venir al carnicero que caminaba con sus hijos junto a unos cerdos que acababa de comprar. Creyendo que ya conocía la forma apropiada de saludar les grito: "¡Viva, Viva!" Los cerdos, asustados al oirlo, se echaron a correr, por lo que el carnicero y sus hijos tuvieron que seguirlos jadeantes hasta lograr alcanzarlos. El carnicero, aunque molesto, le hizo ver a Juan Bobo el error cometido y le advirtió: "Si otra vez te encuentras con un grupo semejante, lo apropiado es decir que "Dios le de dos por uno."

"Así mismo lo haré" respondió Juan Bobo.

Ya casi llegando al mercado del pueblo, le pasó por el lado a un campesino. Este había estado todo el día combatiendo las yerbas malas de su prado y en ese momento las quemaba todas. Pensando en la recomendación del carnicero, Juan Bobo creyó que esta vez si sabía el saludo apropiado, por lo que jovialmente dijo: "Dios le dé dos por uno."

"¡Niño! ¿Qué dices?" respondió airado el campesino. Juan Bobo realizó al instante que otra vez su saludo estuvo mal por lo que, muy entristecido, se echó a llorar y le contó todas sus tribulaciones: la situación con los recién casados, la del carnicero y las muchas equivocaciones al saludar. El campesino le escuchó atento y a continuación lo consejó diciéndole:

ìHijo, me parece que te equivocas fácilmente. La próxima vez, en vez de decir tonterías, saluda con un gesto y dedícate a ayudar al prójimo.î

Juan Bobo se despidió del campesino muy agobiado por su mala suerte y por su propensión al error. Poco tiempo después se topó con dos hombres que estaban peleando. Aplicando el consejo anterior recibido, se detuvo enseguida y ofreció su ayuda diciendo:

"¡Esperen señores, aguanten, yo los ayudaré!"

Los dos señores eran un par de hombres grandes y fuertes y al oír el ofrecimiento del pequeño no pudieron contener lo risa por lo que detuvieron su pelea. Uno de ellos le respondió: "Eres muy chico para pelear con nosotros. Lo mejor que puedes es pedir: No se peleen, por favor, señores."

"Muy bien, así lo haré la próxima vez," les contestó Juan Bobo.

Pensando en las muchas veces qu se había equivocado en un solo día, al fin Juan Bobo llegó al mercado. "Espero tener mejor suerte al regresar," se dijo bastante frustado por lo pasado. Seguidamente vendió la gallina compró la bolsa de arroz e inició la vuelta a su casa.

Al rato divisó que a poca distancia se acercaba un grupo de hombres. Avergonzado por tantos errores cometidos esa mañana, decidió subirse a un árbol para no ser visto. "Aquí espero a que pase el grupo, pues no sé como saludarlos," se dijo. Pero con la clase de suerte que le acompañaba, los hombres no pasaron sino que se sentaron justo debajo del árbol. Uno de ellos le dijo a otro: "Aquí en esta sombra podemos contar bien el dinero sin que nadie se percate de lo que hacemos." Y hablando y diciendo vació una bolsa llena de monedas, formando con ellas una pequeña loma. "¿Qué haces? Habló otro encolerizado. "Cualquiera que pase se dará cuenta al ver la montaña de dinero." Y así comenzó una gran discusión entre estos ya reconocidos ladrones. De esta condición no se dió cuenta Juan Bobo pero sí de que se peleaban por la cuestión del dinero. Recordando la situación anterior en que se vió envuelto exacta a la que observaba en estos momentos, muy seguro de sí mismo les gritó: "¡No peleen, señores, por favor!" rompiendo, al moverse para hablar, la bolsa de arroz que llevaba consigo. Los ladrones, al sentir caer sobre ellos tal lluvia de arroz pensaron que era un castigo de los dioses y clamaron aterrados: "¡Socorro, socorro. Los dioses nos castigan! Regalamos el dinero!" A renglón seguido huyeron despavoridos, dejando la montaña de monedas por detrás.

"¡Ahora sí que he saludado bien, al final! Estos hombres tan agradecidos me han hecho un buen regalo," pensó muy contento Juan Bobo. Y bajándose del árbol recogió en su bolsa el arroz y las monedas y emprendió el camino a su casa. Cuando llegó allí, le mostró a su madre todo lo que traía en sus brazos exclamando: "¡Mira mamá, somos ricos!"

"¿Y cómo sucedió?," preguntó ella asombrada.

"Madre, no es necesario explicar. Si se es cortés y obediente con todo el mundo es fácil hacerse rico."

THE HAUNTED HOUSE OF PONCE DE LEON

A LEGEND FROM PUERTO RICO

Ponce de León lived in Puerto Rico more than four hundred years ago. He owned a marvelous home in the town of Caparra. When the explorer died in battle, fighting the Seminole Indians of Florida, the government took over the house. The place was large: There were byway stairs made from native wood, that led to the second floor and its seven bedrooms. A balcony surrounded this second floor on all sides. Ponce de León's room had two doors that opened onto the balcony. The people of Caparra remembered well how the explorer spent the hours after dinner and before bedtime on this balcony.

After Ponce de León died, the governor appointed Gaspar de Hinojosa guardian of the old house. Gaspar moved into the second floor with his two daughters and his wife Maria. Within a week Gaspar went to speak with the governor.

"Governor, I have come to let you know that you need to find another guardian for the house. On my family's request, I have abandoned the Captain's house."

The governor looked at him and asked: "Is the house too old? Have you found a better job or a more modern home?"

"Oh, no!" answered Gaspar. We moved to a rather small hut that is quite far from the center of town." The governor was confused. The job paid well and the house was marvelous. "Why are you leaving this wonderful house in the city? Each of your family members can have two bedrooms! You'd prefer a small one room place far away?"

A bit scared, Gaspar explained: "The house is haunted!"

"What do you mean haunted?"

"A few days after we moved we began hearing noises. The noise came from upstairs. They started each night after dinner. We usually spend this time talking or helping the girls with their homework. At first we thought the noises were mice that ran in the walls upstairs when they heard no people were up there. But one night my wife was tired. She went upstairs to go to sleep early. She heard the noises and followed them out onto the balcony. When she opened the door there was the captain with his back to her! He had on his helmet and his boots and was dressed for battle! After that night we have never gone upstairs early. Each night we hear the captain's boots as he marches back and forth across the balcony. You can see why my wife and the girls are frightened. The house is haunted!"

The governor believed Gaspar. Ponce de León had died in an angry battle. It was possible that his spirit was not at peace. The governor called the bishop. These two decided they would say a mass for the explorer—that his spirit may rest in peace.

Some time after the mass the governor appointed a new guardian for the house. But he did not last the first week. "We have seen the ghost of the Explorer!" The second guardian told the governor about the silhouette of the explorer's ghost. How he and his family had seen the ghost, sword in hand, talking and marching across the balcony. No, they did not see his face. But it was the ghost of Ponce de León for sure!

Each time a new guardian was appointed he told of the same occurrence: Each day at dusk the figure of Ponce de León, in uniform with helmet and boots, marched from one end of the balcony to the other. Many masses were offered for the peaceful rest of the explorer's spirit. But none achieved its goal. The bishop and the governor decided to give up. They closed the house and moved the furniture and paintings of the explorer somewhere else. They even nailed wood boards to all the windows and around the balcony.

And that would have been the end of the story and the legend of Ponce de León's ghost. And it was for many years. But then one day the bishop went to the governor's office and asked to see him. He wanted to tell the governor the real story of the ghost of Ponce de León.

"I come from giving last rites to an old man who has lived here all his life. He asked that I come and tell you of his last confession. The old man was a great admirer of Ponce de León. When he heard of the explorer's death he devised a ritual—part in honor of Ponce de León, part as an exercise with hopes of developing similar courage. Each night when he was finished his dinner, the old man scaled the side of the explorer's home and climbed onto the balcony. There, dressed just like the explorer, he marched back in forth until the day the house was boarded up!

And that was the real story behind the haunted house of Ponce de León.

La Casa Encantada De Ponce de Leon

Una Legende de Puerto Rico

ace más de cuatrocientos años que Ponce de León vivió en la isla de Puerto Rico. El Conquistador murió en la Florida en batalla contra los indios semínolas. Al no regresarse a Puerto Rico el gobierno quedó encargado de su magnífica casa en Camparra. Era una grande casa: Por los escalones, hechos de maderas del país, se subía a siete habitaciones en el segundo piso. A este piso le rodeaba un amplio balcón por todos los costados. La habitación del Conquistador tenía dos puertas que daban a ese. Todos los de Caparra recordaban cómo, en vida, el Conquistador se pasaba horas en este balcón después de la cena y antes de acostarse.

Al morir Ponce de León, el Gobierno nombró a un señor llamado Gaspar de Hinojosa, como guardían de la antigua casa. Gaspar se mudó al segundo piso con sus dos niños y su esposa María. Pero en menos de una semana fue a hablar con el oficial del gobierno que lo había nombrado en dicha posición.

"Señor Alcalde he venido a anunciarle que necesita nombrar a otro

guardián. Para complacer a mi familia he abandonado la casa del Capitán".
El señor Alcalde lo miró y le preguntó asombrado: "¿La casa está muy vieja?
¿Has encontrado un trabajo mejor o una casa más moderna?"

"¡Oh, no! respondió Gaspar. "Estamos en un bohío pequeño bastante
lejos de la ciudad." El oficial pareció confundido. Élle había ofrecido a
Gaspar un buen sueldo por su trabajo y la casa del Capitán era maravillosa.
"¿Por qué dejas una gran casa en la ciudad con tantas habitaciones que a
cada miembro de la familia le tocan dos, por un cuchitrillo apretado y tan
alejado?" Un poco asustado, Gaspar contestó: "¡Es que la casa está encantada!"

"¿Cómo que encantada?" preguntó el Alcalde.

"Si, Señor, a los pocos días de llegar empezamos a oír ruidos en el segundo piso, después de la cena. Como nos pasamos ese tiempo hasta irnos a
dormir platicando, o ayudando a las niñas con las tareas, pensamos que tal
vez eran ratones corriendo por las paredes del segundo piso cuando no
escuchaban a nadie allí. Pero una noche mi mujer, bastante cansada, subió
con intenciones de acostarse temprano. Ella notó los ruidos y los siguió
hasta al balcón. ¡Cuando abrió la puerta se encontró allí con el Capitán de
espalda! Llevaba su casco, sus botas e iba vestido para la guerra. Desde ese
día no subimos al segundo piso temprano. Todas las noches escuchamos las
botas del Capitán caminando de un lado a otro del balcón. Con razón los
niños y mi mujer tienen miedo. ¡La casa está encantada!"

El señor Alcalde le dió la razón a Gaspar de Hinojosa: El Capitán murió
violentamente. Era muy posible que su alma no estaba en paz. El oficial se
puso en contacto con el obispo y decidieron dar una misa por el descanso
del alma de Ponce de León.

Poco tiempo después de la misa, el oficial nombró a otro guardián. Este
no duró ni esa semana. Se apareció en la oficina del Alcalde: "¡He visto el
fantasma del Conquistador!" El segundo guardián contó tambien de la

silueta del Adelantado y cómo caminaba mientras que hablaba con una espada en la mano. Tampoco vió su rostro pero estaba seguro: ¡era el fantasma del Adelantado!

Así sucedió que otros enviados por el señor Alcalde reportaron ver lo mismo: Al caer la oscuridad de la noche, en el balcón de la casa del Conquistador se veía su figura marchando vestido en su uniforme con casco y botas. No hubo misa ofrecida por el descanso de su alma que lograra esa meta. El obispo y el oficial del gobierno desalojaron la famosa casa de Caparra. Los enseres y recuerdos del Conquistador fueron trasladados a otra parte. Hasta llegaron a tapar las ventanas y el balcón con madera taladrada por las afueras de toda la casa.

El cuento de la casa encantada se hubiese terminado aquí y así pasó a ser historia por mucho tiempo. Pero al cabo de cinco años el obispo se presentó en las oficinas del gobierno y pidió ver al señor Alcalde. Ese día se supo la verdad sobre el fantasma.

"Acabo de confesar en artículo de muerte a un viejo cacique quien me pidió que le explicara lo siguiente. Siendo fanático de Ponce de León y admirador de sus obras, a saber de su muerte, como homenaje a su memoria, en un intento por adquirir el valor y la destreza del gran guerrero, empezó un ritual. Al cerrar cada noche, escalaba la fachada de la casa de Caparra. Al alcanzar el segundo piso el cacique se vestía con la armadura del Adelantado y se paseaba por el balcón. Esta ceremonia la realizó todas las noches hasta el día en que la casa fue abandonada."

Y así es como termina la leyenda de Ponce de León y de su casa encantada.

THE ROSE-COLORED SLIPPERS

BY THE CUBAN POET JOSE MARTÍ
Translated by Elinor Randall

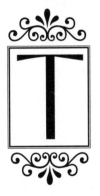

The sand is fine by the choppy sea,
The sun shines as brightly as fire;
Pilar wants to show off her fine feathered hat
For all to observe and admire.

"An enchanting child," her father says,
And kisses her on the hand.
"Go to the beach, my captive bird,
And bring me some of that sand."

"I'll go with my pretty daughter,"
Pilar's good mother decides.
"But don't let those rose-colored slippers
Get soiled by the sand or the tides!"

So both went out to the garden
By the laurel-bordered way;
The mother plucked a carnation,
Pilar picked a jasmine spray.

Pilar with her gay purple pail,
Her shovel and bright red hoop,
Is ready to play on the beach now
And some of that sand to scoop.

The people crowd round as they leave;
Not a one wants to bid them good-bye;
Then Pilar's mam· starts laughing
And an old man begins to cry.

The breezes muss Pilar's neat hair
As she runs to and fro, still quite clean.
"Mam·, would you tell me just how it feels
To be and act like a queen?"

Pilar's good father has ordered the coach
Just in case the darkness should come;
Unawares from over the wide blue sea,
For he wanted them safely home.

The beach is so lovely this afternoon
And everyone seems to be there;
Florinda, the French girl's nursemaid,
Wears her glasses to guard against glare.

The soldier Alberto is there today;
He seems to be off on a spree
With his tricorned hat and his walking stick,
As he launches his boat in the sea.

Magdalena is such a naughty girl
With her ribbons and bows so grand,
For she takes her doll without any arms
And buries it deep in the sand!

In the beach chairs arranged along the beach
Some couples go chatting for hours;
Beneath their colorful parasols
The ladies resemble flowers.

But those strange ways make the sea quite sad;
Their manners and customs offend;
All the joy is there by the cliffs far away
Out there with the crowds round the bend.

The waves sleep more soundly, the people claim,
Over there with the crowds, they say,
And the sand is far whiter and finer, too,
Where none but the little girls play.

Pilar runs right back to her mother now:
"Mamá, I shall do as I should;
Let me go and play alone in the sand

Over there; you can see, I'll be good!"

"Pilar, you're so very capricious!
Not a day when you don't make me fret!
Go and play, but do not let the water
Get those rose-colored slippers all wet."

The wavelets creep up to their feet
And both of them cry out with glee;
The girl in her feather-trimmed hat
Waves good-bye as she runs by the sea.

She runs off to where, far away,
The waters are heavy with brine,
Away where the poor are relaxing,
Away where the aged spend time.

Pilar goes to play by herself
As the wavelets slip back to their bed,
And time goes by and an eagle
Soars high in the sky overhead.

And quite a while after the sun sank
O'er the golden hills beyond reach,
A modest little feathered hat
Could be seen coming back o'er the beach.

Pilar walked as if deeply troubled;
Her gait was like one who is lame.

Oh why does that child walk like that,
With her head hanging low and in shame?

Her pretty mamá knows full well
Why she walks in that shamefaced way:
"I don't see your rose-colored slippers;
Where are they, my child, do say!

"Oh foolish girl, did you lose them?
Tell me, Pilar," said she.
"Señora," a woman in tears replied,
"I have them right here with me!

"I have a sick little daughter
Who cries in her dismal room,
So I carry her here for the sea air
And to sleep in the sun, not the gloom.

"Last night she dreamed about Heaven;
Heard a song, do you understand?
This filled me with fear and foreboding,
So I brought her to sleep on the sand.

"I saw her two tiny arms folded
As if in a close embrace,
And noticed her poor little feet so bare
And the look on her sad little face.

"When the surf crept up to my body,

I looked up and saw your daughter—
Your child with her new feathered hat
As she stood between us and the water.

"'Your child looks just like a picture;
Is she made out of wax?' asked Pilar.
'And tell me, why has she no shoes on?
Can she play? We will not go too far.

"'But see, her hands are on fire
And her feet are as frozen as ice!
Oh, take all my things, please do take them;
I have others at home just as nice!'

"After that, pretty lady, what happened
Is something I can't quite recall,
But I saw some rose-colored slippers
On my little girl's feet, that is all!"

Two women—one English, one Russian—
Removed their fine neckerchiefs then;
And Florinda, the French girl's nursemaid,
Removed her eyeglasses again.

The sick girl's mamá spread her arms
And enfolded Pilar to her breast,
Unbuttoned her daughter's frayed dress
(Lacking ribbons and bows, though her best).

Now Pilar's mamá wants to know
Every detail about that sick child;
She cannot abide to see anyone weep,
To illness and need reconciled.

"Yes, indeed, dear Pilar, you may give them!
Your cloak and your ring—and that too!"
Pilar gave the woman her purse then,
The carnation, a kiss: "They're for you!"

At night they returned in deep silence
To their home with its garden in bloom,
Pilar perched atop a soft cushion
And both with no signs of past gloom.

And a butterfly poised on a rose bush
In a looking glass claimed it observed
A reflection of rose-colored slippers
Held therein and forever preserved.

LOS ZAPATICOS DE ROSA

POR EL POETA CUBANO
JOSÉ MARTÍ

Hay sol bueno y mar de espuma,
Y arena fina, y Pilar
Quiere salir a estrenar
Su sombrecito de pluma.

—"Vaya la niña divina!"
dice el padre, y le da un beso.
—"Vaya mi pájaro preso"
a buscarme arena fina".

—"Yo voy con mi niña hermosa",
le dijo la madre buena.
—"!No te manches en la arena
los zapaticos de rosa!".

Fueron las dos al jardín
Por la calle del laurel,

La madre cogió un clavel
Y Pilar cogió un jazmín.

Ellas va de todo juego,
Con oro, y balde y paleta;
El balde es color violeta;
El aro es color de fuego.

Vienen a verlas pasar,
Nadie quiere verlas ir,
La madre se echa a reír,
Y un viejo se echa a llorar.

El aire fresco despeina
A Pilar, que viene y va
Muy oronda: —"¡Di, mamá!
¿Tú sabes qué cosa es reina?"

Y por si vuelven de noche
De la orilla de la mar,
Para la madre y Pilar
Manda luego el padre el coche.

Está la playa muy linda;
Todo el mundo está en la playa;
Lleva espejuelos el aya
De la francesa Florinda.

Está Alberto, el militar

Que salió en la procesión
Con tricornio y con bastón,
Echando un bote a la mar.

!Y qué mala, Magdalena
con tantas cintas y lazos,
a la muñeca sin brazos
enterrándola en la arena!

Conversan allá en las sillas,
Sentadas con los señores,
Las señoras, como flores,
Debajo de las sombrillas.

Pero está con estos modos
tan serio, muy triste el mar;
lo alegre es allá, al doblar,
en la barranca de todos.

Dicen que suenan las olas
Mejor allá en la barranca,
y que la arena es muy blanca
donde están las niñas solas.

Pilar corre a su mamá:
—"¡Mamá, yo voy a ser buena;
déjame ir sola a la arena;
allá, tú˙ me ves, allá!"

—"!Esta niña caprichosa!
No hay tarde que no me enojes:
Anda, pero no te mojes
Los zapaticos de rosa".

Le llega a los pies la espuma,
Gritan alegres las dos;
Y se va, diciendo adiós,
La del sombrero de pluma.

¡Se va allá, donde ¡muy lejos!
Las aguas son más salobres,
Donde se sientan los pobres,
Donde se sientan los viejos!

Se fue la niña a jugar,
La espuma blanca bajó,
Y pasó el tiempo, y pasó
Un águila por el mar.

Y cuando el sol se ponía
Detrás de un monte dorado,
Un sombrerito callado
Por las arenas venía.

Trabaja mucho, trabaja,
Para andar: ¿qué es lo que tiene
Pilar que anda así, que viene
Con la cabecita baja?

Bien sabe la madre hermosa
Por qué le cuesta el andar:
—"¿ Y los zapatos, Pilar,
los zapaticos de rosa?"

"¡Ah, loca! ¿en dónde estarán?
¡Di dónde Pilar!" — "Señora",
dice una mujer que llora:
"¡están conmigo, aquí están!"

"Yo tengo una niña enferma
que llora en el cuarto oscuro
y la traigo al aire puro,
a ver el sol, y a que duerma".

"Anoche soñó, soñó
con el cielo, y oyó un canto,
me dió miedo, me dió espanto,
y la traje, y se durmió".

"Con sus dos brazos menudos
estaba como abrazando;
y yo mirando, mirando
sus piececitos desnudos".

"Me llegó al cuerpo la espuma.
Alcé los ojos y vi
Esta niña frente a mí

Con su sombrero de pluma".

—"¡Se parece a los retratos
tu niña! —dijo—Es de cera?
¿quiere jugar? !si quisiera!
¿y por qué está sin zapatos?"

"Mira, ¡la mano le abraza,
y tiene los pies tan fríos!
¡oh, toma, toma los míos,
yo tengo más en mi casa!"

"No sé bien, señora hermosa,
lo que sucedió después;
¡Le vi a mi hijita en los pies
los zapaticos de rosa!"

Se vió sacar los pañuelos
A una rusa y a una inglesa;
El aya de la francesa
Se quitó los espejuelos.

Abrió la madre los brazos,
Se echó Pilar en su pecho,
Y sacó el traje deshecho,
Sin adornos y sin lazos.

Todo lo quiere saber
De la enferma la señora:

¡No quiere saber que llora
de probeza una mujer!

—"¡Sí, Pilar, dáselo! ¡y eso
también! ¡tu manta! !tu anillo!"
Y ella le dió su bolsillo,
Le dió el clavel, le dió un beso.

Vuelven calladas de noche
A su casa del jardín;
Y Pilar va en el cojín
De la derecha del coche.

Y dice una mariposa
Que vió desde su rosal
Guardados en un cristal
Los zapaticos de rosa.

THE DWARF WHO BECAME KING

A MAYAN FOLKTALE
By *Idella Purnell*

ilim came running to meet his grandmother, as she came home from a neighbor's house.

"Oh, Grandmother," he cried, "I hope you had a lovely afternoon! I hope you had a lovely visit!" And he handed her a bunch of white sac-nict blossoms.

Grandmother smiled at Little Boy Tilim and gave him a big hug. They went into their oval house, and she found the bowl in which to put the pretty white blossoms.

"Where were you playing, Tilim?" asked Grandmother, as she arranged the flowers in the bowl.

"I took my dog Pek," said Tilim, "and went down the road to the place where those white men from far away are digging up the cities that are buried. They are called Americans, those men, Grandmother, and they wear such funny clothes! Little Boy Tilim laughed.

"What are their clothes like?" asked Grandmother.

"They wear trousers of brown cloth, and shirts that tuck inside their belts, and great big shoes, not like ours, Grandmother, but made of leather all the way up to their knees! And tied in front with strings, not fastened with pretty buckles like ours."

"And what did you say they are doing?" asked Grandmother.

"They are digging up cities, Grandmother, great big white houses and palaces. They are lovely and they shine in the sun, and they are covered over with carvings and painted pictures. The Americans dig and dig, and they take all the dirt away, and after a while there is a white house where a little hill used to be before."

Grandmother stirred the zaa.

"Those white men are almost like the Dwarf of Uxmal," she said. "The buried cities were made by our grandfathers' grandfathers, Little Boy Tilim; but they moved away and left their houses and palaces, and the sun and the wind and the rain beat down upon them, and the dust blew over them, and covered them up. And now the white men come and make them reappear. Yes, each one of them is almost like the Dwarf of Uxmal!" (Oosh-mahl.)

"Who is the Dwarf of Uxmal, Grandmother?" asked Tilim, as he rolled a corn cake around some deer meat and began to eat his supper. The zaa smelled so good, and the deer meat was so delicious, and he knew his grandmother was going to tell him a story!

Grandmother smiled, and started to tell the story of the Dwarf of Uxmal.

Long ago and long ago, before our grandfathers' grandfathers built the white cities the white men from far away are digging out of the little green hills, there used to be strange things in this country of ours, dear Little Boy Tilim. There used to be snakes with four heads, and tall thin giants, and wizards that rode through the air on thick straw rugs, making, as they rode around, the noise the buzzards make. And at the place called Uxmal there used to be nothing at all but a big white palace the king lived in, and little houses the poor people lived in, and an ugly, tumble-down old hut in which there lived a witch.

She was a hideous old witch, with white hair and a crooked nose and eyes that crossed. And her chin turned up so that it almost met her nose.

She was so mean and cross that nobody loved her. Whenever any one saw her coming, he always ran fast the other way.

By and by she was so lonely that she didn't know what to do. So one dark night, when the winds were blowing hard and the tall thin giants were walking along all of the roads, the old witch decided to go to the wise men of the hills, and ask them for a son. She ran out of her hut, her tattered old rags flapping, and went toward the hills where the wise men lived in dark caves.

She heard the Moan birds crying in the dark, and she saw the tall giants, thin and white as the wind, but she hurried on until she came to the caves the wise men of the hills.

"O wise men," she cried, "I have always been cross and unkind, and now I am lonely and I want a son."

The wise men of the hills stood in a circle in the dark cave, and by the light of their fire the old witch saw that they all had hunched backs and great big noses and crooked arms and legs.

The wise men looked at each other and said nothing, but the oldest one waggled his long white beard. Then the youngest one hopped to the fire, and he reached in it with a stick, and pulled out an enormous white egg!

"Here," the wise men told the old witch, "take this magic egg home, and guard it carefully, and out of it will come a good son for a cross old thing like you!" And the wise men laughed to themselves.

The old witch seized the egg, and without even so much as saying thank you, she hurried out of the cave and down the hills.

When she got home she put her treasure in a corner of the fireplace, where it would keep warm. Every day she would watch it, and think to herself that now she wouldn't be lonely any more.

One day she heard a sound inside the egg, just like the noise a baby chicken makes when it is hatching. She began to watch it. Pretty soon the shell cracked, and out stepped the funniest little fellow you ever saw! He was seven hands high; and his face was old and wise. He could walk and talk already.

The old witch was delighted with her son. He sat in the corner all day, seeing everything and talking wisely.

Among other things, he noticed that the old witch always took good care of the fire before she went out to fill her pitcher at the big well.

He began to think something was hidden beneath the fire.

When the old witch wasn't looking, he made a tiny hole in the big water jar. The next time she went to the well he knew that as fast as she poured water in, it would fall out of the little hole. He knew she would be a long time at the well trying to fill her jar, and he would have a chance to look underneath the fire in the fireplace.

The next day, as soon as the old witch had gone to the well, he ran to the fire and raked the coals aside. Then he dug fast, and what do you think he found?

He found a great golden cymbal, and two little silver sticks to hit it with. He took them out, and he hit the cymbal with the silver sticks. It sounded like thunder and like music. He played on it again. It sounded like the ocean and like birds signing. He struck the golden cymbal with the silver sticks a third time, and it sounded like a storm and like great bells ringing. Then he put them back in the hole and covered them up, and raked the coals back into place again.

Having done this, he ran back to his corner and pretended to sleep.

The old witch, trying to fill her pitcher, heard the great booming sounds that went over the whole country. She dropped her pitcher and hurried back to the hut. She found the dwarf asleep, and she shook him hard.

"What was that noise?" she shouted.

"It must have been a turkey flying over the trees," yawned the dwarf, rubbing his eyes.

The old witch looked at him and didn't say a word, for she knew what it was.

The king in his big white palace knew, too, and so did the people. The king turned pale, but the people began to sing and to dance. Their prophets had said that when the silver sticks hit the golden cymbal, the one who struck them together would be the new king. So the people rejoiced, and they went in processions to find their new lord.

The old king turned pale, and asked his wise men what he should do. They told him he should call the striker of the cymbal before him. They would spend the whole night making up hard tests, and if he could pass them, he could be king.

The next day the people found the dwarf and brought him to the palace. Every one laughed then, to see such a funny little figure standing before the king. But the old king did not laugh.

"If you are he who is to be King of Uxmal," said he, "you must answer any question I ask, for you should be wiser even than I."

"Ask me what you will," the dwarf answered.

The king pointed to a tree growing in front of his palace.

"Tell me truly, without mistaking the count by even one, how many fruits there are in the ceiba tree that makes the garden in front of my palace cool and shady."

The dwarf cocked an eye at the tree.

"I tell you truly," he replied, "there are ten times a hundred thousand, and two times seventy, and three times three. If you don't believe me, climb up and count them one by one yourself and you will see."

Just then a black bat flew out of the ceiba tree. It swished by the king's ear and squeaked: "He has told the truth."

The king said that the second test would be given the next day. He would have the Chief High Counselor crack four baskets of nuts on the dwarf's head with a stone hammer. The dwarf said he was willing, but he asked the king if he would undergo the same test. The king answered, "All that you can stand, I can."

"All right," said the dwarf. "But I don't like the little path that leads to my mother's house. I will see to it that she has a path fit for a king's mother."

The second day came, and when the people gathered to see the test of the nut-cracking, they beheld a white shining road leading from the palace to a white stone house standing where the old witch's hut had been.

The old mother witch had put an enchanted copper plate under the dwarf's hair, and having the nuts cracked on his head didn't hurt a bit. Every one was astonished.

"You don't need to try this test," the dwarf said to the king, "I am sure it would hurt you more than it did me."

The old king invited the dwarf to spend the night with him before the morning of the third test. But the dwarf answered, "No, I don't like your palace. I am going to have one that is really proper for a king."

The third day there was a shining white palace, ten times finer than the old king's, and many other white palaces around it, with strange men living in them. Perhaps the palaces had been there all along, invisible, built by the wise men of the hills, and perhaps the dwarf simply made them visible. Nobody knows.

The third test was that the dwarf and the king had each to make a little doll to look just like himself, and then put it in a fire. If one of the dolls did not burn, its maker should be king.

The old king tried first. He made a little doll out of hard wood. The fire burned it to ashes.

"Try again," said the dwarf.

The old king's hands were shaking, but he made one more doll, of shining gold. The fire melted it into a little golden puddle.

Then the dwarf made his doll, of soft clay mud. When it was put into the fire, it baked harder and harder, and when they took it out, it was better than ever.

So the dwarf was crowned king, and all of the people rejoiced.

"That is why, dear Little Boy Tilim," said Grandmother, "that is why the Dwarf of Uxmal and the white men from far away are alike: they make cities appear. But the Dwarf of Uxmal was not like the white men, who are good, and who do what they do because they want to find out what was good in the lives of our grandfather's grandfathers and save it. He was a bad little dwarf, and not very many years went by before the people rose against him and made him go away.

So you can see it is more important to be kind and good than to be ever so clever and astonishing. The dwarf astonished everybody and he was so clever he could pass all the tests. But he told stories and he was lazy, and he never really loved anybody but himself; and he was never happy as people are when they do good deeds. The ugly old witch was lonely again after he was king, and he was soon as lonely as she was, because nobody dared to tell him anything at all. He did not have even a dog like Pek to love him."

And so, in far-off Yucatan, his grandmother smiled at Tilim, who kissed her for telling him such a nice story, and then went to feed Pek.

EL ENAÑO REY

CUENTO TRADICIONAL MAYA
Escrito por Idella Purnell

Tilim corrió a recibir a su abuela que regresaba de visitar a un vecino.

¡Hola, abuela! espero hayas pasado una tarde agradable y que haya resultado grata tu compañía, le dijo a la vez que ponía en sus manos un ramo de flores Sac-nieté blancas.

La abuela se sonrió y le dió un fuerte abrazo. Entraron en la casa y ella se fue a buscar una jarra donde colocar las bellas flores.

¿Adonde fuiste a jugar?, preguntó mientras arreglaba el ramo.

"Me fuí a pasear con Pek, mi perro" dijo Talim, "y nos fuimos por la carretera abajo hacia el lugar donde esos hombres blancos venidos de lejos están desenterrando las ciudades subterráneas. Les llaman americanos, abuela, ¡usan unas ropas tan raras!" rió el pequeño Tilim.

¿Cómo son esas ropas? preguntó la abuela.

"Usan pantalones oscuros y camisas metidas por debajo de los cinturones y unos zapatos muy grandes, no como los nuestros, abuela, sino altos hasta la rodilla y hechos de cuero. Y se los amarran con cordones, no con bonitas hebillas como los nuestros"

"¿Y qué dices que están haciendo?", preguntó la abuela.

"Están desenterrando ciudades, abuela grandes casas blancas y palacios. Son preciosos y brillan bajo el sol, todos tallados y cubiertos de bellas pinturas. Los americanos excavan y excavan y sacan todo el polvo y el lodo y aparece una casa blanca allí donde antes había una pequeña loma."

La abuela revolvió el "zaa".

"Esos hombres blancos son como Enanos de Uxmal",dijo. "Esas ciudades enterradas las construyeron los abuelos de nuestros abuelos, pequeño Tilim, pero ellos emigraron, dejando atrás sus casas y palacios, que fueron agotados por el viento, la lluvia y el polvo y a la larga los fueron cubriendo. Ahora los hombres blancos las hacen reaparecer. Sí, cada uno de ellos es casi como un Enano de Uxmal".

"¿Y quién es el Enano de Uxmal, abuela?" preguntó Tilim, miestras enrollaba carne de venado en un pastel de maíz que sería su cena. El "zaa" olía muy sabroso, el venado estaba delicioso y él sabía que su abuela le iba contar una bonita historia. Ella sonrió y así comenzó el cuento del Enano de Uxmal.

Hace mucho mucho tiempo, antes de que los abuelos de nuestros abuelos construyeran las blancas ciudades que los hombres blancos venidos de lejos excavan hoy en las pequñas lomas verdes, en este país nuestro existían casas extrañas, querido Tilim. Habían serpientes de cuatro cabezas y gigantes altos y delgados y magos que volaban en alfombras de paja haciendo el mismo ruido que las auras tiñosas. Pero en el lugar llamado Uxmal sólo había un gran palacio blanco donde vivía el rey, pequeñas casas donde vivía la gente pobre y una vieja y destartalada choza donde vivía una bruja.

Era una odiosa bruja vieja, de pelo blanco, ojos y nariz torcidos y su barba tan curveada que casi le tocaba la nariz.

Nadie la quería por vil y mal geniosa. Cuando alguien la veía venir tomaba el camino opuesto.

Con el tiempo se sintió tan sola que no sabía qué hacer, así que en una oscura noche, cuando el viento soplaba fuertemente y los gigantes delgados andaban por todos los caminos, la vieja bruja decidió ir a pedir un hijo a los hombres sabios de las montñas. Salió corriendo de su choza, sacudiendo sus harapientos andrajos, y se fue a las profundas cuevas donde vivían aquellos sabios.

Por el camino oía a los quejumbrosos pájaros chillando en la oscuridad, vió a los delgados gigantes, finos y transparentes como el viento y se apresuró a llegar a las cuevas donde habitaban los sabios de las montañas. "¡Hola, hombres sabios!", exclamó. "He sido siempre dura y rabiosa pero ahora me siento sola y quisiera tener un hijo".

Los hombres sabios de las cuevas se pusieron de pie formando un círculo y, a la luz del fuego, la bruja pudo ver que todos eran corcovados, con enormes narices y de piernas y brazos jorobados.

Se miraban unos a otros pero no se hablaban, cuando el más viejo meneó su larga barba blanca. Entonces el más joven saltó hacia el fuego con una varilla ¡y sacó de allí un enorme huevo blanco!.

"¡Aqui!" le dijo el sabio a la bruja. "Llévate este huevo mágico y cuídalo bien. ¡De ahí saldra un hijo bueno para una vieja bruja como tú¡" Y los sabios se rieron entre ellos.

La vieja bruja agarró el huevo y, sin siquiera dar las gracias, corrió afuera de la cueva, por la montaña hacia abajo.

Cuando llegó a su casa puso su tesoro en una esquina de la chimenea donde se mantendría con calor. Lo vigilaba día a día y pensaba que ya no estaría sola más nunca.

Un día oyó un ruido dentro del huevo, muy parecido al que hace un pollito al salir del cascarón. Muy pronto se rompió la cáscara ¡y de allí salió el sujeto más cómico que jam·s se haya visto! Tenía siete manos de alto, ya podía caminar y hablar y su cara era la de un viejo sabio.

La vieja bruja se encantó con su hijo. Él se sentaba en un rincón todo el día, observándolo todo y hablando juiciosamente.

Entre otras cosas, notó que la bruja siempre siempre vigilaba mucho el fuego antes de salir a llenar su cántaro en el pozo grande y empezó a pensar si ella escondería algo allí debajo.

Aprovechó un momento de distracción y le abrió un hueco grande al cántaro, de modo que cuando ella fuera al pozo a llenarlo se demoraría mucho tiempo en lograrlo, lo que le daría a él la oportunidad de mirar qué había dabajo del fuego en la chimenea.

Al próximo día, tan pronto como la vieja bruja se fue al pozo, él fue corriendo hacia el fuego y apartó los carbones. Escarbó rápidamente y ¿qué creen encontró? :un gran címbalo de oro con dos palillos de plata para hacerlo sonar. Lo tocó inmediatamente y le sacó un sonido musical de truenos. Lo volvió a tocar y sonó entonces como el ruido del océano junto a un canto de pájaros. Por la tercera vez lo toco y salió como el retumbar de grandes campanas en medio de una tormenta.

Entonces los restituyó al hueco donde estaban y los cubrió de nuevo con los carbones, regresando después a su rincón para hacer creer que dormía. La vieja bruja, que estaba tratando de llevar su cántaro, oyó aquellos estampidos sonoros que se esparcieron por todo el país. Soltó el cántaro, corrió a su choza y despertó al enano, sacudiéndolo fuertemente.

"¿Que fueron esos ruidos?" gritó ella.

"Debe haber sido un pavo volando sobre los arboles" le contestó el enano, bostezando y frotándose los ojo.

La vieja lo miró y no dijo una palabra, pero ella sí sabía lo que había pasado.

El rey, en su gran palacio blanco lo sabía también, al igual que el pueblo.

El rey palideció, pero el pueblo cantó y bailó. Los profetas habían dicho que quien hiciera sonar el címbalo de oro con los palillos de plata sería el nuevo rey. De ahí el regocijo del pueblo, que marchó en procesión a encontrarse con su nuevo señor.

El rey, casi desmayado, preguntó a su corte de sabios qué debía hacer. Le indicaron que llamara a comparecer al cimbalista, quien debía someterse a las difíciles pruebas que ellos prepararían durante esa larga noche. Si las pasaba todas, él podía convertise en rey.

Al siguiente día, el pueblo encontró al enano y lo trajo al palacio. Se rieron mucho al ver aquella extraña y ridícula figurita de pie ante el rey. Pero el viejo rey no se rió.

"Si vas a ser el futuro rey de Uxmal" dijo "tienes que contestar correctamente cualquier pregunta que yo te haga pues debes demostrar ser más sabio que yo"

"Pregúnteme lo que quiera" contestó el enano.

El rey apuntó hacia un ·árbol que crecía frente al palacio.

"Dime, en verdad, sin equivocarte ni por uno en el conteo, cuántas frutas hay en la ceiba que refresca y da sombra al jardín en frente de mi palacio".

El enano le echó una mirada al árbol.

"En verdad le digo" advirtió él, "que hay diez veces cien mil y dos veces setenta, más tres veces tres. Si no me cree, suba y cuéntelas usted mismo, una por una.

En ese momento, de súbito, un murciélago negro salió volando de la ceiba y le espetó al rey en su oído: "Ha dicho la verdad."

La segunda prueba la fijó el rey para el próximo día. Él haría que el Jefe Consejero máximo rompiera con un martillo cuatro cestas de nueces en la cabeza del enano. Este aceptó el reto pero propuso que el rey pasara por la misma experiencia. "Todo lo que necesitas, lo puedo resistir yo" contestó el soberano.

"Bien", dijo el enano, "pero no me gusta el trillo que lleva a la casa de mi madre, así que yo veré a que se le haga una senda apropiada a la madre de un rey".

Llegó el segundo día y cuando el pueblo se reunió para presenciar la prueba de las nueces, pudieron contemplar un reluciente camino blanco que iba del palacio a una casa de piedra blanca que se levantaba donde antes estuviera la choza de la vieja bruja.

La dicha vieja madre bruja había colocado una placa encantada de cobre debajo del pelo del enano, por lo que el rompimieno de las nueces en su cabeza no lo afectó en lo más mínimo. La gente no salía de su asombro.

"No necesita pasar por esta prueba", dijo el enano al rey. "Estoy seguro que a usted le afectaría más que a mí".

El viejo rey invitó al enano a pasar con él la noche anterior a la tercera prueba, pero aquél le contestó: "No, no me gusta su plalacio. Voy a tener uno que sea realmente propio de un rey".

Y al tercer día, allí apareció un brillante palacio blanco, diez veces mejor que el del viejo rey, junto a otros muchos palacios blancos donde habitaban seres extraños. Tal vez estos palacios habían estado allí siempre, invisibles, construidos por los hombres sabios de las montañas o simplemente, tal vez, el enano entonces los hizo visibles. Eso nadie nunca lo sabrá.

La tercera prueba consistía en que tanto el enano como el rey harían un muñeco que luciría como ellos mismos y los pondrían en el fuego. Si uno de los muñecos no se quemaba, su dueño sería el rey.

El viejo rey lo trató primero. Hizo un muñeco de madera dura, pero el fuego lo convirtió en cenizas.

"Vuelva a tratar" le dijo el enano.

Las manos del viejo rey temblaban, pero probó otra vez haciendo otro muñeco de oro macizo. El fuego lo derritió convirtiéndolo en un pequeño charco dorado.

Le llegó el turno al enano. El hizo el suyo de suave arcilla de barro, por lo que, al ponerlo al fuego, se endureció más y más y al sacarlo resultó estar en mejor forma que antes.

Y así el enano fue coronado rey, con el regocijo del pueblo.

"Por eso es, querido pequeño Tilim", dijo la abuela, "por eso es que el Enano de Uxmal y los hombres blancos venidos de lejos se parecen, porque resucitan ciudades, pero a la vez no se parecen porque los hombres blancos son buenos y lo hacen con el fin de averiguar qué hubo de sano y útil en las vidas de los abuelos de nuestros abuelos y tratan de conservarlo, mientras que el pequeño enano era un ser malvado que no pasaron muchos años antes de que el pueblo se levantara en su contra y tuviera que marcharse.

Por lo que puedes ver, es mucho más importante ser bueno y generoso que astuto y sorprendente. El enano asombró a todos y con su inteligencia pudo pasar todas las prueas. Pero era haragán y mentiroso y nunca amó a nadie sino a sí mismo, por lo que nunca pudo ser feliz como lo es el que hace buenas obras.

Después que el enano se hizo rey, la fea bruja vieja volvió a estar sola y él tan solitario como ella, porque la gente ni se atrevía a acercársele para hablarle. No tenía, ni siquiera, un perro, como Pek, que lo quisiera.

Y así, en el lejano Yucatán la abuela sonrió a Tilim, quien lo besó en agradecimiento por contarle tan linda historia y se volvió a darle de comer a su perro Pek.

History

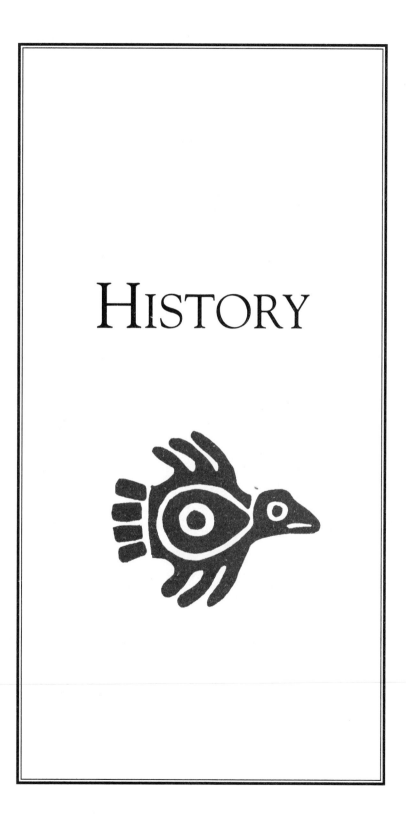

Empires of Pre-Columbian Latin America

THE TAÍNOS OF THE CARIBBEAN

The Taínos were native people of the Caribbean. In their language the word *Taíno* meant noble or prudent. These people were most probably descendants of the Arawaks from the northeast corner of South America. They began living in the Caribbean Islands more than fifteen hundred years ago. Throughout the one thousand years of their existence, the Taínos developed a way of life that was suited to their island environment. They lived in areas that include modern-day Cuba, the Virgin Islands, Puerto Rico, and Hispañiola.

At the height of their culture the Taínos were organized by independent regions; so there was no central governing body that unified the varying communities. Each region had its own ruler, or *cacique*, who oversaw the government and religion. The cacique supervised the distribution of food and goods and also mediated between the physical and the spiritual worlds. When a cacique died, the title was passed on to a man in his family.

Caciques ruled over as many as three thousand people. There was a very established social hierarchy in each Taíno region. District chiefs called *nitaínos* helped the cacique by deciding such things as farming boundaries and fishing rights in each village. Below the nitaínos were the "middle class" Taínos: working people who owned land and had certain rights. At the bottom of the Taíno society were *naborias*. Naborias were similar to the serfs of Europe. They did not own land. In return for their work the naborias were housed and fed.

Taínos subsisted on farming and fishing. Mostly they planted manioc. Women (with their babies tied to them) and their older daughters did most of the farming. They knew how to protect these plants from the scorching heat of the Caribbean sun as well as how to help the plants survive the periodic dry spells of the islands.

Men were engaged in such tasks as fishing and canoe making. The Taínos had some resourceful fishing methods. One technique relied on the senna shrub. This plant contains a poison that only lasts a short time. The Taíno men would cut up the senna and toss the roots into a stream. The fish in the stream would become momentarily paralyzed and the men would wade into the stream and grab them with their hands. The Taínos were also very clever in their method of hunting geese. The male Taíno would wade up to his shoulders in water. He would wear a calabash over his head, with holes carved out so he could see. He would patiently wait, very still, until a goose was close by. At that instant he would pounce on the bird grabbing it by the legs.

The Taínos used the resources readily available to construct what they needed. Instruments were made from stone. And for their homes and boats the Taínos used mostly wood. Homes were very large huts with thatched roofs. Up to fifteen families lived in each hut. Many Taínos had tamed parrots and dogs as house pets in the huts. The Taínos made canoes by hollowing out the entire trunk of a tree. They would burn and slowly scoop out the ashes, until what was left was a canoe. Canoes were at times big enough to hold fifty Taínos. The canoes were used in fishing and trading with nearby villages.

The Taínos were the first people Columbus encountered in the New World, the "Indies." He accurately reported that these natives were docile, peaceful, and interested in befriending the explorers. On the day the Spaniards and the Taínos first encountered each other, the Taínos went to Columbus's ship. Their canoes were filled with parrots, cotton, arrows, and food. They happily traded these for the beads, brass rings, and small copper bells the Spaniards offered.

One of the most important caciques, Guacanagarí, invited Columbus to his region. There the two leaders enjoyed a dinner on the beach of lobsters, yams, and sweet potatoes. Columbus wanted to ally himself with this cacique. He showed Guacanagarí weapons and communicated with gestures. The cacique understood: Columbus wanted to build a fort. He could help the cacique protect his area from warlike natives. In return, Columbus needed Guacanagarí and his people to help the settlers establish themselves and begin farming. The cacique agreed. Columbus returned to Spain but some of his crew remained. These built a fort, getting themselves settled on the land and honoring their agreement to help defend the Taínos.

Although the Taínos' interaction with Columbus and his people was friendly, their meeting marked the beginning of the next era in the Taíno culture: their demise. Each time Columbus returned to the Indies, the natives and settlers were getting along worse. The settlers increasingly pressured the natives to hand over the gold; but there was little of it in these islands. At the same time the Spaniards had introduced diseases, common amongst Europeans, but deadly to the Taínos. The Taínos were dying off at an alarming rate. Because of the sickness epidemic in the villages and the aggressive Spaniards, the Taínos began deserting their villages. Columbus eventually realized that his plan to return to Spain with gold was not going to happen. Instead the explorer decided he would export the natives as slaves.

The Spaniards then began to get rid of the caciques. Without them, the Taínos would have no remaining organization, and they would be unable to defy the Spaniards. The settlers were ruthless in carrying out their plan. On one occasion, settlers went to go visit the cacique Caonabo and handed him an invitation from Columbus. Caonabo was to be mounted on horseback and decorated with honor, all as part of his special day with Columbus. When Caonabo mounted the horse and the gift bracelets were put on him, he realized the trick. The bracelets were handcuffs in disguise and he was now a captive of the Spaniards. Similar incidents occurred through 1496. The Taínos attempted to fight back but they were no match for the Spaniards. The skirmishes continued until the Battle of Higuey, in which the Spaniards won control of all of Hispañiola.

In the following years the Spaniards took more Taínos from Cuba and the Bahamas. The natives were taken from their families and villages and made to work in mines or on farms. The Spanish set up the *encomienda* system—a kind of slavery in which the natives worked, and in exchange, the Spaniards provided room and board and Christianization. But the treatment was so bad that many Taínos chose to kill themselves rather than endure it. One cacique, Hatuey, from a region in Cuba, was under the tutelage of the Spaniards. When a friar described heaven to Hatuey as a place of "glory and everlasting peace," the cacique asked if Spaniards went there. When the friar confirmed the caciques' fears, Hatuey replied that he would then rather go to hell. Surely in heaven he would suffer cruelties at the hand of the Spaniards. Years later the encomienda system was abolished and the Spanish Crown attempted to re-create Taíno villages. But by that time there were less than a thousand Taínos on Hispañiola. A similar fate met the Taínos of neighboring Caribbean islands.

Today we know very little about he life and customs of now-extinct Taínos. The encounter with the Spanish destroyed the Taíno culture, and barely any Taíno artwork or artifacts are left today. (This is partly a result of the less durable materials the Taínos used in building—although sturdy, wood easily disintegrates.) But the Taíno culture has left its mark on us—through language. Words such as barbecue, canoe, tobacco, tuna, and hurricane have their roots in the Taíno language.

LOS TAÍNOS DEL CARIBE

Los taínos eran indígenas de la región del Caribe. La palabra *taíno* en su idioma significa prudente o noble. Probablemente descendían de los arahuacos procedentes del noreste de Sudamérica y se establecieron en las islas del Caribe más de mil quinientos años atrás. Allá implantaron y adaptaron su forma de vida al ambiente de las islas que forman hoy en día Cuba, Puerto Rico, las Islas Vírgenes y La Española.

En el apogeo de su cultura los taínos estaban organizados por regiones independientes, cada una con su cacique o jefe respectivo. Este cacique dirigía el gobierno y la religión, supervisaba la distribución de alimentos y, a la vez, intermediaba en la vida física y espiritual de los súbditos. Al morir, su posición se pasaba por herencia a uno de los hombres de su familia.

En cada región taína, compuesta por unos 3,000 habitantes, existía una bien establecida jerarquía social. El cacique gobernaba auxiliado por los jefes de distrito, llamados nitaínos, los que decidían y determinaban los derechos en la pesca y la agricultura. Por debajo de los nitaínos seguían los taínos de la clase media, que poseían y trabajaban la tierra y también otorgaban ciertos derechos. En la más baja categoría social se encontraban los naborias, similares a los siervos en la antigua Europa, que no podian poseer la tierra y por su trabajo recibían solo casa y comida.

Los taínos vivían de la pesca y la agricultura, que consistía principalmente en plantar mandioca, un especie de yuca. Las mujeres, cargando a sus hijos atados a sus cuerpos, eran mayormente las responsables del trabajo en el campo y las que sabían cómo proteger el cultivo del abrasador calor del Caribe y de sus periódicas sequías.

Los hombres se encargaban de otras tareas como la construcción de canoas y la pesca, para lo que contaban con distintos recursos y métodos. Uno de ellos consistía en usar las propiedades tóxicas a corto plazo del arbusto sen. Cortaban sus raíces y las echaban en la corriente. Los peces, a su contacto, se paralizaban momentáneamente, lo que ellos aprovechaban para lanzarse al agua y pescarlos. También usaban otro sistema muy hábil para cazar gansos: se metían en el agua hasta los hombros llevando puesta en la cabeza una calabaza en la que habian abierto huecos que les permitían ver. Así permanecían muy quietos hasta que un ganso se acercaba lo suficiente, instante que aprovechaban para abalanzarse sobre el ave y agarrarlo por las patas.

Los taínos usaban todos los recursos disponibles para construir lo que necesitaban. Hacían los instrumentos de piedra y las casas y botes principalmente de madera. Las viviendas eran grandes chozas, con techos de paja y hojas, donde se albergaban en una sola hasta quince familias, quienes a veces, tenían además perros y cotorras amaestradas como mascotas. Hacían las canoas de los troncos de los árboles que ahuecaban quemando lentamente su interior y excavando las cenizas hasta que formaban la canoa. Las usaban para la pesca y el comercio con los pueblos cercanos y, a veces, podían transportar hasta cincuenta de ellos.

Los taínos fueron los primeros pobladores que se encontró Colón en el Nuevo Mundo, a quienes llamó indios por creer que, según su plan, había llegado a tierras de la India, en el lejano Oriente. Con razón los describió como dóciles y amistosos. Desde el primer día en que se encontraron, los taínos llevaron en sus canoas algodón, flechas, cotorras, y alimentos al barco de Colón, lo que intercambiaron gustosamente por las cuentas, anillos de bronce y campanitas de cobre que les ofrecieron los españoles.

Uno de los caciques más importantes, Guacanagarí, invitó a Colón a visitar su región y compartir una comida de langostas, ñame y boniatos en la playa.

A Colón le interesaba aliarse con este cacique y comunicándose con el por medio de señas y gestos le mostró las armas que poseía y le indicó que deseaba construir un fuerte que, a la vez, protegería su región de otros nativos guerreros. En cambio Guacanagarí y su gente ayudarían a los españoles a establecerse y a desarrollar la agricultura. Sobre esta base partió Colón hacia España, dejando atrás parte de su tripulación, que haría honor al pacto acordado.

Aunque este encuentro de las dos culturas fue amistoso, había comenzado ya la era triste de los taínos que resultó en su desaparición: cada vez que Colón regresaba de España encontraba más tirantes las relaciones entre los nativos y los colonizadores. Estos presionaban a los indígenas para encontrar oro, de lo que había muy poco en estas islas y, a su vez, habían traído con ello las enfermedades comunes entre los europeos, pero que resultaban mortales para los taínos, quienes fueron muriéndose a una velocidad alarmante. Debido a la epidemias y la agresividad de los españoles, los taínos comenzaron a abandonar sus pueblos. Colón se dió cuenta a la larga de que su plan de regresar con oro a España no se realizaría por lo que decidió entonces exportar a los indígenas como esclavos.

Los españoles comenzaron a destituir a los caciques, sin los cuales desaparecía su organización social y les resultaba imposible rebelarse contra ellos. Los colonizadores eran despiadados al llevar a cabo su plan. En una ocasión invitaron al cacique Caonabo a pasar un día de jubileo con

Colón, adonde sería conducido a caballo y decorado con honores. Cuando montó en el caballo y le pusieron los supuestos brazaletes que le traían de regalo comprendió que lo habian esposado y así fue hecho prisionero de los españoles. Otros incidentes parecidos sucediron durante el año 1496. Los taínos intentaron rebelarse pero no pudieron derribarlos.

Las escaramuzas continuaron hasta la Batalla de Higuey, cuando finalmente los colonizadores lograron el control total de la isla La Española.

En los años siguientes los españoles siguieron con su plan por toda Cuba y Las Bahamas. Separaban a los taínos de sus familias y se los llevaban a trabajar en las minas o en las haciendas. Establecieron el sistema llamado de Las Encomiendas, que era una especie de esclavitud, por lo cual, a cambio de su trabajo, se les proveía de sus necesidades vitales y de cristianización. Pero el trato era tan perverso y perjudicial que muchas veces los taínos optaban por suicidarse antes que seguir bajo ese régimen. Un cacique llamado Hatuey, que vivía dentro del sistema en la isla de Cuba, al describirle un sacerdote el cielo como un lugar de gloria y paz eternas después de la muerte, al preguntó que si allí irían tambien los españoles. Al confirmar el cura sus sospechas, el cacique contestó que prefería irse al infierno porque en el cielo tendría que seguir sufriendo la crueldad de los españoles.

Años después, ante tremendas presiones foráneas, de las que fue lider un bendito fraile llamado Bartolomé de las Casas, defensor de los indios, la Corona española suprimió el sistema de Las Encomiendas y trató de recrear los caseríos taínos, pero para entonces ya solo quedaban un millar de ellos en toda La Española. Un destino similar corrieron los taínos en las islas caribeñas vecinas.

Hoy en día es un reto el estudio de la vida y costumbres de los ya extintos nativos isleños. El encuentro con la cultura del Viejo Mundo los agotó, al punto de que no existen ni artesanías ni artefactos taínos, en parte consecuencia de los materiales poco duraderos que usaban en sus construcciones, como la madera que, aunque fuerte se desintegra fácilmente. Mas, no tomemos en consideración estos datos pues tanto en el idioma inglés como en el español, a través de los siglos, su influencia ha llegado a nosotros en palabras tales como barbacoa, canoa, huracán, tuna, tabaco, y muchas más, todas originales de la lengua taína.

THE AZTECS

s the Spaniards traveled the New World they came into contact with many different cultures. When they reached the area that is today Mexico, the Spaniards met the Aztecs. The Spaniards quickly realized that the Aztec Empire was the strongest, most vibrant civilization in all of the New World. Their capital city, Tenochtitlán, was at least the size of the largest cities in Europe. The Aztec army was wildly successful in battle, expanding the Aztec king's domain over a huge area (most of it is today in Mexico). The Aztecs' strength and vitality derived from a very long history of progress. By the time the Aztecs and the Spaniards met, the Aztecs had been developing their capital city and their empire for over three hundred years!

The Aztecs built their capital city on an island in a lake in the Valley of Mexico. Why this isolated place for a capital city? There is an Aztec legend that explains the location and founding of Tenochtitlán. The word Tenochtitlan means "place of the prickly pear cactus." In the legend the gods told the earliest Aztecs to go in search of a place to build a city. How would they know they had found the right place? The gods would give a sign: When the Aztecs came across an eagle on a cactus they would know that they had reached the land on which they were to build their home. According to the legend, this happened when the earliest Aztecs reached an island in Lake Texcoco. And so it was on that island that the earliest Aztecs began building what would three hundred years later be a marvelous empire.

The Aztecs probably realized early on that the gods had selected a less than perfect location for establishing a city. The island was small and it was surrounded by swampland, unsuitable conditions for farming and building homes. The Aztecs came up with a solution. They built homes on the dry land then invented a special way of cultivating the swampland around the island so they could farm it. These "farmland" areas and the technique used to farm them were called chinampas, and the practice is still in use today. To make a chinampa you first build a huge flat raft by tying reeds together. Once the raft is completed it is tied to the island's dry land. The next step is to take mud from the lake bottom and place it on the raft. This mud becomes the soil into which seeds are planted, and soon enough crops grow on this chinampa. This is how the Aztecs farmed.

The crops on the floating farms grew roots. As the crops grew taller the roots grew longer. Slowly roots grew though the reeds of the raft and attached themselves to the ocean bottom. Tied to the ocean bottom and to the island, the chinampas came to be a sturdy extension of the island. So many chinampas surrounded Tenochtitlán that the city and the island grew into a type of American Venice. That is, there were as many canals in Tenochtitlán as there were streets, and you could get to as many places by canoe as you could on foot.

Th Aztecs applied their ingenuity and resourcefulness in many other ways. The city of Tenochtitlán boasted other engineering feats. Tenochtitlán was an island, but a lack of land was not its only challenge. As the population of the city grew there was not enough fresh water to drink. There was also the always-present danger of flooding. And the Aztecs were also interested in an alternative to transporting everything to and from the island by canoe. The Aztecs found solutions to all these problems. To address the drinking water problem, the Aztecs built a three-mile aqueduct, a water pipeline, to transport the fresh water from the mountains across Lake Texcoco into Tenochtitlán. To protect Tenochtitlán from floods, the Aztecs built a system of ditches, dikes, and canals. To connect Tenochtitlán to the mainland, the Aztecs built three major causeways, all a few yards wide. The causeways were engineered with movable bridges. All these developments made Tenochtitlán a highly liveable city. At its height of prosperity (around the time the Spaniards arrived), about 350,000 Aztecs lived in the city which was approximately six square miles.

Tenochtitlán became the island capital of the Aztec Empire. From it the Aztecs exhibited their engineering know-how and flexed their military power. The Aztecs continually expanded their empire by incorporating neighboring tribes. They did this by convincing the neighboring tribes that they were better off, and more protected from unfriendly tribes, if they were part of the Aztec Empire. After the alliance was established, the tribe would pay taxes to the king in return for the benefits of being included in the Empire. But if the neighboring tribes would not agree on an alliance, then the Aztecs did not hesitate to go to war.

Expanding the empire was very important to the Aztecs, so many wars were fought. To support the wars the Aztecs kept a large army. Young men began training to be soldiers at an early age. As teenagers, boys trained by fighting in small pretend battles. These practice battles, called Flower Wars, were prearranged with neighboring tribes. These mock battles provided the combat training that turned young boys into professional soldiers.

With so many battles and so many soldiers, war was a national effort.

The soldiers going to battle needed supplies. Someone had to feed these soldiers, help carry all their belongings, and assist when the land was impassable. For this reason there were actually more cooks, helpers, and engineers than soldiers on any march to battle. A large part of the Aztec population was, in one way or another, involved in the war effort.

The goals of all these wars was to increase the size of the empire. During the rule of one particular leader the empire grew enormously. Before Montezuma was king the Aztec Empire reached just beyond the island city of Tenochtitlán. Montezuma quickly built an army that was 300,000 soldiers strong. By the time he died in 1469, Montezuma had more than doubled the empire. He did this by winning over tribes as far east as the Gulf of Mexico.

The Aztecs were the dominant fighting civilization of the Americas. They were successful in battles against almost every single one of their neighboring tribes. When the Aztecs were at their strongest and biggest they went to war against the Spaniards, but their defeat was total. For the first time the Aztecs were on the losing side of the battle. The Aztec Empire, at its height, met its finish in their confrontation with the Spaniards. What happened? How did the Aztecs lose so decisively and so quickly? Three major factors conributed: disease, alliances the Spaniards made, and religion.

When the Spaniards arrived in the New World they brought with them germs that caused illness. The same type of germs that made a Spaniard mildly sick could kill an Aztec. This is because a population, like the Spaniards, that has battled a disease for many generations builds an immunity to it. Over time, deadly germs lose their power. (A disease that could have killed your grandfather would now more likely make your parent seriously sick and you mildly ill.) The Spaniards came with germs that were new to the Aztecs. Before the war on the battlefield started many Aztecs died fighting disease. The deadly epidemics spread through the Aztec population and weakened the empire's military might before reaching the battlefield.

The deadly epidemics alone would not have offered the Spaniards the upperhand in battle for there were so many more Aztecs than Spaniards. The Spaniards, aware of this and wary of the Aztecs' military reputation, looked around for neighboring tribes to join their battle against the Aztecs. They found an alliance with the Tlaxcalans. Fierce warriors, the Tlaxcalans were one of the only tribes around the Aztecs that had successfully battled against them and remained independent. Enemies of the always-threatening Aztecs, the Tlaxcalans joined the Spaniards in their siege of Tenochtitlán and provided numbers of soldiers. Without he Tlaxcalans, who offered the Spaniards enough soldiers for them to even consider going up against the Aztecs, the ratio would have been deadly to the Spaniards.

Luck was not on the side of the Aztecs. Ravaged by disease, and with their enemies in a powerful alliance with the Spaniards, the Aztecs had early on made a big mistake and were about to pay for it. When the Aztecs first encountered the Spaniards they welcomed them into Tenochtitlán with open arms—something the warrior Aztecs had never done before. In Tenochtitlán the Spaniards were offered lodging, food, and even constant access to the king. Once inside the Spaniards ambushed the Aztecs. Why was it so easy for them to get in? Today people explain this bizarre over-welcoming treatment of the potentially dangerous strangers by calling to mind one of the most powerful Aztec legends: the legend of Quetzacoatl (told here in part I). The Aztecs were all awaiting the return of their god-king Quetzacoatl. Legend had it he was to return, as a white man with a beard, from the east. Many believe the Aztecs, a deeply religious people, thought they were welcoming their long gone favorite leader when they first encountered the Spaniards.

With the help of disease, legend and the Tlaxcalans, the Spaniards waged a bloody victorious war against the empire they considered the most established in all the New World. The siege of Tenochtitlán lasted three months. It ended with Spanish victory over the Aztecs and the quick demise of the empire. The Spaniards burned most of the buildings in Tenochtitlán. On the same site they began building a new city which would develop into present-day Mexico City.

LOS AZTECAS

uando los españoles arribaron al Nuevo Mundo entraron en contacto con diversas culturas. Al llegar al territorio que ocupa Méjico hoy en día, se encontraron con la tribu de los aztecas a quienes reconocieron inmediatamente como la más fuerte y vibrante civilización de este lado del Atlántico. La capital, Tenochtitlán, era ya cerca del tamaño de las más grandes ciudades de Europa. Su ejército victorioso los había llevado a gobernar sobre un enorme territorio que forma en gran parte el Méjico actual. Su fortaleza y vitalidad derivaban de una larga historia de progreso que habían ido desarrollando desde trescientos años atrás.

Los aztecas habían construido su capital sobre una isla dentro de un lago en el valle de Méjico. ¿Por qué en un lugar tan apartado? Había una leyenda que explica el porque de esta situación. La palabra Tenochtitlán significa lugar del espinoso cactus y según los dioses habían indicado a los primeros pobladores, ellos conocerían el lugar apropiado para construir su ciudad, cuando se tropezaron con un cactus sobre el que había un águila devorando a una serpiente. Esto sucedió cuando llegaron a una isla en el lago Texcoco, donde fundaron lo que trescientos años después sería un maravilloso imperio.

Probablemente los aztecas pronto comprobaron que la localización que habían seleccionado los dioses para fundar la ciudad no era la perfecta, pues la isla era pequeña y rodeada de pantanos, no propicia a la agricultura ni a la construcción de casa. Pero ellos le buscaron una solución: construyeron las casas en los terrenos secos e inventaron una fórmula para poder cultivar los pantanosos. A estas áreas de cultivo y a su nueva técnica le llamaron chinampas, lo que todavía se pone en práctica hoy.

Para hacer una chinampa construían primero una enorme balsa con juncos muy atados, la que después unían apretadamente a los terrenos secos de la isla. A continuación, sacaban fango del fondo del lago y lo vertían sobre la balsa que se rellena con lo que constituir después la tierra o suelo en que se plantarían las semillas de las próximas cosechas. Esta fue la forma de cultivo de los aztecas.

Las plantaciones en estas granjas flotantes producían muchas raíces que se iban alargando y creciendo a medida que también crecían las plantas y entrelazándose con los juncos de la balsa, se iban extendiendo y adhiriendo a la base o fondo de la cuenca. Así unidas las chinampas al fondo de la cuenca y a los terrenos sólidos de la isla, formaron una firme y grande extensión alrededor de Tenochtitlán, por lo que la ciudad se convirtió en un tipo de Venecia americana, en la que habían tantas calles como canales y sus habitantes se transportaban de un lugar a otro tanto en canoa como caminando.

La chinampa no fue la única invención de los azteca para aprovecharse de los beneficios de su tierra. La ciudad de Tenochtitlán fundada sobre una isla, podía alardear de otras proezas de ingeniería. La falta de terreno no era el único reto. Mientras más crecía la población se disponía de menos agua potable por lo que construyeron un acueducto con una larga tubería de tres millas de extensión, que traía el agua de las montañas hacia la ciudad a través del lago Texcoco. Los Aztecas encontraban siempre una solución a sus problemas. Buscaron una alternativa al único transporte por canoa, para entrada y salida de la isla, construyendo tres grandes calzadas de varias yardas de ancho dirigidas por puentes movedizos, que conectaban con tierra firme. Tenían también el peligro siempre presente de las inundaciones y para obviarlo construyeron un sistema de diques, zanjas y canales. Este desarrollo y urbanización hicieron de Tenochtitlán una ciudad con una gran población. En la cumbre de su prosperidad (alrededor de la época en que llegaron los españoles), en las aproximadas seis millas cuadradas en que estaba ubicada, vivían cerca de 350,000 aztecas.

Tenochtitlán se convirtió en la capital del Imperio Azteca, que se fue extendiendo a medida que se les incorporaban las tribus vecinas, convencidas de que así vivirían mejor y estarían más protegidas de sus enemigos. Desde allá los aztecas ponían de manifiesto su poder militar y su tecnicismo y, regularmente, estos aliados pagaban impuestos al Reino a cambio de los beneficios que adquirían al ser incluidos en el Imperio. Si las tribus vecinas no aceptaban la alianza, entonces los aztecas no vacilaban en ir a la guerra.

Era muy importante la expansión del Imperio por lo que para mantener las guerras se sostenía un gran ejército. Desde temprana edad se entrenaba a los jóvenes para hacerlos soldados. Los adolescentes hacían prácticas en pequeñas batallas ficticias que se arreglaban con las tribus vecinas.

Les llamaban las Guerras de las Flores y era la forma de convertirlos en verdaderos soldados profesionales. Tantas guerras y tantos soldados exigían un esfuerzo nacional. Para empezar, se necesitaba una enorme cantidad de provisiones. Alguien tenía que alimentar a esos soldados, ayudarlos a transportar sus pertenencias y hasta despejar los obstáculos que presentara el terreno para su avance. Por esta razón al marchar al campo de batalla, iba un mayor número de cocineros, ayudantes e ingenieros que de soldados.

Una gran parte de la población azteca se veía involucrada, en una u otra forma, en el negocio de la guerra, cuya meta principal era la extensión del Imperio.

Los líderes aztecas eran los que dirigían las batallas. Durante el mando de uno en particular fue que el imperio creció enormemente: moctezuma, quien rápidamente creó un ejército de 300,000 hombres con el que llegó a vencer tribus tan lejanas como las establecidas al este en el Golfo de Méjico. Cuando murió en el año 1469, había más que doblado el tamaño del Imperio, que antes de su mandato se extendía sólo un poco mas allá de la ciudad de Tenochtitlán.

Los aztecas constituían la civilización dominante en América. Triunfantes en casi todas las guerras con las tribus vecinas y en la cima de su poder, sufrieron su primera derrota total cuando se fueron a la guerra contra los españoles. ¿Cómo pudo suceder esto? ¿Cómo los aztecas fueron derrotados tan rápida y drásticamente? Tres factores se le atribuyeron al desastre: las enfermedades, las alianzas que lograron los españoles y las creencias religiosas.

Cuando los españoles arribaron al Nuevo Mundo trajeron con ellos gérmenes y enfermedades no existentes entre los indígenas de América. Un pueblo que ha combatido una enfermedad por generaciones, llega a generar inmunidad contra ella. Con el cruzar del tiempo, los gérmenes comienzan a debilitarse. Una enfermedad que mataría a nuestros abuelo, lograría enfermar seriamente a nuestros padres y a nosotros sólo indisponernos. El mismo gérmen que indisponía a un español, podía matar a un azteca. Las epidemias diezmaron la población y por lo tanto debilitaron el poderío aún antes de comenzar la guerra contra los españoles.

Esto solamente no le hubiera dado la ventaja al enemigo, pues el número de aztecas era muy superior al de los españoles. Pero estos, conscientes de ello y de la superioridad militar contraria, buscaron aliarse con las tribus adversarias vecinas, lo lograron con los Tlaxcalans, que eran los

·nicoguerreros que habían podido permanecer independientes, tras ganar las batallas con los aztecas, sus eternos enemigos. Ellos se unieron a los españoles en el asedio a Tenochtitlán y les suministraron suficientes soldados, sin los cuales por la desproporción en número les hubiera resultado mortal hacer la guerra contra los aztecas.

Aparte de que la suerte no favoreció a los aztecas, diezmados por las enfermedades, deshechos por la poderosa alianza lograda por el enemigo, para empezar, habían cometido un gran error que les costaría muy caro. Cuando los aztecas se encontraron con los españoles, los recibieron en Tenochtitlán con los brazos abiertos, algo que estos guerreros nunca habían hecho antes, ofreciéndoles alojamientos, comida y libre acceso a las audiencias con el Emperador. Una vez en el interior, los españoles les tendieron una emboscada. ?Por qué les resultó tan fácil la entrada? Hoy en día se explica esta magnánima bienvenida recordando la más poderosa e influyente leyenda de los aztecas, la de Quetzacoatl (narrada aquí en la Parte 1). De acuerdo con ella, el regreso de su dios-rey Quetzacoatl, que todos ansiosos esperaban, se realizaría bajo la forma de un hombre blanco, con barba, que vendría del este, justo la figura y semblanza de los españoles. Muchos creen que los aztecas, profundamente religiosos, creyeron que estaban recibiendo a su por tanto tiempo alejado y favorito lider.Con la ayuda de las epidemias, de los Tlaxcalans y de la leyenda citada, los españoles libraron una sangrienta y victoriosa guerra contra el Imperio mejor organizado del nuevo mundo. El sitio de Tenochtitlán duró solo tres meses y terminó con la derrota de los aztecas y la desaparición de su Imperio. Los españoles quemaron a casi toda Tenochtitlán y dentro de sus mismas cenizas comenzaron a construir una nueva ciudad que con el tiempo se convertiría en la gran metrópoli que es la populosa capital del Méjico de hoy.

THE MAYAN CIVILIZATION

The Mayan civilization extended across all of Central America and included parts of what are today southern Mexico, Guatemala, and Honduras. Throughout their land, the Maya built great cities and ruled over millions of people. They were a civilization very advanced for their time. The Maya had considerable knowledge of mathematics, astronomy, and other sciences. This mastery is an impressive feat, especially considering the fact that these were learned over a thousand years ago.

Unlike other Latin American civilizations, the Maya were not organized under one king. Instead, there were a handful of important cities, each ruled by a *halach uinic*—or "king." Each city controlled the villages around it. In Tikal, for example, the halach uinic ruled not only the ten thousand people that lived in the city, but also the forty thousand people from the surrounding villages.

Most Mayan cities had a similar design: a large courtyard like a town square, temples, and a royal palace. Most cities also had a court for the Mayas' most popular game. Played with a ball and similar to soccer, the

Mayan ball game had many rules. Penalty points were given for breaking the rules. At the end of the game the team with the least penalties won.

Men in Mayan cities spent their days farming. Usually they burned down sections of the thick forests, thereby clearing the land. Then they would plant the corn. Each farmer carried with him a bag of seed and a stick. Using the stick, he would dig a shallow hole in the ground, then drop a few seeds, and move on to the next spot. With this system, cornstalks grew for a few years in each piece of land. When the seeds no longer produced good cornstalks the men moved on to burn another section of the thick forest.

While the men farmed the women stayed home to weave clothes, prepare food, and take care of children. Mayan mothers carried their babies strapped to their backs. Usually these babies had pieces of wood around their heads. A few days after a baby was born its head was bound between two pieces of wood. One piece was placed on the forehead at a slant, and tied tight with the piece of wood in the back. This practice ensured that the Mayan baby's forehead would be sloped. The long slope that resulted, straight from the forehead down to the tip of the nose, was considered both beautiful and prestigious—a sign of good fortune.

Amongst the most important people in each Mayan city were the priests. The Maya believed in many gods; they believed that these gods controlled the world. The gods brought good fortune, or bad fortune, to the Maya. The corn god made cornhusks grow; the sun god and the rain god brought good harvest. But the gods could just as easily create war or bring on drought or floods. The priests were important because they were the link between the people and the gods. The priests could predict the gods' behavior and prepare accordingly.

Mayan priests were some of the Earth's earliest astronomers. The Maya believed the stars represented the gods, so priests observed the skies to forecast the actions of the gods. The stars' location in the sky told priests a lot about the gods and when they thought the time was right to plant next year's harvest or go to war. For example, if the planet Venus appeared in the morning sky, it signified a time for war. Guided by the position of stars throughout the year, priests planned many events in Mayan society.

Along with a heightened understanding of astronomy the Maya also had an impressive number system. With their numbering system they could count time and thus create a calendar to keep track of the movement of the stars. The number system was also used to track history. We know so much about the different rulers and wars fought in the biggest Mayan cities because the city kept track of its history. Most cities had a collection of "stone trees" called stelae. These were carved stone pillars on which the city's history—with years, rulers, wars, and other important information— was carved. Today you can visit the ruins of a Mayan city, like Tikal in Guatemala, and see Tikal's history told on the stelae that still stand.

In addition to numbers and a counting system, the Maya used the most advanced written language of their time in the Americas. Other American civilizations wrote using glyphs, or drawings that represented items or occurrences. The Maya used glyphs too, but their glyphs were drawings that also represented sounds. Their glyphs were like our current alphabet. When a Maya wrote he could use the glyph for a tree or he could spell tree by putting together the glyphs for the sounds of "T," "R," and "E." Using this system, the Maya wrote in full sentences that reflected how they spoke.

All this knowledge of astronomy, calendars, writing, and counting developed over more than six hundred years during which the great Mayan cities prospered. Then, in a short period of time, the great civilization disappeared from its own written history. After 889 there are no more inscriptions on the stelae of Tikal. The same is true of other great cities that had reigned over the Maya for hundreds of years. There is evidence that the

Maya left these great cities quite quickly. By the year 1100 Maya were living in small villages and the great cities stood abandoned and in ruins.

What happened to these great Mayan cities and civilization? One theory tells us that peasants answered to a king and catered to the demands made by the priests; in exchange the peasants received protection from other tribes, food, and favor with the gods. But then the situation could have changed. There is evidence that the population was growing faster than the food supply. Maybe the citizens of cities like Tikal no longer benefited from living there and so they began leaving. But we do not know for sure what led to the fall of the great Mayan cities. The Maya left no clues, and there is no evidence of war or natural catastrophe. And so to this day, the end of the great Mayan civilization remains one of the mysteries of history.

LA CIVILIZACIÓN MAYA

a civilización maya se extendió por toda la América Central e incluía partes de lo que hoy es Méjico, Guatemala y Honduras. A través de toda esta área, los mayas construyeron grandes ciudades y gobernaron sobre millones de hombres. El conocimiento que obtuvieron de las matemáticas, de la astronomía y de otras ciencias está entre los logros más impresionantes de esta tribu, considerando, sobre todo, que alcanzaron estos adelantos hace ¡mil años!

A distinción de otras civilizaciones sudamericanas esta no estaba regida por un solo rey. En su lugar había un puñado de ciudades importantes. Cada ciudad controlaba las aldeas que la rodeaban. Un ejemplo de esto fué la ciudad de Tikal. Cerca de 10,000 personas vivían allí, pero incluyendo las aldeas circundantes, ascendían a 50,000 los gobernados por el "halach uinic,"—el rey—de Tikal.

La mayoría de las ciudades mayas tenían un diseño similar: una plaza grande en el centro de la ciudad, con templos y el palacio real a su alredededor. Estas ciudades también tenían en común una cancha donde se practicaba el juego más popular de los mayas, muy similar al fútbol. Se jugaba con una pelota y tenía muchas reglas. Los puntos se acumulaban por penalidades que se imponían cuando se rompía una regla. Al fin del juego ganaba el equipo con menos penalidades.

Los hombres pasaban el día cultivando la tierra. Antes de empezar este trabajo era necesario quemar parte del bosque. Con la tierra así limpia, entonces pasaban a plantar el maíz. Cada granjero caminaba con un bolso lleno de semillas y una estaca con la que cavaba un agujero superficial en la tierra, donde dejaba caer algunas semillas y pasaba entonces a hacer el próximo agujero. Con este sistema el maíz crecía por varios años en cada pedazo de tierra. Cuando ya esa tierra no daba buenas mazorcas los hombres quemaban otra sección de bosque y procedían con la misma rutina.

Mientras que los hombres cultivaban la tierra, las mujeres se quedaban en la casa para tejer la ropa, preparar el alimento de la familia y cuidar a los niños. Las madres llevaban los bebés atados a sus espaldas. A estos bebés les colocaban pedazos de madera alrededor de sus cabezas. Al poco tiempo de nacer un bebé se le ataban estos pedazos de madera, uno inclinado sobre la frente y amarrado fuertemente contra el otro que se le colocaba detrás. En cierto plazo, esa madera aseguraría que la frente del bebé formara un declive que bajaría hasta la punta de la nariz. Esta inclinación era considerada hermosa y prestigiosa —una muestra de buena fortuna.

Los sacerdotes formaban la clase más importante de cada ciudad. Los mayas creían en muchos dioses y en que estos dioses controlaban el mundo. Ellos traían la buena o la mala fortuna. El dios del maíz influía en la cantidad y tamaño de las mazorcas; el dios del sol y el dios de la lluvia aseguraban un buen clima para la buena cosecha. Pero también podrían fácilmente crear guerras, sequías o inundaciones. Esta era la razón de la importancia de los sacerdotes. Ellos eran la conexión entre las acciones de la gente, y los dioses podrían predecir su comportamiento y prepararse por consiguiente. Los sacerdotes mayas fueron unos de los primeros astrónomos del mundo. Creían que las estrellas representaban a los dioses, por lo que observaban los cielos para predecir las acciones de los mismos. La localización de las estrellas en el cielo les decía mucho sobre los dioses y cuándo era el momento correcto para plantar la cosecha del año próximo o de ir a pelear. Por ejemplo, cuando el planeta Venus aparecía en el cielo de la mañana, significaba que llegaba la época de la guerra. Guiados por la posición de las estrellas durante el año los sacerdotes predecían y planeaban muchos acontecimientos en la sociedad maya.

Además de una comprensión avanzada de la astronomía, los mayas también tenían un sistema numérico impresionante, con el que podían calcular el tiempo y crear así un calendario para seguir el curso de las estrellas. Este sistema también fue utilizado para narrar la historia. Sabemos tanto sobre distintos gobiernos y combates librados en las más grandes ciudades mayas porque mantenían el registro de sus crónicas. La mayoría de estas ciudades tenían una colección de árboles de piedra o estelas. Estos árboles de piedra eran pilares en los que se tallaba la historia de la ciudad, sus gobiernos, los años de las guerras y otros sucesos importantes. Hoy en día se pueden visitar las ruinas de una ciudad maya como Tikal en Guatemala, y ver su historia escrita en las estelas que allí aún permanecen.

Además del sistema numérico, los mayas utilizaron el lenguaje escrito más avanzado de su tiempo en las Américas. Otras civilizaciones americanas escribieron con dibujos que representaban objetos u ocurrencias. Estos se conocen como glifos. Los mayas utilizaron los glifos pero sus glifos incluían dibujos que representaban también sonidos. Eran como nuestro alfabeto actual. Por ejemplo, cuando un maya escribía, podía utilizar el glifo de un árbol o podía deletrear el árbol poniendo juntos los glifos correspondientes a los sonidos de á-r-b-o-l. Usando este sistema, los mayas escribieron oraciones completas similares a la forma en que hablaban.

Todos estos conocimientos sobre la astronomía, los calendarios, y la escritura se desarrollaron a través de más de 600 años, cuando prosperaron las grandes ciudades mayas. A continuación, en un periodo de tiempo corto, esta gran civilización desapareció de su propia historia escrita. Después de 1889 no hay inscripciones en las estelas de Tikal. Igual sucedió con otras grandes ciudades que habían reinado por cientos de años. Hay evidencia de que los maya abandonaron estas grandes ciudades con gran rapidez. Al llegar el año 1,100 vivían en aldeas pequeñas y las grandes ciudades estaban en ruinas.

¿Qué les sucedió a esas grandes ciudades y a la civilización Maya? Una teoría nos dice que los campesinos se sometían a las órdenes del rey y a las demandas de los sacerdotes debido a las ventajas que obtenían por vivir en la ciudad: protección contra las otras tribus, alimentos y los favores de los dioses. Pero hay evidencia de que la situación cambió debido a que la población creció más rápidamente que el suministro de alimentos. Los ciudadanos de las grandes ciudades como Tikal, posiblemente ya no se beneficiaban tanto por vivir allí y comenzaron a irse. Pero no sabemos a ciencia cierta qué condujo a la caída de las grandes ciudades de los mayas. No dejaron ninguna información ni hay evidencia de guerra o de catástrofe natural que la produjera. Y hasta este día, el final de la civiliación maya permanece siendo uno de los grandes misterios de la historia.

THE INCA EMPIRE

The Inca Indians of South America trace their history back through an amazing Empire to a single man that started it all. According to legend the god Inti told Manco Capac: "I have sent you on earth for the good of men, that they might cease to live as wild animals…Take this golden rod. Throughout your journey sink it into the ground. At the place where the rod completely sinks you will build your kingdom." So Manco Capac took his wife, Mama Odlo, and went in search of the land on which he would build a great civilization. Mama Odlo and Manco Capac found this place when they reached the Valley of Cuzco. There Manco Capac founded the Inca Empire and became its first leader, its first Great Inca. Three Hundred years later the Valley of Cuzco was the center of the Inca Empire, the wealthiest civilization of the Americas.

How did Manco Capac's legendary settlement in the Valley of Cuzco prosper into the Inca Empire? What Manco Capac began around 1200 AD, other Inca rulers furthered. The Inca believed "that life was a struggle in which one either conquered or was conquered." This can explain why each ruler dedicated time and manpower to expand the edges of the empire. The Great Inca always started this process by inviting neighboring tribes to join the Inca. But if that did not work the next step was to the battlefield. Eventually the neighbors would succumb and become part of the empire. Little by little the borders of the Inca Empire grew. By the time of the Topa Inca, who ruled from 1471 through 1493, the Incas controlled most of what is today Peru, Ecuador, Bolivia and parts of Argentina, Colombia and Chile. The Inca did not develop a written language. With no written history left for the future there are many things we do not know. We do have a living record of amazing architectural feats of the Inca. Places like Machu Pico and Cuzco speak to the advanced culture of the Inca Empire. Using boulders that weighed tons they erected monuments and buildings so sturdy that they still stand today. And the stones so perfectly joined that through today you cannot fit a thin blade.

A monarchical government ruled the Inca Empire. The people were reigned over by the Sapa Inca, a god-king and direct descendent of Manco Capac. Not only was the top position of Sapa Inca inherited but also were most the other jobs related to running the empire. The Sapa Inca ruled with the help of many relatives. These people made up the nobility and held jobs such as judges, priests and governors. They learned their profession through the time spent at the "House of Learning." This was a school for all noblemen, the equivalent of today's universities. At the House of Learning the nobility studied history, religion, law, poetry and war. All this knowledge was meant to assist the King in the ultimate goal of all Inca: work, wealth and battle that would continue to insure the strength of the empire. As was the case, the Sapa Inca and his nobility made many decisions for the general population. Everything from when to go to war to whom each Inca would marry and where they would live.

The city of Royal Cuzco was the heart of the Inca Empire. The Sapa Inca, his noble relatives and their servants all made this city their home. That added up to more than 200,000 people. Royal Cuzco was well equipped to handle its population. The city had numerous stone paved streets and a great center square. The House of Learning and the Sapa Inca palaces surrounded this square. The Inca displayed their great wealth in their decoration of these palaces. The walls were gold plated and embedded with jewels. Every object inside was either gold or silver. The Sapa Inca homes were lined in gold. There were many palaces in the square because each time a Sapa Inca died and a new Sapa Inca took over, a palace was built. Why didn't the Sapa Inca move into the palace of the previous ruler? The Inca believed that the Sapa Inca never died. Rather he was one day called by the Sun to the Sky and left the earth for that journey.

The Inca believed in sacrifice. They routinely sacrificed plants and foods to the gods. When a Sapa Inca died, or rather was called by the Sun, he usually did not go alone. So that the Sapa Inca had company many wives and servants often hung themselves. The Inca believed these people joined the Sapa Inca on his journey. Sacrifice was a part of the Inca culture. On the occasion of a serious bad occurrence the Inca thought it necessary that the sacrifice be significant enough to relieve the gods anger. Thus a crop failure, earthquake or military defeat called for a greater sacrifice. For the well being of the empire, such situations called for human sacrifice.

It was not merely the occasional human sacrifice that got the Incas their fearless reputation. The Incas focus on continually expanding the empire called for a civilization organized for war. From youth, boys were trained in war. And at need, the Sapa Inca could mobilize 300,000 men. Strategy and troops moved with relative ease through this huge empire thanks to the extensive road system the Inca built. Over 10,000 miles of paved roads linked all corners of the empire with Cuzco. The roads included tunnels through mountains, causeways over marshes, steps into mountains, bridges to cross canyons and dug out streams for the soldiers to drink and rest. The roads were guarded and were for the exclusive use of the army which used them for travelling and messaging.

Messages could be sent to and from Cuzco anywhere via a type of relay race. Men called chasquis were stationed at one-mile intervals on the roads. They would take the message from the chasqui approaching them and run their mile to the next chasqui point. That chasqui would do the same. The Inca could get a message from Quito to Cuzco (the distance from Florida to Maine) in five days. The Inca roads facilitated communication and travel and thus preserved the stability of the empire.

After generations of thriving from stable leadership and strong infrastructure the Inca Empire came upon bad times. The stability that kept the Inca Empire strong faltered after the death of the Sapa Inca Huayna Capac. Until that time all Sapa Inca passed on the role of ruler to their first son. But many thought that Huayna Capac's rightful heir, Huáscar, was insane. In addition Huayna Capac had another son who was his favorite. Atahuallpa had been his favorite son since the boy was a baby. And although spoiled in many ways, Atahuallpa was a talented and brave soldier. Huayna Capac decided to do something no Sapa Inca had ever done. Upon his death Huayna Capac split the empire. He gave the Sapa Inca title and the seat in Royal Cuzco to Huáscar. But he granted Atahuallpa title to rule over half of the empire.

Huáscar was angry. His father's lack of faith in his ability to be a leader had led the father to make a decision no other Sapa Inca had made before. But at the end of the day Huáscar was the Sapa Inca. This meant his brother, Atahuallpa, had to obey him. Huáscar wanted to prove this. He wanted his brother to travel to Royal Cuzco and join him for a few days. There Atahuallpa would have to play a subservient role to Huáscar. This idea made Huáscar happy. But soon he was frustrated again. He could not get Atahuallpa to accept his invitations. Atahuallpa did not want to be subservient to his brother but needed to respect him. Huáscar, after all, was the Sapa Inca. Atahuallpa's strategy was to decline each invitation regretfully but send many gifts.

Huáscar was furious. He tried inviting Atahuallpa one last time. Again Atahuallpa's ambassadors arrived with the news that he could not attend. Huáscar decided to take deadly measure to prove to his brother that he must obey the Sapa Inca. Huáscar ordered half of Atahuallpa's ambassadors killed. The other half he dressed like women and sent back to Atahuallpa. The nonviolent period of tension between the brothers ended when this incident led to war. Atahuallpa was a natural leader in battle. It was no surprise when Huáscar lost the "War of the Two Brothers". And so it was shortly thereafter that Atahuallpa took his brother's place in Royal Cuzco.

Just as Atahuallpa was getting accustomed to Royal Cuzco, word came from the chasqui's: Bearded white men were in the Empire; they came riding four-legged animals that ate iron. These animals were horses. The Inca had never seen a horse. They had only llamas, which could not be ridden and could carry only light loads. The animals fascinated the Incas. They confused the iron bits in the horses' mouths as the food the Spaniards gave them. Curious, they approached the Spaniards and offered to feed the horses with the closest thing the Inca had to iron: gold. Atahuallpa was equally curious and sent a message: an invitation to the Spaniards that they come to Royal Cuzco.

It was Francisco Pizarro, the leader of the Spanish exploration and colonization effort, who received Atahuallpa's invitation. Pizarro sent his brother along with others to see Atahuallpa and accept the invitation. These came back with word of the mighty ruler: you could see the fearlessness in his eyes, and his might as a military leader: his soldiers awaited every direction from the Commander in their presence. Francisco Pizarro 's job was to colonize the area. To do this he had to conquer the Inca. News of the mighty Atahuallpa seemed not to faze Pizarro—he thought only that his plan off attack had should be more carefully strategized.

Pizarro lured Atahuallpa into a trap. The Sapa Inca went to see the Spaniards with dancers, musicians and other entertainers, but without weapons, as Pizarro had invited him to a feast. But when the Inca party was well into the Spaniards camp they ambushed. The meeting between Pizarro and Atahuallpa turned into the Massacre of Cajamarca. Just having recovered from a costly civil war the Inca Empire was not at its best. Over 3,000 Incas were killed and Atahuallpa was captured. Before returning Atahuallpa, the Spaniards wanted the gold and jewels they had seen over-flowing the Empire. Pizarro's men held Atahuallpa for gold ransom. The Inca people paid the highest ransom ever to date! Over 100 hundred million dollars worth of gold. But when the Spaniards had this, Atahuallpa was beheaded. The war with the Spaniards ended Atahuallpa's short-lived role as Sapa Inca as well as the long stable empire of the Inca.

From the fall of Atahuallpa the Inca Empire began a quick period of decline. There were still Sapa Incas but Pizarro appointed these rulers. He chose Inca who would follow his every order. With this situation the hundreds of years of Sapa Incas promoting the growth and stability of the Empire came to an end. The people who believed you either conquered or were conquered, had been conquered by the Spaniards. And as quickly as Spanish settlement began the Inca Empire dissolved.

EL IMPERIO INCA

a historia primitiva del Imperio Inca es irresoluta, no se conoce con certeza. De acuerdo con la leyenda en la que se basa el origen de este Imperio, el dios Inti le dijo al personaje semimitológico y primer señor incaico Manco Cápac: ?Yo te he enviado a la tierra para bien de los hombres y para que cesen de vivir como animales. Toma esta vara dorada y a lo largo de tu jornada ve hundiéndola en el terreno. Allí donde se hunda completamente construirás tu reino. ?Manco Cápac tomó a su esposa, Mamá Odio, y se fué en busca de esa tierra que resultó ser el Valle del Cuzco donde construiría una gran civilización convirtiéndose así en el primer Gran Lider Inca. Trescientos años más tarde, el Valle del Cuzco sería el centro del Imperio y la civilización más rica de las Américas.

?Como fue que el legendario pueblo establecido por Manco Cápac en el Valle del Cuzco se convirtióen el Imperio Inca? Lo que el Gran Lider empezó alrededor del año 1200 D.C. otros gobernantes incas lo extendieron mas allá de las montañas de Peru. El inca creía que la vida es una batalla en la que "conquistas o te conquistaban." Esto puede explicar por qué cada gobernante dedico mucho tiempo y mano de obra a extender los límites del imperio. el Gran Inca empezó este proceso invitando a las tribus vecinas a unirse a ellos. Pero si no resultaba, el próximo paso era ir al campo de batalla. En el futuro, los vecinos sucumbirían y se convertirían en parte del Imperio. Poco a poco las fronteras fueron creciendo. En la etapa del Topa Inca, que gobernó de 1471 a través de 1493, los incas controlaban la mayor parte de lo que es hoy Perú, Ecuador, Bolivia y secciones de Argentina, Colombia y Chile. Los incas no llegaron a desarrollar un sistema de escritura, por lo que la información con que se cuenta sobre este gran Imperio, también llamado Tahuantinsuyo, deja mucho que desear. Sin embargo, en la construcción de edificios y monumentos, lograron manejar con gran habilidad enormes bloques de piedra que pesaban a veces varias toneladas, llegando a unirlos en una forma perfecta que no podía deslizarse entre ellos ni la hoja de un cuchillo. Hoy todavía pueden verse los ejemplos de estas magníficas construcciones en el Cuzco y en Machu Pichu.

Un gobierno monárquico reinó en el Imperio inca. Gobernaba el Sapa Inca, un dios-rey descendiente directo de Manco Cápac. No sólo esta maxima posición de Sapa Inca se heredaba sino también las otras posiciones relacionadas con el gobiernos. El Sapa Inca gobernaba con la ayuda de sus parientes. Estas personas constituían la nobleza y ocupaban las posiciones de jueces, sacerdotes y gobernadores. Ellos estudiaban su profesión asistiendo a la "Casa del Aprendizaje." Esta era una escuela para los nobles, el equivalente de las universidades de hoy. En la Casa del Aprendizaje, la nobleza estudiaba historia, religión, ley, poesía y guerra. Todo este conocimiento se destinaba a la ayuda del Rey, con el fin primordial de todo inca: trabajo, riqueza y combate, lo que continuaría asegurando la fortaleza del imperio. como era el caso, el Sapa Inca y su nobleza tomaban muchas decisiones por la poblacion en general, desde cuándo ir a la guerra hasta con quién cada inca se casaría y donde vivirían. La vida del ciudadano era regulada desde la cuna hasta su muerte. No se conocía la libertad personal, constituían un buen ejemplo del socialismo de estado.

La ciudad de Cuzco Real era el corazón del Imperio inca. El Sapa Inca, sus parientes nobles y sus sirvientes todos establecían su residencia en esta ciudad. Esto incluía a más de 2000,000 personas. Cuzco Real fue bien equipada para ocuparse de su población. La ciudad tenía numerosas calles pavimentadas de piedra y una gran plaza central. La Casa del Aprendizaje y los palacios del Sapa Inca rodeaban esta plaza. El Inca desplegó su gran riqueza en la decoración de estos alacios. Las paredes eran de oro enchapado y con joyas empotradas. El interior era bien de oro o plata. Las casas del Sapa Inca estaban revestidas de oro. Habían muchos palacios en la plaza porque cada vez que un Sapa Inca moría el nuevo Sapa Inca construía un palacio. ?Por qué no se mudaba el Sapa nuevo al palacio gobernante anterior? El inca creía que el Sapa Inca nunca moría, sino que un día era llamado por el Sol al Cielo y dejaba la tierra para emprender viaje. Cuando el Sapa Inca moría, o más bien, como decimos antes, era llamado por el Sol, normalmente no iba solo. Para acompañarlo en la jornada a menudo muchas esposas y sirvientes se ahorcaban. El Inca creía en el sacrificio, era parte de su cultura. Ofrecían plantas y comidas a los dioses. En caso de una gran desgracia, creían que el sacrificio debía ser lo suficiente relevante, de acuerdo con el suceso, para desagraviar a los dioses. En consecuencia, una cosecha malograda, un terremoto o una derrota militar requerían un sacrificio mayor, En estas situaciones, por el bienestar del imperio, recurrían a los sacrificios humanos.

No era meramente el sacrificio humano ocasional lo que les creó la reputación de intrépidos a los incas. Su meta de extender el imperio requeria una continua y organizada preparación. Desde la juventud comenzaba este entrenamiento. En caso necesario el Sapa Inca podría movilizar hasta 300,000 hombres. Las tropas y las estrategias podían moverse con facilidad a través de este gran imperio gracias al extenso sistema de camino que se construyó. Más de 10,000 millas de rutas pavimentadas unían a Cuzco con todas los rincones del Imperio. Los caminos incluían túneles a través de las montañas, calzadas por encima de las ciénagas, pasos entre las montañas, puentes para cruzar los desfiladeros y excavados arroyos que habian sido para los soldados poder beber y descansar. Los caminos bien vigilados eran para el uso exclusivo del ejército, su transporte y comunicación. Los mensajes se enviaban del Cuzco a sus dominios a través de una especie de carrera de relevo. Las postas que llamaban chasquis, se estacionaban en los caminos a intervalos de una milla. Tomaban el mensaje del chasqui que se les acercaba y corrían su milla hasta el puesto del próximo chasqui, que, en su turno, haría lo mismo. Podía enviarse un mensaje de Quito a cuzco (la distancia de Florida a Maine) en cinco días. Los caminos incas facilitaron los viajes y la comunicación conservando asi la estabilidad del Imperio.

Despues de ir prosperando durante generaciones bajo una infraestructura fuerte y una dirección estable, el Imperio inca comenzóa desintegrarse. La estabilidad que lo mantuvo fuerte vaciló después de la muerte del Sapa Inca Huayna Cápac. Hasta ese momento el Sapa Inca pasó siempre el poder a su primer hijo. Pero muchos pensaron que el heredero justo de Huayna Cápac, Huáscar, era demente. Ademas, Huayna Cápac tenía otro hijo, Atahualpa, que había sido su favorito desde que era un bebé. Y aunque malcriado en muchas formas, Atahualpa era un soldado talentoso y valiente. Huayna Cápac decidió hacer algo que ningún Sapa Inca había hecho antes. A su muerte, Huayna Cápac dividió el imperio. Le dió el título de Sapa Inca yel asiento en Cuzco Real a Huáscar. Pero le concedió a Atahualipa el título para gobernar sobre la mitad del Imperio.

Huáscar se enfadó. La falta de fe del padre en su habilidad para ser lider, lo había llevado a tomar una decision que ningún otro Sapa inca había hecho antes. Pero, a fin de cuentas, Háscar era el Sapa Inca. Esto significaba que su hermano Atahuallpa tenIa que obedecerlo. Huáscar quiso demostrarlo pidiendole que viajara a Cuzco Real y se le uniera por unos días. Allí Atahuallpa tendia que jugar el papel de subordinado a Huáscar.

Esta idea hacía a Huáscar feliz, pero pronto se vería de nuevo frustrado. No pudo conseguir que Atahuallpa aceptara su invitación. Atahuallpa no quería subordinarse a su hermano pero debía respetarlo. Huáscar, después de todo, era el Sapa Inca. La estrategia de Atahuallpa consistió en rechazar lamentablemente cada invitación, pero enviando muchos regalos.

Huáscar estaba furioso e intentó invitar a Atahuallpa una última vez. De nuevo los embajadores de Atauallpa llegaron con las noticias de que él no podría asistir. Huáscar decidió tomar una medida mortal, para demostrarle a su hermano que debía obedecer al Sapa Inca, y ordenó asesinar a la mitad de los embajadores de Atahuallpa. A la otra mitad los devolvió vestidos como mujeres. Con este incidente terminó el periodo de tensión pacifica entre los hermanos, lo que los llevó a la guerra, denominada precisamente la "Guerra de los Dos Hermanos." Atahuallpa era un lider guerrero natural, por lo que no fue sorpresa que dominara a Huáscar y tomara su puesto poco después en Cuzco Real.

Cuando Atahuallpa estaba consiguiendo acostumbrarse a Cuzco Real, le llegó la gran noticia a través de los chasquis, hombres blancos con barbas llegaban al Imperio, montando animales de cuatro patas que comian hierro. Estos animales eran los caballos que nunca ellos habían visto. Conocían solo llamas que no podrían montarse y que nada más soportaban cargas ligeras. Estos animales fascinaron a los incas. Confundieron los pedazos ferreos en las bocas de los caballos las riendas como el alimento que les daban los españoles. Curiosos, se acercaron a ellos y les ofrecieron alimento para los caballos con lo mas parecido al hierro que tenía el inca.: oro. Ni comentar cuanto este hecho despertaria la avaricia de los españoles. Atahuallpa, igualmente curioso les envió una initación para que acudiera a Cuzco Real.

Fue Francisco Pizarro, el líder de la colonización española quien recibió la invitación de Atahuallpa. Pizarro envió a su hermano junto con otros a ver a Atahuallpa y aceptar su invitación. Estos regresaron hablando del governante poderoso, cuya intrepidez pidía verse en sus ojos, y su poderlo como lider militar, al observar a los soldados en su presencia esperando solo cumplir cada una de las órdenes que daba su caudillo. La encomienda de Pizarro era colonizar el área. Par lograrlo tenía que conquistar al Inca. Las noticias de un poderoso Atahuallpa parecían no desconcertar a Pizarro. El sólo pensó que su plan de ataque necesitaba ahora una mas cuidadosa estrategia.

Pizarro llevó a Atahuallpa a caer en una trampa. Le invitó a un festejo y el Sapa Inca acudió con bailarines, músicos, y otros entretenimientos, pero sin las armas. Cuando la cuadrilla inca estaba celebrando bien acampada entre los españoles, ellos se emboscaron y la reunión entre Pizarro y Atahuallpa se convirtió en la Matanza de Cajamarca. El Imperio inca no estaba en su mejor momento pues justamente se recuperaba de una guerra civil costosa. En esta emboscada murieron 3,000 Incas y Atahuallpa fue capturado. Antes de devolver a Atahuallpa, los españoles querían apoderarse del oro y las joyas que habían visto allí en abundancia. Los hombres de Pizarro retuvieron a Atahuallpa y exigieron pagaran un rescate en oro, lo que hicieron los incas, resultando en el mayor de la historia hasta la fecha: el equivalente a mas de cien millones de dólares. Cuando los españoles obtuvieron este botín, Atahuallpa fue decapitado. Esta guerra terminó el corto ciclo de Atahuallpa como Sapa Inca así como con el por tanto tiempo sólido Imperio Inca.

A la caída de Atahuallpa, el Imperio Inca comenzó su rápido declive. Hubo todavía otros Sapa Incas pero todos nombrados por Pizarro, quien escogio siempre al inca que seguirla sus órdenes. Con esta situación terminaron los Sapas Incas que siempre habían promovido el crecimiento y estabilidad del Imperio. El pueblo que creyó en que "o conquistar o te conquistan" habia sido conquistado por los españoles. Y tan pronto como comenzó la colonización hispánica a la par empezó la disolución del antes rico y poderoso Imperio Inca.

The Conquistadors and Settlers

BARTELOMÉ DE LAS CASAS

In order to understand the life of Bartolomé de las Casas it is helpful to know something about the setting in which his most famous work took place. When the European settlers first reached the Americas they wanted to make a better life for themselves and looked to establish businesses that would help them do this. They learned from the Indians how to grow local crops and where the valuable ores could be found. Using what the Indians showed them, the Europeans started farms and mines, the earliest European businesses in the New World. But to make these mines and farms profitable the settlers needed a lot of workers. There were not enough settlers to fulfill the work demands of these businesses. It did not take long for the Europeans to decide that the large Indian population could fill this need. And they had another idea. Rather than pay the Indians for their work, they would offer Christianization. Making the Indians Christian would mean salvation after death. In the minds of the Europeans, and arguably in their pockets, this was a better option than payment. The Europeans rounded up Indians and forced them to work, and the relationship between them became like that between slave and owner.

The arrival of Spaniards in Latin America created a crisis for most of the native cultures. The settlers desired great fortune. The Spanish crown sought to increase its wealth and promote the Catholic faith. In the eyes of these Europeans, the "encomienda system"—the system by which Indians gave forced labor in return for Christianization—benefited all involved. Thus as more and more Indians were separated from their villages and families, their culture and their freedom jeopardized, no one questioned the system. That is until Bartolomé de las Casas turned from encomienda owner to devoted spokesperson for the Indians and dedicated his efforts to the passing of new laws which provided better treatment of these native populations.

When Bartolomé was a teenager he lived in Seville, Spain. This was the town from which Columbus organized his voyages. The people of Seville spoke often and excitedly about these explorations to the New World. The trips to the Americas took a long time and a tremendous amount of planning went into preparing for the long voyage. This created a lot of work for the people of Seville. Many were somehow connected to the explorations. For Bartolomé the connection was through his father and uncles. These men had been part of Columbus's first trips. So many men in his family were part of exploration; Bartolomé probably considered it the family profession. But exploration was not Bartolomé's only interest; he was also becoming more and more interested in religion.

As a young man in Seville, Bartolomé knew only a little about the natives of the New World. Columbus's boats returned to Seville with some Indians. And because his father and uncles were on the returning boat, Bartolomé was one of the first people in Europe to meet an Indian. But he was more interested in a ball one of the Indians had than in the men themselves! Bartolomé noticed that this ball, made from the hevea tree of the Americas, bounced ten times more than any ball he had ever played with. Years later, when his father returned from another voyage, he actually brought an Indian who stayed for two years as a friend for Bartolomé before returning to the Americas. But besides the fascination with the Indian's hevea ball, Bartolomé at this age did not seem to care about the Indians. Perhaps it was because he did not know what was going on in the New World. Or maybe he was just interested in other things.

As his interest in religion continued and grew, Bartolomé started studying to be a priest. But, like many men his age at the time, Bartolomé was also starting to think about earning good money. The voyages and opportunities in the New World were the talk of Seville. They were probably the talk of Bartolomé's house as well since so many of his family members were involved with the explorations. The voyages were a popular way to make a life and do well. And there was something else. Bartolomé could combine his interest in religion with it. Converting Indians to Catholicism was a big part of the reason the king and queen gave money to Columbus and the settlers. Bartolomé was interested in both: gaining wealth and Christianization. So in 1502 he joined his father and sailed for the New World.

Bartolomé's first stop was the island of Santo Domingo. There, just like many other settlers, he set up a farm. And just like so many other settlers he got Indians to work on the land. Bartolomé started his farming business while he completed his studies to become a priest. He was soon ordained and began his second job, being a priest in Santo Domingo. The farm made Bartolomé a wealthy man. He spent many years working the farm, converting the Indians, and being a priest to the other settlers. He was well liked by the settlers, and the Indians that worked for him were treated better than most.

But during these ten years Bartolomé saw a lot of mistreatment. The Indians were being worked to death. During his ten years in Santo Domingo the number of Indians was more than cut in half. What happened to these Indians? First, there were not many Indians being born. When settlers needed workers, they took the men from their families. Families split up and eventually entire Indian communities were abandoned. Some of the natives ran away to live in hiding from the Spaniards. Also, many died from diseases brought overseas by the Spaniards. Finally, and in most of the cases, Indians died from overwork in the mines and on the farms. In the worst cases, when the Indians tried to revolt against the Spaniards, they were killed. Bartolomé witnessed one of these situations. A fellow settler burned down an Indian home with the whole family inside. He wanted to send a message to the other Indians.

All these incidents slowly started to bother Bartolomé. But he still did not do anything for the Indians' plight. At the end of the day, he was a wealthy man because of the Indians' work. He needed the encomienda, the slave-like system that caused so many Indians to die. And what was he going to do about the entire community of settlers for which he was a priest? Every one of them survived in the New World because of the Indians' labor. So, even if the situation bothered him, Bartolomé spent almost ten years living and benefiting from the enslavement of the Indians.

Then something happened. The way Bartolomé told it, it happened one day while he was reading the bible and preparing for mass. He came across a passage that warned, "stained is the offering of him that sacrificeth from a thing wrongly gotten." Bartolomé thought about the Indians that were dying from overwork. He thought about the Indians that were killed by the settlers. The Indians worked for him. His wealth was "wrongly gotten!" Bartolomé thought himself a successful Catholic priest. But he realized then that his success had been gotten in ways that were not Christian. What Bartolomé de las Casas decided to do next changed his fellow settlers' opinion of him drastically: The beloved town priest became the hated betrayer.

Bartolomé set his Indians free. But in his eyes that was still not enough. His goal was to teach the settlers that what they were doing was unchristian and that it had to stop. Bartolomé began preaching this message: The Indians should go back to their families and their communities, and the settlers should find workers other than the Indians. Bartolomé began preaching this message. The settlers first thought he had gone mad. Then they became insulted. How dare Bartolomé preach at church that anyone who owned Indians was a sinner and that owning Indians was unchristian? The settlers wanted Bartolomé to leave. They did not want him to be their priest anymore. It got so bad that once a parent had his child spit at Bartolomé as he walked down the street.

Bartolomé realized that the settlers would not, on their own, stop the enslavement of the Indians. Owning Indians was necessary for making a farm or mine work. There were no other workers to be had. The settlers did not want to consider bringing over workers and paying them. They thought owning Indians was fine. The Indians got food and shelter and they were taught about Christianity. In the eyes of the settlers they were saving the Indians by teaching them about God. What was unchristian? The settlers did not want to admit that the Indians were just as entitled to freedom as the settlers. Bartolomé decided that he needed to go to Spain to speak to the government.

Bartolomé de las Casas went to Madrid to see the people in the government that administered the laws for the New World. These people were working for the king and queen of Spain who wanted to Christianize the Indians and gain wealth through empires overseas. Bartolomé spent much time talking to them about the bad treatment of the Indians. He spoke about how the Indians were dying by the thousands. He told them of Indians dying from overwork and others murdered by settlers. Bartolomé convinced the government that the owning of Indians should be outlawed. The government passed the new laws of 1542. Bartolomé was so happy! These laws said that it was forbidden to force Indians to work, and that no more settlers could take Indians. The government of Spain named Bartolomé bishop of Chiapa. This official title would help him enforce the new laws.

Bartolomé went back to the New World with his new title and the new laws. He was sure that the settlers would now listen. They had to obey the laws of Spain and thus, the Indians would have to be let go. But when Bartolomé arrived in Chiapa what he thought would happen did not. The governor of Chiapa told Bartolomé he did not accept his authority as bishop of Chiapa. Then the settlers screamed and insulted Bartolomé as he walked along the streets. All around the Americas the response to the new laws was the same: No one would obey them. Obeying them meant ending life in the colonies as they knew it. In one colony a governor was sent from Spain to enforce the new laws. When he arrived, a group of settlers took up arms against him and the king's troops that protected him. The settlers took the new governor hostage so he would not enforce the laws.

Bartolomé was still insistent on getting the laws obeyed. He wanted to stop the enslavement of the Indians, send them back to their communities, and bring workers from Spain to do the job. The king was in favor of this plan at first. But when he heard of the riots, the behavior of the governor of Chiapa, and the defeat of the Spanish troops in the one colony, he got scared. The king was too far away to take action. He feared a civil war and revoked the laws. What Bartolomé had worked so hard to achieve was now gone. And, even worse, Indians continued to die at an alarming rate.

Bartolomé went back to Spain. His plan to convince the settlers had not worked; his plan to pass laws and force the settlers to give up Indians had failed also. What would he do next? Bartolomé decided that he needed to slowly win over all the new governors and new settlers that went to America. And that is how he slowly succeeded in helping the Indians.

Bartolomé spent the rest of his life in Spain. He had failed in converting the first settlers. But there were more and more people leaving for the New World. These people could be persuaded to set up lifestyles lives that did not require the ultimate burden on the natives of the Americas. Bartolomé lived to be more than ninety years old and spent that last part of his life championing the truly Christian treatment of the Indians. He wrote two famous books about the Indians and how the first settlers treated them. He slowly won over many people that went to the New World and gained the support of the Spanish crown in his efforts. The government of Spain gave him the title of 'Defender of the Indians,' a title he truly earned and deserved.

BARTOLOMÉ DE LAS CASAS

ntes de leer sobre la vida de Bartolomé de las Casas ayuda saber algo sobre la situación en la cual sus esfuerzos más famosos ocurrieron. Cuando los colonos españoles primero alcanzaron las Américas desearon hacer una vida mejor para sí mismos y buscaron establecer los negocios que les ayudarían a lograr esto. Aprendieron de los indios cómo crecer las cosechas locales y dónde los minerales valiosos podrían ser encontrados. Los españoles utilizaron lo que les mostraron los indios y establecieron las granjas y las minas, los primeros negocios españoles del Mundo Nuevo. Pero para hacer estas minas y granjas provechosas los colonos necesitaban a muchos trabajadores. No había bastantes colonos para satisfacer la demanda de trabajo de estos negocios. En poco tiempo los españoles decidieron que la gran población india podría cumplir esta necesidad. Y tenían otra idea. En vez de pagarle a los indios su trabajo, les ofrecerían cristianización. La conversión de los indios al catolicismo significaría la salvación después de la muerte. En las mentes de los españoles, y discutible en sus bolsillos, esto era una opción mejor para los indios que

el pago. Los españoles redondearon encima de indios y los forzaron trabajar. Pronto el lazo entre los indios y los españoles se convirtió como ése
entre el esclavo y el propietario.

La llegada de los españoles en América latina creó una crisis para la
mayoría de las culturas nativas. Los colonos desearon gran fortuna. La corona española intentó aumentar su abundancia y promover su fe católica.
Para estos europeos el "sistema de la encomienda," en el que los indios
dieron el trabajo forzado a cambio de la cristianización, benefició a todos
los implicados. A pesar de que más y más indios fueron separados de sus
aldeas y de su familias, su cultura y su libertad comprometida, nadie cues-
tionó el sistema. Así fué, hasta cuando Bartolomé de las Casas se convirtió
de propietario de una encomienda, en un vocero consagrado de los indios
que dedicó sus esfuerzos a lograr nuevas leyes que proporcionaran mejor
tratamiento a las poblaciones nativas.

Cuando Bartolomé era un adolescente vivió en Sevilla, España. Esta era
la ciudad de la cual Colón ordenó sus viajes. Estas exploraciones eran tan
emocionantes que los viajes al Mundo Nuevo eran la cosa que la ma yoría
de la gente en Sevilla discutía. Los viajes a las Américas tomaban mucho y
una enorme cantidad de preparación para el viaje largo. Los viajes crearon
muchos trabajos en Sevilla. Mucha gente fue conectada de alguna manera
con las exploraciones. Para Bartolomé la conexión estaba a través de su
padre y tíos. Estos hombres habían sido parte de los primeros viajes de
Colón. Tantos hombres en su familia eran parte de exploración,que
Bartolomé probablemente la consideraba la profesión de la familia. Pero la
exploración no era el único interés de Bartolomé. Él también estaban
interesado en la religión.

Como hombre jóven en Sevilla, Bartolomé sabía solamente un poco
sobre los indígenas del Mundo Nuevo. Los barcos de Colón volvieron a
Sevilla con algunos indios. Y porque su padre y tíos eran parte del barco que

volvía, Bartolomé era uno de los primeros en Europa que conoció para sat-isfacer a un indio. Él estaba más interesado en una bola una de los indios tenía que en los hombres ellos mismos. Bartolomé notó que la bola, hecha del árbol de la Hevea de las Américas, despedido diez veces más que cualquier bola con cual el había jugado. Los años más adelante, cuando su padre volvió de otro viaje, él trajo a un indio que permaneció por dos años como amigo para Bartolomé antes de volver a las Américas. Pero además de la fascinación con la bola de la Hevea del indio, Bartolomé en esta edad no se parecía enseñar un interés a los indios. Quizás porque él no sabía qué estaba ocurriendo en el Mundo Nuevo. O quizás apenas estaba interesado en otras cosas.

A medida que su interés en la religión continuó, Bartolomé comenzó a estudiar para ser sacerdote. Pero como muchos hombres de su edad en ese entonces, Bartolomé también pensó en las oportunidades de ganar buen dinero. Los viajes y las oportunidades en el Mundo Nuevo eran la charla de Sevilla. Eran pro- bablemente la charla de la casa de Bartolomé puesto que tan muchos de los miembros de la familia trabajaron en las exploraciones. Los viajes eran una manera popular de hacer una vida y manan. Y había algo más. Bartolomé podía combinar su religión con el negocio de ir al Mundo Nuevo. Convertir a indios a cato- licismo era una parte grande de la razón por la que el rey y la reina dieron el dinero a Columbus y a los colonos. Bartolomé estaba interesado en ambos: ganar abundancia y cristianización. Tan en 1502 él ensambló a su padre y navegó al mundo nuevo.

Bartolomé primero paró en la isla de Santo Domingo. Allí, como muchos otros colonos, él instaló una granja. Y como tan muchos otros colonos él consiguió a indios trabajar en la pista. En el mismo tiempo Bartolomé comenzó su negocio que cultivaba que él acababa sus estudios para hacer sacerdote. Él era pronto ordenado y comenzó su segundo trabajo, sacerdote en Santo Domingo. La granja convirtió a Bartolomé en hombre rico. Se pasó muchos años trabajando la granja, convirtiendo a los indios, y siendo sacerdote a los otros colonos. A los otros colonos lo tuvo gusto bien y trataron a los indios que trabajaron para él mejor que la mayoría.

Pero durante estos diez años Bartolomé vió muchos de maltratamiento. Los colonos trabajaban a los indios a la muerte. Durante sus diez años en Santo Domingo la población de indios era más que cortado a mita. ¿Qué había sucedido a estos indios? Primero, no estaban naciendo muchos bebitos indios. Pues, cuando los colonos necesitaron a trabajadores, tomaron a los hombres de sus familias. Las familias se dividiren y abandonaron eventual a las comunidades indias. Algunos se ejecutaron lejos a ocultar vivo de los españoles. También muchos indios murieron de las enfermedades traídas por los españoles. Finalmente, y en la mayoría de los casos, los indios murieron de trabajo extensivo en las minas y en las granjas. En los casos peores, cuando los indios intentaron rebelar contra los españoles, estos los mataron. Bartolomé atestiguó una de estas situaciones. Un compañero le echó fuego y quemó abajo un hogar indio con la familia entera adentro. Él deseó enviar un mensaje a los otros indios o acaso no obedecían al colono.

Todos estos incidentes comenzaron lentamente a incomodar a Bartolomé. Pero él no hizo cualquier cosa para el apuro de los indios. Al final del día, él era un hombre rico debido a el trabajo de los indios. Él necesitaba la encomienda, el sistema como esclavitud que hizo a tan muchos indios morir. ¿Y qué iba a hacer sobre la comunidad entera de los colonos para quienes él era sacerdote? Cada de ellos sobrevivió en el Mundo Nuevo apagado de los indios. La situación lo incomodó tan quizá pero Bartolomé pasó casi diez años que viviendo y que beneficiando de la esclavitud de los indios.

Entonces algo sucedió. Como lo contó Bartolomé, sucedió un día mientras que él leía la biblia. Él vino a través de un paso que advirtió, "manchado es el ofrecimiento de el que sacrifica de una cosa conseguida incorrecto." Bartolomé pensó de los indios que morían de trabajo excesivo. Él pensó de los indios que murieron en las manos de los colonos. Los indios trabajaron para él. Su abundancia "fue conseguida incorrecto" Bartolomé se consideraba un sacerdote rico, católico. Pero él realizó entonces que su abundancia había sido conseguida de maneras que no eran cristianas. Lo que Bartolomé de las Casas decidió hacer cambió la opinión de sus colonos del compañero de él drásticamente: El sacerdote querido de la ciudad se convirtió en el traidor odiado.

Bartolomé libertó a sus indios. Pero en sus ojos esto no era bastante. Su meta era enseñar a los colonos que lo que hacían no era cristiano y que tenían que parar. Los indios deben ir de nuevo a sus familias y a sus comunidades. Los colonos necesitaban encontrar otros trabajadores que no fueran los indios. Bartolomé comenzó a predicar este mensaje. Al principio los colonos pensaron que el sacerdote se volvió loco. Luego se insultaron. ¿Qué atrevimiento Bartolomé predica en la iglesia que cualquier persona que poseían indios era un pecador y que no era cristiano poseer a indios? Los colonos quisieron que Bartolomé se fuera y ya no fuera su sacerdote más. Lo consideraron tan malo que una vez un padre dejó su hija escupirle mientras que el sacerdote caminaba por la calle.

Bartolomé se dió cuenta que los colonos no, en sus los propios, parar la esclavitud de los indios. Poseer a indios era una necesidad para hacer un trabajo de la granja o de la mina. No había otros trabajadores que se tendrán. Los colonos no desearon considerar el traer concluído trabajadores y el pagar de ellos. Pensaron que poseer indios estaba muy bien. Enseñaron los indios conseguir el alimento y el abrigo y los sobre cristianismo. En los ojos de los colonos salvaban a los indios enseñándolos sobre dios. Qué era no cristiano? Los colonos no desearon admitir que los indios fueran justos según lo dado derecho a la libertad como los colonos. Bartolomé decidía a que él necesitó ir a España a hablar al gobierno. Bartolomé de las Casas fue a Madrid a ver a la gente en el gobierno que tomó el cuidado de los leyes para el Mundo Nuevo. Esta gente trabajaba para el rey y la reina de España que deseó a convertir en cristianos a los indios y ganar dinero del imperio en el extranjero. Bartolomé pasó mucha hora que ella hablaba con sobre el maltratamiento de los indios. Él habló de cómo los indios morían por millares. Él les dijo de los indios que morían de trabajo excesivo y de los indios asesinados por los colonos. Bartolomé convenció el gobierno de que el poseer de indios fuera proscrito. El gobierno aprobó los nuevos leyes de 1542. Bartolomé era tan feliz. Estas leyes dijeron que fue prohibido para forzar a indios trabajar. Y que no más de colonos no tomarían a indios. El gobierno de España nombró a Bartolomé Obispo de Chiapa. Este título oficial le ayudaría a hacer cumplir las nuevas leyes.

Bartolomé fue de nuevo al Mundo Nuevo con su nuevo título y las nuevas leyes. Él estaba seguro que ahora escucharían los colonos. Tuvieron que obedecer las leyes de España y así, los indios tendrían que ser dejados. Pero cuando Bartolomé llegó en Chiapa lo qué él pensó no sucedería. El gobernador de Chiapa dijo a Bartolomé que é no era valida su autoridad como obispo de Chiapa. Después los colonos gritaron e insultaron a Bartolomé mientras que él corrió a lo largo de las calles. Todo alrededor de las Américas la respuesta a los nuevas leyes era igual: Nadie escucharían ellos. El escuchar ellos significó vida del conclusión en las colonias como lo sabían. En una colonia enviaron un gobernador de España para hacer cumplir las nuevas leyes. Cuando él llegó un grupo de colonos tomó los brazos contra el nuevo gobernador y las tropas del rey que lo protegieron. Los colonos tomaron al nuevo rehén del gobernador así que él no haría cumplir los leyes.

Bartolomé seguía siendo insistente en conseguir los leyes obedecidos. ...l deseó parar el esclavitud de los indios, enviarlos de nuevo a sus comunidades y traer a trabajadores de España hacer el trabajo. El rey estaba en favor de este plan al principio. Pero cuando él oyó hablar de los alborotos, del comportamiento del gobernador de Chiapa, y de la derrota de las tropas del español en la una colonia, él consiguió asustado. El rey era demasiado lejano lejos tomar la acción. ...l temió una guerra civil y revocó los leyes. Que Bartolomé había trabajado así que alcanzar difícilmente ahora fue ida. Y uniforme peor, indios continuó muriendo en una tarifa alarmante.

Bartolomé fue de nuevo a España. Su plan para convencer a los colonos no había trabajado; su plan para aprobar leyes y para forzar a los colonos dar para arriba a indios había fallado también. Qué él haría después? Bartolomé decidía a que él necesitó ganar lentamente concluído todos los nuevos gobernadores y nuevos colonos que fueron a América. Y ése es cómo él tuvo éxito lentamente en ayudar a los indios.

Bartolomé pasó el resto de su vida en España. ...l había fallado en convertir a los primeros colonos. Pero había más y más gente que se iba al Mundo Nuevo. ...stos se podrían convencer de establecer las vidas que no necesitaron la óltima carga en los naturales de las Américas. Bartolomé vivió para ser más de noventa años viejos y de gastado que parte pasada de su vida que defiende el tratamiento cristiano verdadero de los indios. ...l escribió dos libros famosos acerca de los indios y como los primeros colonos los trataron. ...l ganó lentamente concluído mucha gente que fue al Mundo Nuevo y ganó la ayuda de la corona española en sus esfuerzos. El gobierno de España le dio el título del defensor de los indios. Un título que él ganó verdad en la luz del trabajo él hizo y cuánto éxito él tenía en promover la causa de los indios hasta la época de su propia muerte.

HERNÁN CORTÉS

ernán Cortés, the man who led the Spanish victory over Mexico's Aztec Empire, was born in a small town in central Spain. As a teenager Hernán studied law at the University of Salamanca. But he did not stay long enough to graduate with a law degree. Hernán's parents were upset; there were not many jobs available, besides labor or trading to people without degrees. Cortés did not want to work in these careers so he chose the only other job available. He joined the army.

When Hernán joined the army he began hearing the stories of Columbus's voyages to the New World (or, as it was also called, the West Indies). The West Indies represented a great opportunity for Spaniards like Hernán who wanted to accomplish great things. Playing a role in the development of Spain's New World empire provided a most exciting future. Hernán wanted to go. But the first time he was offered a position aboard ship Hernán had to decline. He was recuperating from injuries incurred while courting a young Spanish girl. Hernán was trying to scale a wall and secretly visit the girl. Her father came outside and spotted the young Hernán. Furious, the man chased down the boy who was almost killed in the brawl that ensued. Hernán took a while to recover. Although the incident caused him his first offer to go overseas, it did not teach Hernán any lessons. This was not the last time Hernán was injured **over** love. The future brought many fights between Hernán and other men—invariably over a girl. In later years he would be remembered as a ladies' man.

In 1504 Hernán was again offered a position on a ship sailing west. By now he had fully recovered from the courtship incident and eagerly joined the expedition. He arrived in Hispañiola, one of the first islands settled by the Spaniards in the New World. There Hernán's law studies were put to good use. In Spain there were many lawyers so competition was great; Hernán's few courses in law would never have resulted in a law job. But in the New World this was not the case. Hernán made Hispañiola his new home. There he began practicing law.

Hernán's desire for adventure and greater wealth was not satiated. He came to the New World with big hopes and dreams. When he met up with Diego Velasquez, a Spaniard living in Hispañiola and working for the Spanish government, Hernán saw greater things ahead of him and left his law practice in Hispañiola. Spain wanted to colonize other islands in the West Indies. The king and queen gave Diego Velasquez the responsibility of settling Cuba. Diego asked Hernán Cortés to help him. Cortés and Velasquez were a formidable pair, Cuba was easily conquered. In the process the two men became great friends. They had the desire for wealth, power, and prestige in common. It was the reason both had traveled west. It would be those same desires that eventually turned them from friends into fervent enemies.

After Cuba was settled, the Spanish government turned its attention to colonizing Mexico. Diego Velasquez had to remain in Cuba to govern the new island. This made him a little upset. There was more prestige, power, and wealth to be gained from the Spanish government for colonizing another, bigger piece of land. Diego wanted to go to Mexico. He knew that his friend Hernán was hungry to do the same. To maintain control over

Cuba and expand his work into Mexico, Diego wanted to send someone to conquer Mexico in his name. Yet he needed to be careful not to send someone who was interested in creating a name of his or her own. But there were few people that had a chance of success, and his friend Hernán was one of them.

As Diego was considering sending Hernán, many members of his staff suggested Hernán as the ideal candidate. He could lead a successful expedition and settle Mexico. Diego knew Hernán could do the job. But he was scared. He knew they were close friends because they had so much in common: a desire for power, wealth, and fame. But would his friend turn on him? Would Hernán take the job, and instead of colonizing for Diego, colonize and claim the credit for himself? Diego considered the recommendations of his advisors. He considered other people but was not as confident in their potential for success. Finally, Diego felt he had to take the chance. He granted his friend Hernán the responsibility of the ships, horses, and men needed to embark towards Mexico. Almost immediately Diego found out his choice was a bad one. Hernán was hungry for fame and fortune, hungrier than Diego imagined. So hungry that he had bribed many of Diego's advisors to recommend him! Hernán's cunning had got him just what he wanted. He had no intentions of ever obeying another order from Velasquez. By the time Diego realized this it was too late. The ships had sailed. The best of friends were now enemies. Cortés's voyage to Mexico met good fortune early on. The group came across interpreters that would play a significant role in its success. Geronimo de Aguilar was a clergyman that had come to Mexico on an ill-fated expedition. For more than five years he had been living with the natives. Happy to find himself again in the company of his fellow Spaniards, Geronimo joined the expedition and worked as a mediator. He interpreted and communicated between Cortés's brigade and the native villages they encountered as they traveled inward.

From these villagers Cortés learned of the Aztec Empire, which had conquered most of the peoples of the area. The empire had its seat, the capital city of Tenochtitlán, deep in the heart of the land. Cortés quickly realized that unseating the Aztecs was the key to settling the area. Then in one of these villages Cortés met Marina, a native woman who understood both the language of Geronimo's Indians and the language of the Aztecs. This was advantageous for Cortés's expedition, because for the first time Spanish explorers could communicate well with the natives.

Cortés's goal was to travel west and reach the Aztec capital city, Tenochtitlán. Along the way, with interpreters helping out, Cortés's and his troops enlisted the support of native tribes. In exchange for alliance with the Spaniards Cortés offered freedom from the Aztecs his expedition was looking to conquer. His offer was welcomed by the many people tired of living under Aztec rule. By the time Cortés entered Tenochtitlán, his troops numbered five hundred Spaniards and twenty thousand Indians.

News traveled to Tenochtitlán faster than Cortés's expedition. Montezuma, the leader of the Aztecs, knew of Cortés's impending arrival. Cortés reached Tenochtitlán and met Montezuma. The ruler greeted Cortés's brigade with cheer and offered the men quarters inside the city. Montezuma and Cortés talked for days. The whole time Cortés was outwardly friendly; but inwardly he was plotting against his new friend, much in the same way as he had against his old friend Velasquez. When the timing was right Cortés simply walked into Montezuma's palace. There, supported by a few of his officers, Cortés informed Montezuma that he was being taken prisoner. Without much fuss, Montezuma surrendered to Cortés. Montezuma continued to rule his people but under the direction of Cortés. And so it was that at the age of thirty-four, Hernán's Cortés was ruling an empire of millions.

If Cortés was surprised at how easily Montezuma had succumbed it was

a short time before he realized that there was still a battle to be won. The
Aztec citizens of Tenochtitlán rose up in revolt. Vastly outnumbered
Cortés knew his best bet was to loot what he could, and leave the city. But
while the Spaniards attempted to leave, the Aztecs spotted them. The battle that ensued, later called *noche triste* (sad night), was fought with horrible losses. The Spaniards made it out of the Aztecs' vicinity, but not before
more than six hundred men died.

Cortés retreated from Tenochtitlán and spent almost an entire year
planning his next attack on the Aztec Empire. Much of this time was spent
befriending native communities that were enemies of the Aztecs. Of these,
the Tlaxcalans—who had never suffered defeat against the Aztecs—
became the greatest of Cortés's allies. Their army, 25,000 men strong, was
to assist Cortés in the battle against the Aztecs.

Tenochtitlán's isolation, once a great defense, would now be its down-
fall. The city was situated on an island in the middle of a lake. The water
protected the city like a moat protects a castle. The Aztecs had built four
great causeways that connected their capital to the mainland. Cortés had
a plan of attack that turned the city's protective location into its weakest
link. The seizure of Tenochtitlán began when the Spaniards blockaded all
four causeways. The Aztecs were cornered in their own capital. For seven-
ty-five days the Spanish troops, fortified by thousands of Tlaxcalans, fought
their way into the city. The Aztecs were fierce. Some days they won ground
against Cortés's forces; but slowly they were backed into their city. Once
over the causeways and in the city, Cortés's troops seized and burned everything. In August of 1521, the Aztecs surrendered. Again Cortés reigned
victorious.

His next feat was to rebuild Tenochtitlán, this time as the capital of
New Spain, named Mexico City. Cortés insisted that the new Spanish city
be in the exact location of the old Aztec city. He did not care that the loca-

tion was ill suited to being expanded; surrounded by water and lacking in adequate air, Lake Texcoco was more than a mile above sea level. What mattered most to Cortés was the message that was sent as he razed Tenochtitlán and built Mexico City: What the Aztecs once ruled is now ruled by Spain. The sun temple of the Aztecs was thus replaced by a great cathedral, and the palace of the king by a palace for Cortés.

Cortés gained the wealth, prestige and power he had come to find in the New World. But, in the end, there were limits. The king, Charles V, granted Cortés a title of marques and Cortés found a bride of his now equal social standing. Wealth came to him not in the gold he expected but through land. The king granted Cortés and his ancestors a large portion of New Spain. But his newly gained power was slipping. King Charles could grant prestige and wealth to anyone he chose. Power was an altogether different matter for the king who had now been crowned Holy Roman Emperor. Instead of designating Cortés to rule New Spain, the king appointed a viceroy—someone without ties to the original conquest. Someone who would be more interested in representing the king than in asserting his own interests. King Charles V knew of Cortés's tactics with Diego Velasquez and his fierce battling ways—all for the sake of self-grandeur. He was not about to place someone so capable of defying the king's wishes in such a powerful role.

As was to be expected from his demeanor, Cortés never gave up on that third goal: power. He eventually left Mexico for Spain. His purpose was to plea his case with the king: that he was clearly due more authority than granted. Cortés spent the last seven years of his life in Spain. His insistence caused him to fall out of favor with the king. And so the conquistador achieved enduring wealth and prestige, but he never again recaptured the power that was briefly his.

HERNÁN CORTÉS

on Hernán Cortés, el hombre que condujo la victoria española sobre el imperio azteca de Méjico, nació en una ciudad pequeña en el centro de España. Estudió leyes en la universidad de Salamanca pero no llegó a graduarse con el título de abogado. Los padres de Hernán se preocuparon por el futuro de su hijo, sin título no había mucho trabajos para elegir, como no fuera de obrero o comerciante. Cortés no se interesó en ninguna de estas carreras asi que eligió el único disponible: el ejército. Estando ya alistado, comenzó a oir las historias de los viajes de Colón al Mundo Nuevo, o como también lo llamaban, Las Occidentales. Estas presentaban una gran oportunidad para los españoles ambiciosos que deseaban lograr grandes cosas. Contribuir al desarrollo del imperio español en el Mundo Nuevo proporcionaba un futuro más emocionante, por lo que Hernán deseó ir. Pero la primera vez que le ofrecieron una posición a bordo de una nave tuvo que declinarla porque estaba recuperándose de lesiones sufridas al cortejar a una joven. Cuando intentaba escalar una pared y visitarla secretamente, el padre lo sorprendió y furioso persiguió al jóven que casi muere en la re-yerta. A Hernán le tomó tiempo recuperarse y aunque el incidente provocó que tuviera que declinar la posición en la nave,

Hernán no aprendió la lección. Esta no fué la última vez que saldría perjudicado en asuntos de amor. El futuro le trajo muchos encuentros con otros hombres por cuestiones de mujeres. Años después sería recordado como un mujeriego.

En 1504 se le ofreció a Hernán otra posición en una nave que iba hacia el Mundo Nuevo. Ya recuperado completamente del incidente amoroso, se enroló con entusiasmo en la expedición, llegando así a La Española, una de las primeras islas que colonizaron los españoles. Allí puso a buen uso sus conocimientos de leyes. En España había muchos abogados, por lo que los pocos cursos que en esta materia estudió nunca le habrían proporcionado un buen trabajo. Pero en el Mundo Nuevo éste no era el caso. Hernán hizo de La Española su nuevo hogar y allí comenzó a practicar la abogacía.

Pero el deseo de Hernán para la aventura y la fortuna no estaban saciados. Él vino al Mundo Nuevo por grandes lucros. Cuando conoció a Diego Velázquez vió mayores cosas delante de él. Diego Velázquez vivía en La Española y trabajaba para el gobierno español. España deseaba colonizar más islas en Las Indias, por lo que los reyes le dieron la responsabilidad de co- lonizar a Cuba. Diego le pidió a Hernán Cortés su ayuda y entre ambos conquistaron esa Isla fácilmente, en el proceso haciéndose grandes amigos. Los dos tenían el deseo de riquezas, prestigio y poder por la razón por la que habían venido al Mundo Nuevo e irónicamente serían esos mismos deseos en común, los que los convertirían de amigos en enemigos fervientes.

Después de la colonización de Cuba, el gobierno español puso su atención en Méjico. Diego Velázquez permanecería en Cuba para gobernar la Isla, lo que no fué de su agrado. Había más prestigio, poder y riquezas a ganar del gobierno español si se colonizaban grandes tierras. Diego deseaba ir a Méjico y sabía que su amigo Hernán ansiaba lo mismo. Para mantener el control de Cuba y ampliar su trabajo en Méjico, Diego tenía que enviar allí a alguien que realizara la conquista en su nombre y sin interés en crear fama para sí mismo. Había pocas personas con oportunidad de éxito en esta empresa y su amigo Hernán era uno de ellos.

Cuando Diego estaba considerando enviar a Hernán, muchos miembros de su personal lo indicaron como el candidato ideal para conducir una expedición acertada y colonizar a Méjico. Esto lo sabía Diego pero también sabía que eran amigos íntimos porque tenían mucho en común: afán de poder, riqueza y fama. ¿Su amigo lo traicionaría? ¿Podría Hernán aceptar la tarea pero en vez de colonizar bajo el nombre de Diego, demandar el crédito para sí? Diego consideraba las recomendaciones de sus consejeros y pensaba en otros candidatos pero no confiaba en su potencial para el éxito. Finalmente, decidió que tenía que correr el riesgo y concedió a su amigo Hernán la responsabilidad de la expedición con todos los caba- llos, las naves y los hombres necesitados para partir hacia Méjico.

Casi inmediatamente se percató de su error. Hernán estaba hambriento de fama y fortuna, más hambriento que lo que Diego se había imaginado. ¡Tan hambriento que había sobornado a muchos de sus consejeros para que lo recomendaran. Con su astucia había conseguido justo lo que él deseaba. No intentaba obedecer ninguna orden de Velázquez, quien vino a darse cuenta del ardid demasiado tarde, cuando ya las naves habían partido. Los mejores amigos se habían convertido ahora en los peores enemigos.

El viaje de Cortés a Méjico tuvo buena suerte desde el principio. La expedición se encontró con buenos intérpretes que desempeñarían un papel significativo en su éxito. Gerónimo de Aguilar era un clérigo que había venido en una malograda expedición anterior. Por más de cinco años había estado viviendo con los indígenas. Feliz de encontrarse otra vez en la compañía de compañeros españoles, Gerónimo se unió a ellos y trabajó como mediador, convirtiéndose en el intérprete entre la brigada de Cortés y los pueblos indígenas que encontraban al viajar al interior del continente. Por estos indígenas, Cortés supo del imperio azteca que dominaba a la mayoría de la gente en esta área. El imperio tenía su asiento en la ciudad capital de Tenochtitlán construida en el corazón del continente. Cortés comprendió rápidamente que para conquistar a los aztecas era necesario colonizar la región. En una de estas aldeas Cortés conoció a Marina, también llamada Malinche, un mujer nativa que se convertiría después en su consejera y amante. Ella entendía el lenguaje de los indios de Gerónimo y el lenguaje de los aztecas. La expedición de Cortés sería la más fortuita comparada con otras, pues por primera vez los españoles pudieron comunicarse bien con los indígenas.

La meta de Cortés era viajar al oeste y llegar a la ciudad capital de los aztecas, Tenochtitlán. A lo largo del camino, con la ayuda de los intérpretes, Cortés y sus tropas consiguieron el respaldo de tribus nativas, ofreciéndoles, a cambio de la alianza con los españoles, la libertad de dominio de los aztecas, a quienes su expedición iba a conquistar. La oferta fue bien recibida por muchos que ya estaban cansados de vivir bajo aquella autoridad. Cuando Cortés entró en Tenochtitlán, sus tropas contaban con quinientos españoles y veinte mil indígenas.

La noticia de la iminente llegada a Tenochtitlán viajó más rápidamente que la expedición. Montezuma, el rey de los aztecas, sabía de antemano del arribo de Cortés y sus tropas y los recibió en Tenochtitlán con gran alboroto, ofreciéndoles alojamiento dentro de la ciudad. Por varios días se reunieron allí Montezuma y Cortés. Por todo este tiempo Cortés se mostró muy amistoso, pero internamente se trazaba un plan contra este nuevo amigo, tal como había hecho contra su viejo amigo Velázquez. Cuando lo consideró oportuno, Cortés simplemente se introdujo en el palacio de Montezuma donde, apoyado por algunos de sus oficiales le informó que lo hacía su prisionero. Montezuma se entregó sin mucha queja y continuó gobernando a su gente pero bajo la dirección de Cortés, quien a la edad de treinta y cuatro años se encontró rigiendo un imperio de millones de habitantes.

Si a Cortés le sorprendió lo fácilmente que había sucumbido Montezuma, no pasaría mucho para darse cuenta de que todavía faltaba una batalla por ganar. En poco tiempo los ciudadanos aztecas de Tenochtitlán se rebelaron. Sumamente superado en número Cortés sabía que su mejor salida era saquear lo más que pudiera y abandonar la ciudad, pero en la marcha fueron avistados por los aztecas librádose una batalla con tan horrible pérdida (murieron más de 600 de sus hombres) que pasó a la historia con el nombre de La Noche Triste de Cortés.

Cortés se retiró de Tenochtitlán y pasó casi un año entero planeando el ataque siguiente contra el imperio azteca. Mucho de este tiempo lo pasó trabando amistad con los enclaves nativos enemigos de los aztecas. De éstos, los Tlaxcalateras, quienes nunca habían sido derrotados, se convirtieron en los más grandes aliados de Cortés a quien le entregaron un ejército de veinte y cinco mil hombres para ayudarlo en la batalla contra los aztecas.

El aislamiento de Tenochtitlán, antes una gran defensa, ahora sería su derrota. La ciudad estaba en una isla en el centro de un lago. El agua protegía la ciudad como el foso protegía un castillo. Los aztecas habían construido cuatro grandes calzadas que conectaban la capital con la tierra firme. Cortés tuvo un plan de ataque que convirtió la base de la protección de la ciudad en su punto más débil. Para apoderarse de Tenochtitlán comenzó por bloquear las cuatro calzadas. Los aztecas fueron atrapados en su propia capital, asediada durante setenta y cinco días por las tropas españolas, fortificadas por sus aliados, los millares de Tlaxcalateras. Ellos eran bravos y por algunos días le ganaron a las fuerzas de Cortés, pero al tomar éstas las cuatro calzadas, los hicieron retroce- der hacia la ciudad y una vez dentro la incendiaron por completo. Cortés reinó de nuevo victorioso.

Su hazaña siguiente fue la reconstrucción de Tenochtitlán, como la capital de la Nueva España, ahora llamada Ciudad México. Cortés insistió en que la nueva ciudad española fuera localizada exactamente donde la vieja ciudad azteca. No le importó que el lugar no favoreciera la expansión, rodeado de agua por todas partes, falta de aire adecuada por su altitud: el lago Texcoco está situado a más de una milla sobre el nivel de mar. Lo que importó más a Cortés fue el mensaje que enviaba destruyendo a Tenochtitlán y construyendo Ciudad de México, demostrando así que donde una vez mandaron los aztecas, ahora gobernaba España. El templo del Sol fue sustituido por una gran catedral y el palacio del Rey por el palacio de Cortés.

Cortés había alcanzado la riqueza, el prestigio y el poder que había venido a buscar en el Mundo Nuevo, pero todo tiene sus límites.

El rey, Charles V le concedió el título de Marqués y por lo tanto encontró una novia apropiada a su nueva categoría social. La riqueza la adquirió no por el oro sino por la gran porción de tierras que le concedió el rey en la Nueva España para él y sus antepasados. Pero el poder que obtuvo con la conquista se le escapaba. Conferir prestigio y riqueza no era problema para el rey pero el poder ya era asunto de otra envergadura para el rey, que ahora había sido coronado por el emperador romano. En vez de señalar a Cortés como el gobernador de Nueva España, el rey designó a un virrey sin lazos a la conquista. Alguien más interesado en representar al rey que en afirmar sus propios intereses. El rey Carlos V conocía las tácticas de Cortés y de Diego Velázquez, lucharían ferozmente hasta alcanzar grandeza propia. Carlos V no estaba a punto de colocar a alguien que fuera capaz de independizarse en una posición tan importante.

Como digno de sí mismo, Cortés no se venció y se propuso a alcanzar su meta, "el poder". Eventualmente salió de Méjico a España. Su propósito era suplicar su caso frente al rey; él merecía más autoridad que la que le habían concedido. Cortés vivió los últimos siete años de su vida en España. Al rey le desagradó la insistencia de Cortés. Así que el conquistador alcanzó fortuna y prestigio duradero, pero nunca llegó a recobrar el poder que fue de él brevemente.

GONZALO JIMÉNEZ DE QUESADA

onzalo Jiménez de Quesada was born and lived his youth in Andalucia, an area in southern Spain. As a young lawyer Gonzalo experienced a stroke of bad luck. He was assigned to a case that involved his family—Gonzalo on one side of the dispute, his family on the other. Gonzalo's side lost. But even so, his relationship with his family was left troubled. Although the situation was very unfortunate, it probably played into Gonzalo's decision to seek out a new life. He found this new life when he joined an expedition to the New World, a decision that gave him a place in history as the leader of the settlement that became Columbia.

Right around the time that Gonzalo Jiménez de Quesada's family friction occurred, good luck came to a man named Don Pedro Fernández de Lugo: The king and queen of Spain bestowed upon him the governorship of a territory in the New World. This large area of land was west of Venezuela and went north up to Cartagena. At the time, expeditions to the New World were the talk of all Spain. A governorship to lead the colonization of an area was a rare and wonderful opportunity. For Don Pedro the job entailed establishing a colony in the name of Spain. But just getting to the area would be an accomplishment. The expedition would travel across the Atlantic to the eastern coast of South America. This trip alone took months; but once they reached land they would still be far away from the territory de Lugo was to settle. The group would then embark on an arduous journey travelling through the continent towards the western coast. Don Pedro needed to assemble a large group to achieve this goal. He went about gathering supplies, obtaining the ships, and hiring the men needed for such a journey. Amongst the men recruited was Gonzalo Jiménez de Quesada. Gonzalo was named chief magistrate and became second in command, a very respectable job offer. So shortly after losing the legal case, he left his job as a lawyer and left Andalucia to seek a new beginning in the New World.

You could say that some of Gonzalo's bad luck traveled with him. When de Lugo's expedition reached South America fortune was not on their side. They touched land near a small Spanish settlement. But the settlement, founded about ten years before, was in bad shape. The nearby Carib Indians were fierce and unrelenting. Their constant attacks on the Spaniards kept the settlers from encroaching on Carib villages and did much to erode morale. These native Indians fought with poisonous arrows, particularly potent weapons that could debilitate the Spanish offensive. The Indians made the poison from the root of the manchineel tree, which they cooked together with an array of insects to make a paste. They then coated the arrows, aimed at the Spaniards, and buried the poison into their skin. This is the welcome de Lugo's men received when they reached the New World.

As if the Caribs were not enough, the expedition met with internal opponents and then a deadly disease. The little gold the Spaniards managed to plunder from the Caribs was soon stolen. The culprit was, surprisingly,

Don Pedro's son, who, in the middle of one night, loaded the gold into boats and left. Soon after that blow, an epidemic hit. So many men died that they were buried in groups—without any time for graves. The situation turned desperate early on. Don Pedro Fernández de Lugo had come with great hopes and they were falling apart.

Amidst all these obstacles Gonzalo Jiménez de Quesada still had the courage to forge onward. He reminded de Lugo that his governorship lay on the other side of the continent and they needed to get there. Gonzalo offered to lead the expedition past the wild Caribs and up the Great River to the vast continent beyond. The plan was for Don Pedro de Lugo to maintain the base camp while Quesada marched forward with a small army. These men would clear the path for others to then follow. In the spring of 1536 Don Gonzalo Jiménez de Quesada began his journey. The mini-expedition included five hundred soldiers with hundreds of Indian "carriers" and eighty-five loaded horses carrying all the food and supplies needed. The men were excited to be part of the expedition—but not just because they were determined to reach the western coast. Also, because the legends about a city built with gold pointed to their destination as its location. This group led by de Quesada saw success and wealth in their near future.

Success and wealth rarely come easy. As the expedition entered the interior of South America the men were confronted by daily obstacles that astounded them. April brought major rains and then harsh sun. Between the rain and the humidity the men's clothes never dried and the food rotted quickly. As they marched onward through the marshes they encountered alligators. The Spaniards recounted how these "lizard fish" ferociously grabbed a man and dragged him underwater never to be seen again. In addition to the alligators, wild cannibals and flesh-eating fish were a common problem. This environment took its toll on the expedition. Months into the travel westward there was one dead among every five that had begun the journey. With all this going on, Gonzalo could easily have given up, arguing that too many signs pointed towards failure.

Pedro de Lugo had made a wise choice when he hired his second in command. At this pivotal point in the course of the expedition, Gonzalo Jiménez de Quesada began proving this. With his eye on reaching the west, Gonzalo became a stoic leader who instituted rules and harsh punishments for those that broke them. To get food Gonzalo organized ambushes of Indian villages, and ordered his group to steal the food. When horses started dying, Gonzalo suspected the starving soldiers had something to do with this; a dead horse meant a big meal. But the horses, needed for carrying supplies and transportation, were critical to the success of the journey. Gonzalo issued a controversial order that any soldier suspected of killing a horse for food would pay with his life. And to prove the seriousness of the order he carried it out. Gonzalo disciplined the minds of the delirious soldiers who were desperate to end their situation. He did what needed to get done and all day continued to give the same order: "March forward." The leader realized the only way out was to continue onward and survive the daily challenges. So under the leadership of Gonzalo Jiménez de Quesada the troops forged on. With axes the men cut away paths for the horses. At times the horses could not traverse the thickness of the forest or the tall rock. To overcome these obstacles the men made slings. They twisted vines together and lifted the horses over the obstacles. Day in day out, under the "March Forward" command of Gonzalo, the group continued apace. Then the day finally arrived. The expedition reached the valley of La Grita. After months spent in the thick of the forest, they came upon a wide stretch of open land. There was a village with numerous huts and small fires burning. The men were instantly rejuvenated. They felt close to the territory that they were to settle. And they felt very close to the famed city of gold. For the first time since leaving Santa Marta the men again thought of the prestige they would have for being the first to settle the area. They thought of the wealth that awaited them when they brought home the treasures of the famed golden city, El Dorado.

At this point the men all had the same question in mind: After so many months of despair, sickness, and endless hard times, how much of their success should be attributed and credited to the leader left behind in Santa Marta? Should Don Pedro Fernandez de Lugo get all the credit? It wasn't only the troops who contemplated this; their leader did too. Gonzalo Jiménez de Quesada was a smart man. He addressed the soldiers and said he was quitting his job as leader of the expedition. Why? Because when he agreed to lead the expedition in the name of de Lugo he had not foreseen the amount of work, pain, and daily struggle that were to come. They still had a lot of work to do to settle the area. But Gonzalo said he did not feel right commanding such a dangerous expedition, and one which would not benefit them all in the end. Then he suggested they elect a new leader. And that he would honor their choice no matter who was selected. Of course the men elected de Quesada. He was named captain general without any dependence on the government on Santa Marta. Officially, the men were now mutineers with de Quesada their leader. Nevertheless, the work ahead required further risk and a steadied commitment. But the knowledge that the prestige and wealth would stay within the group probably reinvigorated the men.

The troops were now ready to proceed. Once they found El Dorado all wealth and prestige would be theirs. But first there was the issue of extracting the location of El Dorado from the native Indians. Quesada had a plan for how to treat the villagers, these Indians that lived in the huts and farmed the perfectly planted fields. He presented to his men a plan that would best yield the truth of El Dorado from the Indians. "It will be sound judgment to try winning them by flattery, and forbear breaking with them until occasion demands it." De Quesada understood that the best way for the Spaniards to overtake this land, colonize and make it their own, was to begin by befriending the Indians. This was manipulative but necessary, he thought. Gonzalo believed that the Spaniards could achieve more using diplomacy than by using arms.

But the Spaniards soon became frustrated. There had to be more jewels. The Indians had to be hiding gold. And so they turned to systematic cruelty. Its goal was to extract secrets from the Indians. The Indians began telling stories of cities to the north with temples floored in gold and doors embedded with emeralds. Were the stories true or were they merely tales spun in the hopes of getting the Spaniards out of their villages? Gonzalo went in search of Sacresaxigua, the native leader, to find out. Again he preached friendliness over might. He captured Sacresaxigua but promised benevolence if the king turned over his gold. He told Sacresaxigua the gold was for the pope. The leader agreed to surrender the gold and jewels. He asked for only one thing in return: that when all the gold and emeralds were delivered, he be freed. The two leaders had made a deal. Or so Gonzalo thought.

Sacresaxigua ordered his people to begin bringing gold to the Spaniards. Day after day Indians arrived bent over by the heavy weight of the gold on their backs. The Spaniards were wide-eyed as they watched the parade of treasures. The Indians kept emptying their sacks and going back for more. But again, most wealth is not easily gotten. One morning, just about the time the Indians had delivered most of their treasures, Gonzalo returned and the room was empty. He immediately realized he had been tricked. Word traveled throughout the native communities. Sacresaxigua had heard of the atrocities suffered by tribes in the south at the hands of the Spaniards. Assured that he would die, Sacresaxigua decided to teach the Spaniards a lesson. The Indian chief never again ordered his people to surrender the gold and jewels. Nor did he divulge where it all was. And never again did these Spaniards see it.

At no time did Gonzalo Jiménez de Quesada call any goal hopeless. However his next challenging step had nothing to do with gold hunting. The search for El Dorado seemed to take second place after the incident with Sacresaxigua. Gonzalo turned his attention toward establishing a city on the site that had taken them so much time and hardship to reach. After all, settlement was the original goal of the expedition. Gonzalo declared the land in possession of King Charles V, and ordered that a mass be held to celebrate and give praise. The Spaniards, helped by Indians, set about building the church and homes. Slowly the new city of Granada was established.

The man who left Spain broke and humbled by a lost lawsuit was now returning with the proud news of a land conquered in the name of Spain. Don Fernando de Lugo had died and Gonzalo Jiménez de Quesada wanted the governorship of New Granada given to him. But as he was petitioning complaints were being filed against him from overseas. The "forward" commands, the death penalties against those that did not follow his rules, all these were being lodged against him as egregious crimes. He was also accused of taking more emeralds and gold from the Indians than he handed over to the Crown. Gonzalo was ordered to appear in court. When he did not show up Queen Juana sent him to jail.

Gonzalo Jiménez de Quesada fled to France, and then to Italy and, later, Portugal. With legal trouble chasing him, Gonzalo traveled throughout Europe. He spent these days writing his memoirs of life in the Americas. He told his story of what it was like to go into the interior of the continent, his encounters with Indians, and the tales of El Dorado. Soon his writings were published in books. And then, when his legal issues were resolved, Gonzalo returned to Spain. His disagreements with the Crown were worked out, and Gonzalo was soon named Marshall de Quesada. Having finished writing books, Gonzalo once again began to think of finding El Dorado.

After almost ten years away, Gonzalo Jiménez de Quesada returned to the colony he had founded. When he left the city of Sante Fé de Bogotá it consisted of nothing more than a church and a group of colonists' hut homes. But during the time he was gone the colony had transformed into a bustling town. He soon became somewhat of a celebrity, spending hours in town discussing his conquistador days, his flight from Spanish courts, and his travels through Europe. Whenever there was an Indian uprising the people asked his opinion. When groups of conquistadors set out to conquer more, they consulted Marshall de Quesada. Gonzalo may have enjoyed his prestige in the New World but his primary focus was finding the city of El Dorado and obtaining what Sacresaxigua and his people had cleverly retained.

In 1569 Gonzalo Jiménez de Quesada headed out on his final and what he hoped was a successful search for El Dorado. One thousand five hundred Indians and three hundred Spaniards accompanied him on this expedition. In addition there were slaves, hundreds of horses, and cattle. But two years later there were twenty-five men left. Some had died, others returned home to Santa Fé. Still, de Quesada marched on for another year. But El Dorado was to forever elude Gonzalo. His last loyal troops convinced their leader that it was time to return home to Santa Fé.

Gonzalo Jiménez de Quesada lived out his final years in the New World. By then the Crown had bestowed upon him the title of Don and a coat of arms that symbolized his contribution to Spain's settlement of the New World. The coat of arms included a "mountain looming out of the waters of the sea, and many emeralds scattered on the waters." The Crown explained this was "in memory of the mines which [de Quesada] discovered." At the base of the mountain, "and crowning it [were] great trees on a field of gold, and a golden lion on a red field with a sword between his paws." The Crown further explained that this was "in memory of the spirit and energy [de Quesada] showed in going up by river to discover and conquer the New Kingdom." Gonzalo Jiménez de Quesada died in 1579 in this new kingdom, a place that eventually became Bogota in the country of Colombia.

GONZALO JIMÉNEZ DE QUESADA

onzalo Jiménez de Quesada nació y vivió su juventud en Andalucía, una region del sur de España. Como abogado joven Gonzalo tuvo mala suerte. Le asignaron un caso en el que su familia estaba implicada , Gonzalo en una cara del conflicto, su familia en la otra. Los representados por Gonzalo perdieron. Aun así, los lazos con su familia quedaron afectados. La situación, aunque desafortunada, fue probablemente el factor de mayor peso en su decisión de buscar una nueva vida. Esta búsqueda lo llevó a unirse a una expedición que partiría hacia el Nuevo Mundo, una decisión que lo colocó en la historia como líder en la colonización del territorio que más tarde se convertiría en Colombia.

Al tiempo que empezó la fricción entre Gonzalo y su familia, la suerte cayó en otro joven llamado Don Pedro Fernández de Lugo, a quien el Rey y la Reina de España le concedieron el gobierno en el Nuevo Mundo del territorio situado al oeste de Venezuela, que llegaba por el norte hasta Cartagena de Indias. En este tiempo las expediciones al Nuevo Mundo eran el principal motivo de conversación en España y el ocupar la posición de gobernador de una colonia era una oportunidad singular. Para Don Pedro la misión consistía en establecer una colonia en nombre de España, pero sólo el llegar a tan remoto territorio ya se consideraba un éxito. La expedición viajaría a través del Atlántico hasta la costa este de América del Sur, pero aún despues de alcanzar la costa, todavía se encontraban muy lejos de las tierras que debían colonizar. La expedición entonces emprendería un arduo viaje hacia la costa occidental, a través del continente. Don Pedro necesitaba organizar un grupo numeroso de hombres, obtener las naves necesarias, y reunir las provisiones esenciales para esta empresa. Entre los hombres reclutados estaba Gonzalo Jiménez de Quesada, quien fue nombrado oficial principal y segundo jefe de la expedición, una muy buena oferta de trabajo, por lo que poco despues de perder el pleito legal de su familia, dejó Andalucía y su posición de abogado y se fue a comenzar una nueva vida en el Nuevo Mundo.

Usted podría decir que, en parte, la mala suerte perseguía a Gonzalo. Cuando la expedición de Lugo llegó a la América del Sur la buena fortuna noestaba de su lado. Tocaron tierra cerca de un poblado español pequeño que había sido fundado unos diez años antes y estaba en malas condiciones. Los indios más cercanos, los Caribes, eran feroces e implacables. Sus constantes ataques le impedían a los españoles su asentamiento y les erosionaba la moral. Estos indios nativos peleaban con flechas venenosas capaces de debilitar la ofensiva de los conquistadores. Extraian el veneno de la raíz del árbol de manzanillo, que cocinaban junto con un arsenal de insectos para formar una pasta con la que cubrían las flechas que le disparaban a los españoles, clavándoles, el veneno en la piel. Este fue el recibimiento hecho a la expedición de Lugo cuando llegó al Nuevo Mundo.

Como si los ataques de los Caribes no fuera suficiente, la expedición tuvo que enfrentarse a los opositores internos y a enfermeda de mortales.

El poco oro que los españoles lograron incautarle a los Caribes pronto les fue robado por sus propios subditos. La desgracia vino en las manos del hijo de Don Pedro quien, en medio de una nohe, cargó el oro en los barcos y se marchó. Antes de que pudieran recuperarse de este golpe brotó una epidemia en la que murieron tantos hombres que los enterraron en grupos. La situación se tornó desesperada desde el principio. Las grandes esperanzas con que había venido Don Pedro Fernandez de Lugo se derrunbaban.

En medio de todos estos obstáculos Gonzalo Jimenez de Quesada mantuvo el impulso de seguir adelante. Le recordó a Lugo que su empresa como gobernador descansaba en su arribo al otro lado del continente y que ellos necesitaban llegar allí. Gonzalo se ofreció para conducir la expedición pasando por los Caribes salvajes y subiendo el gran río Magdalena hasta el extenso más allá. El plan consistió en que Don Pedro de Lugo se mantuviera en el campamento base mientras Quesada marchaba adelante con un ejército pequeño. Estos hombres abrirían el camino para que les siguieran los otros. En la primavera de 1536 Gonzalo Jimenez de Quesada comenzó su viaje. La pequeña expedición incluía a 500 soldados con centenares de arrieros indios y 85 caballos que cargaban todo el alimento y las provisiones necesarias. A los hombres les entusiasmaba ser parte de la expedición, y no sólo porque estaban determinados a alcanzar la costa occidental, si no también, porque la leyenda acerca de una ciudad construida con oro la señalaba localizada hacia ese destino. Este grupo que conducía de Quesada veía el éxito y la riqueza en su futuro cercano.

Pero el éxito y la abundancia no llegan fácilmente. A medida que entraban en el interior de la América del Sur, los obstáculos diarios asombraban a los hombres. El mes de Abril trajo grandes lluvias y un fuerte sol. Entre la lluvia y la humedad las ropas de los hombres nunca se secaban y los alimentos se estropeaban rápidamente. En su marcha hacia adelante a través de los pantanos, encontraron muchos cocodrilos. Los españoles contaban despues como estos "pescados lagartos" agarraban ferozmente a un hombre y lo arrastraban por debajo del agua para no volverlo a ver jamás. Además de los cocodrilos, los salvajes canibales y los peces carnivoros eran un problema común. Este ambiente le costó muy caro a la expedición. Al cabo de varios meses, en el recorrido hacia el oeste, habían muertos uno de cada cinco que habían comenzado el viaje. Con todo esto sucediendo Gonzalo habrIa podido abandonar fácilmente la empresa, alegando que habian demasiadas señales de fracaso.

Pedro de Lugo había hecho una buena selección al nombrar a su segundo jefe. En este momento crucial en el curso de la expedición, Gonzalo Jimenez de Quesada comenzó a demostrarlo. Con vista a alcanzar el oeste, Gonzalo resultó ser un estoico lider que instituyó reglas y duros castigos para quien las rompiera. Para conseguir el alimento, Gonzalo organizó emboscadas en las aldeas indias que encontraban y ordenó que les robaran. Los caballos morían y Gonzalo sospechó que los soldados hambrientos tenían algo que ver con esto pues un caballo muerto significaba una buena comida. Pero los caballos, necesitados para la carga y el transporte eran críticos al éxito del viaje. Gonzalo publicó una orden polémica que cualquier sospechoso de matar a un caballo para comérselo pagaría con su vida. Y para probar la seriedad de la orden la llevó a efecto. Gonzalo desciplinó las mentes de los soldados delirantes que estaban desesperados por terminar la situación. El hizo lo que era necesario para conseguir su meta y continuaba todo el día dando la misma orden: "!adelante!" El realizó que la única salida era seguir avanzando y sobrevivir los desafíos del bregar diario.

Así bajo la dirección de Gonzalo Jimenez de Quesada las tropas continuaron su su marcha. Con las hachas los hombres iban abriendo los caminos para los caballos. A veces éstos no podían atravesar el espesor del bosque o de las rocas. Para superar estos obstáculos hicieron una especie de cabestrillos, torciendo y juntando parras, con los que levantaban a los caballo alzándolos sobre las roas. Día a día bajo el comando delantero de Gonzalo, los hombres seguían avanzando. Finalmente el día esperado llegó. La expedición alcanzó el valle de La Grita. Después de meses en el espesor del bosque, delante de ellos se extendía un terreno limpio. Había una aldea con numerosas chozas y pequeños fuegos ardiendo. Los hombres se reavivaron inmediatamente. Se sentía ya cerca el territorio donde debían establecerse, muy cerca de la famosa ciudad de El Dorado. Por primera vez desde que dejaron Santa Marta pensaron otra vez en el prestigio que obtendrían por ser los primeros en colonizar el área. Pensaron en la abudancia que les aguardaba cuando llevaran a sus hogares las riquezas de la famosa ciudad de oro, El Dorado.

En este momento todos se hacían la misma pregunta. Después de tantos meses de desesperación, de duro trabajo, de fiebres, y de interminables épocas difíciles, ?Cuánto de este trabajo duro se le debe atribuir y acreditar al jefe dejado atrás en Santa Marta? ?Debe esta labor dura enriquecer sobre todo a Pedro Fernandez de Lugo? No solamente eran las tropas las que pensaban esto, sino también su inteligente líder Gonzalo Jimenez de Quesada. El se dirigió a sus soldados y les dijo que renunciaba a su posición como jefe de la expedición. Por qué? Porque cuando él acepto conducir la expedición en nombre de Lugo, no había previsto la cantidad de trabajo, de pena y de lucha diaria que exigio. Todavía tenían mucho más que hacer para colonizar el área. Pero Gonzalo dijo que no se sentía con derecho a ordenar una expedición tan peligrosa, que al fin no los beneficiaría a todos por igual y sugirió que eligieran a un nuevo líder, que él lo aceptaría si importarle quién fuera seleccionado. Por supuesto, los hombres eligieron a de Quesada y lo nombraron capitán general, sin ninguna dependencia del gobierno en Santa Marta. Oficialmente, los hombres ahora eran disidentes, siendo de Quesada su nuevo jefe. Sin embargo, el trabajo a realizar requirío riesgo adicional y un compromiso firme. Saber que el prestigio y las ganancias se quedaban dentro del grupo probablemente fortaleció a los hombres.

Las tropas ahora estaban listas para proceder. Una vez que encontraran El Dorado toda la riqueza y el prestigio serían suyas. Pero primero había que arrancarles a los indios nativos el secreto de la localización de El Dorado. Quesada tenía un plan para tratar a aquellos aldeanos que vivían en las chozas y cultivaban perfectamente sus campos. Les presentó a sus hombres un plan como la mejor forma posible de extraer la verdad sobre El Dorado de los indios: "Seria de buen juicio intentar ganarlos por la adulación, y abstenerse de romper con ellos hasta que llegase la ocasión" De Quesada entendía que la mejor manera de alcanzar la meta de colonizar y apropiarse de estas tierras era siendo amigables y protegiendo a los indios. Esto era astuto y necesario. Gonzalo pensó que ellos conquitarían mas con la diplomacia que con las armas.

Pero los españoles rápidamente se frustraron. Tenía que haber más joyas, pensaron. Los indios debían estar ocultando el oro. Y la crueldad sistemática comenzó. Su meta era extraer de los indios sus secretos. Estos comenzaron a contar historias de ciudades más al norte con templos de pisos de oro y puertas con incrustaciones de esmeralda. ¿Eran ciertas las historias o las hacían simplemente para conseguir que los españoles se fueran de sus aldeas? Gonzalo, para averiguarlo fue en busca de Sacresaxigua, el lider de los nativos. Otra vez predicó amistad por encima de la fuerza. El capturó a Sacresaxigua pero prometió benevolencia si entregaba el oro y las joyas del rey. Le dijo que el oro era para el Papa. El lider indio estuvo de acuerdo si, a cambio él era liberado. Los dos hombres habían hecho un pacto. Gonzalo así lo creyó.

Sacresaxigua pidió a su gente que comenzaran a traer el oro a los españoles. Día tras día los indios llegaban doblados por el peso del oro que cargaban en sus espaldas. Los españoles eran todo ojos ante la riqueza entregada. Los indios simplemente vaciaron sus bolsas y regresaban por más.

Pero, otra vez decimos, las riquezas no se obtienen fácilmente. Una mañana, apenas terminando los indios de entregar la mayor parte de sus tesoros, cuando Gonzalo regresó el cuarto estaba vacío. El realizó inmediatamente que lo habían engañado. Las noticias corrían entre las comunidades nativas. Sacresaxigua había oído hablar de los muertos sufridos en las tribus del sur a manos de los españoles. Seguro de que él moriría, Sacresaxigua decidió darles una lección. El jefe nunca ordenó otra vez a su gente volver a traer oro y joyas. Ni divulgó dónde estaban. Y nunca jamás los españoles volvieron a verlas.

Pero no hubo ocasión en que Gonzalo Jiménez de Quesada coinsideró una meta sin esperanza. Sin embargo, su próximo paso no tenía nada que ver con la caza del oro. La búsqueda de El Dorado parecía tomar un segundo lugar después del incidente con Sacresaxigua. Gonzalo tornó su atención hacia establecer una ciudad en esta área que tanto tiempo y dificultad les había tomado alcanzar. Despúes de todo, la colonización era la meta original de la expedición. Gonzalo ordenó se dijera allí una misa y declaró aquellas tierras posesión del rey Carlos V. Los españoles ayudados por los indios, comenzaron la construcción de la iglesia y de las casas. Poco a poco, la ciudad de Nueva Granada se fue estableciendo. Llegó la hora de ser el hombre que había dejado España humillado por un pleito perdido y sin un real, volviera con las noticias de su conquista en nombre de España. Fernando de Lugo había muerto y Gonzalo Jimenénez de Quesada deseaba ser nombrado gobernador de Nueva Granada. Pero mientras la gestionaba, las quejas contra él se acumulaban. La orden de "¡adelante!", la pena de muerte contra los que no siguieron sus reglas, todas eran denuncias contra él, achacándole crímenes notorios. También lo acusaban de quedarse con más esmeraldas y oro de los indios que lo que entregaba a la Corona. Gonzalo fue demandado ante un tribunal. Al no presentarse, la reina Juana lo mandó a encarcelar.

Entonces huyó a Francia, después a Italia y por último Portugal. Por sus problemas legales viajó a través de toda Europa, tiempo que pasó actualmente escribiendo las memorias de su vida en América. Relató cómo habían logrado llegar al interior del continente, el encuentro con los indios y sus historias de El Dorado, todo lo cual fue publicado en varios libros. Más tarde, cuando resolvió sus cuestiones legales, regresó de vuelta a España. Al arreglar sus desacuerdos con la Corona, se le concedió el título de Mariscal de Quesada. Cesó de escribir y comenzó de nuevo a pensar en el hallazgo de El Dorado.

Después de casi diez años de ausencia, Gonzalo Jiménez de Quesada retornó a la colonia que había fundado. Cuando él dejó la ciudad de Santa Fé de Bogotá no había alli nada más que una iglesia y las chozas para los colonizadores. A su vuelta, en 1550, Gonzalo se encontró una ciudad en ebullición, donde se convirtió en una celebridad. Pasaba horas allí discutiendo sus días de conquistador, su huída de las cortes españolas y sus recorridos a través de Europa. Siempre que había una sublevación india la gente le pedía su opinión. Cuando varios grupos de conquistadores promulgaron la conquista de más tierras, ellos primero vieron al Mariscal de Quesada. Gonzalo debía haber gozado su prestigio en el Nuevo Mundo, pero su meta principal era encontrar la ciudad de El Dorado y obtener todo lo que Sacresaxigua y su gente habían sabido tan hábilmente ocultar.

En 1569 Gonzalo Jiménez de Quesada partió hacia su última y esperanzada búsqueda de El Dorado. Mil quinientos indios y tescientos españoles eran parte de esta expedición. Además iban esclavos, centenares de caballos y ganado. Dos años más tarde quedaban sólo 25 hombres. Algunos habían muerto, otros habían regresado a su casa de Santa Fé. No obstante de Quesada continuó en su empeño por un año más. Pero El Dorado eludió por siempre a Don Gonzalo. Las últimas tropas leales que le quedaban convencieron al adelantado de que ya era hora de volver a Santa Fé.

Gonzalo Jiménez de Quesada vivió sus últimos años en el Nuevo Mundo. Para entonces la Corona le había concedido el título de Don y un escudo que simbolizaba su contribución al establecimiento de las colonias españolas en América. El escudo mostraba una "montaña que salia del mar y muchas esmeraldas dispersas en las aguas" La corona explicó que esto representaba las minas que de Quesada había descubierto. En la base y en la cima de la montaña se veían grandes árboles en un campo de oro, y un léon dorado en un campo con una espada entre sus patas. La corona explicó que esta parte era en recuerdo del espiritu y la energía demostrada por de Quesada al navegar río arriba en la búsqueda y conquista del Nuevo Reino de Granada, como él llamó a este territorio. Jimenez de Quesada murió en 1579 en el mismo lugar que había fundado y que es donde se alza hoy en día Santa Fé de Bogota, la gran ciudad capital de Colombia.

Pedro de Valdivia,
Conqueror of Chile

 ike many other New World explorers Pedro Valdivia began his career as a soldier in the Spanish army. He was born in an area of Spain known as Extremadura and by the age of twenty Pedro was in Italy with the Spanish army, where he fought for Spain's continued dominance. It was not long before he would do the same for Spain in the New World. Pedro de Valdivia spent his adult life in the employ of the Spanish crown, settling the area that is now Chile. His successful career was reputedly based on his commitment to a cause and his shrewd common sense. Pedro's career as an explorer started when he was thirty-two, when Gonzalo Pizarro recruited him on his second voyage to the New World.

Gonzalo Pizarro gained fame and fortune for conquering the Inca and colonizing the area of South America today known as Peru. Pedro de Valdivia was Gonzalo's lieutenant and helped him in this effort. During these years they became good friends. It was at this same time that Gonzalo sought to expand the settlements into the area of Chile. Others had tried to do this and failed. In 1538 Pizarro turned to Pedro, asking his friend to colonize Chile. When the lieutenant accepted, Gonzalo named him captain general and governor of Chile.

Pedro's first step was to organize a group of men to set out on the adventure. But word spread that Chile was barren. Men who were normally eager to risk their lives for fortune and glory were less than enthusiastic about an adventure that held no promise of gold or emeralds. Instead of the usual rush of men to enlist in a new expedition Pedro had a hard time recruiting 150. Most people thought Pedro and his recruits were crazy to leave Peru for Chile. But Pedro de Valdivia and his men reached the area without any extraordinary difficulties. They established the first city, which Pedro named after the place in Spain where he was born, La Serena. A short time later, in 1541, Pedro established a second city, Santiago. It would become, and remains today, the capital city of Chile.

As Pedro settled into this new job he related his experiences in letters written to Emperor Charles V, who was then the ruler of Spain and, of course, Pedro's superior. In Pedro's letters to the emperor he tells of the Indians he encounters, the Indians that would one day seal his fate. In the first letter he explains that they were friendly and even helped him build Santiago. Pedro gave them the plans, and the Indians made the homes from wood and thatched grass. But Pedro then relates that the sentiment of the Indians quickly changed. They got word from the Inca ruler that the Spaniards intended to stay and take from the Indians what was theirs. So the tide soon turned, and their relationship changed for the worse. Pedro wrote the king that although he was having success establishing towns the Indians were showing signs of resistance. Specifically, they were hiding their wealth from the Spaniards.

The Indians Pedro encountered did not want to suffer the fate of the Incas. As time went on the Indians did more than just hide riches. They hid food, corn, and cattle. They abandoned planting and resorted to eating herbs and roots. They tried ransacking the fields planted by the Spaniards, but the fields were closely guarded. The Indians thought that if the settlers found nothing to eat they would abandon the settlements; the Indians would rather starve themselves than feed the Spaniards. So the settlers were left to dig up roots to eat. Pedro wrote the king of the hardships that ensued. "We go about like ghosts," he wrote. The Indians so resented the Spaniards and their efforts that they nicknamed them "Capais," the name they gave the devil.

As time passed and the Spaniards remained, the Indians' aggressiveness grew. For three years, the settlers farmed and fed themselves under a constant fear of being ambushed by the Indians. The Indians attacked towns, including Santiago, determined to defend their homeland. At one point they burned Santiago almost completely. When the fires subsided Pedro wrote the emperor and related what was left: some horses, some battle gear, two pigs, a couple of chickens, and some grain. Pedro, undaunted, set about to rebuild. The second time Santiago was built a brick wall surrounded the town.

Pedro de Valdivia never gave up. Although he knew his situation was riddled with obstacles and adversity, Pedro never lost hope. Day in and day out he continued to colonize. Nothing stopped Pedro, not even a battle with the Indians that left him bedridden. He could not walk but Pedro found a way to continue his work. He had Indians carry him in a chair. With the help of these Indians and 200 Spaniards he marched on with his cavalry.

This type of behavior distinguished Pedro from other conquistadors. Most, like Pedro, were willing to risk their lives. But in exchange most sought glory and riches for the crown and for themselves. Self-ambition and gratification fueled these men. Pedro's letters and his actions revealed a different type of explorer, a man more committed to the duty given him by

the crown than to personal gain. Pedro's actions and his letters to the emper-
or show his focus on establishing towns and subduing Indians. This was the
type of day-to-day work that truly established Spain in the area as it built
roots from which Spain could expand into a colonial empire. Pedro also saw
Chile as an ideal region. He wrote the emperor that the land was fertile and
that it would bring anyone a good livelihood. "If a man will work," he writes,
"he will find plenty, and all those gentlemen who in Castile go short of food
should emigrate to Chile, where there is land and food for everybody." Pedro
was a true settler! In return for his loyalty and successful efforts the emperor
gave him the title of governor and captain general.

At that point in time, the Indians around Santiago were pretty subdued,
and Pedro de Valdivia's achievements were many. However, he was a man
of ambition and thus was determined to further expand the colony. His
next adventure was his last. Pedro set his eyes south on the land that
belonged to the Araucanans. He first encountered these Indians in January
of 1550. So impressed was Pedro with the Araucanans' fighting ability that
he wrote the emperor. "They began to fight in such a way that I give my
word that in thirty years I have served Your Majesty, though I have fought
against so many nationalities, I have never seen such stubborn fighters as
these Indians." Pedro also relayed that they had remarkably advanced
fighting gear. Their equipment was made out of sheep and llama skins and
also seal skins, and they used spears, clubs, and bludgeons. The Araucanans
fought fiercely in this battle, but in the end the Spaniards prevailed. To
teach the Indians a lesson Pedro had the hands and noses of his prisoners
cut off. This battle was won but in the end the Araucanans would get the
better of Pedro.

From then on the Spaniards aimed their sights on settling towns, like
Concepción, in Araucanan territory. "We slept and lived in armour," Pedro
wrote in a letter describing the difficulty of settling this area. At the time

Pedro thought he was winning the struggle against the Araucanans. He was unaware of the natives' ultimate conspiracy. Unsuccessful in starving out or burning out Pedro and his colonizers, the Araucanans strategized and turned their plan to killing Valdivia. They found a leader in Lautaro, a young Indian boy raised amongst the Spaniards. At one point he had worked as Pedro de Valdivia's groom. Lautaro organized the revolt. "Brothers, the Christians are mortals like ourselves. The horses also are not immortal, and can be slain. More than that, when it is hot, they are tired easily, and cannot gallop for any considerable time. Let us fight now, or else we shall be ever slaves. I will prepare a plan of battle, and show you what you must do to beat the enemy."

The Indians initiated the revolt by setting fire to a fort. Pedro de Valdivia's troops were losing the battle and so he ordered a retreat. The leader, accustomed to victory, must have been in despair. He looked at his men and asked, "What shall we do?" The men in Pedro's army replied "fight and die." These men, like the Araucanans, did not want to give up. The battle ended with the Indians' victory. On the Spanish side only Valdivia and a priest survived. They were both taken as prisoners and later slain.

Pedro de Valdivia was fifty-six when he died in battle against the Araucanans. By the time of his death he had spent sixteen years settling Chile. In that time Pedro founded towns such as La Serena, Santiago, Concepcion, Confines, Imperial, Villa Rica, and Valdivia. He also built three frontier forts. These towns, cities, and forts were Pedro's life work. He left a more lasting, material memorial than any other of the conquerors of the New World in part because the belief he never abandoned: that Chile's ideal soil, climate, and capabilities would yield much to all that worked hard.

PEDRO DE VALDIVIA, CONQUISTADOR DE CHILE

omo muchos otros exploradores del Mundo Nuevo, Pedro de Valdivia comenzó su carrera como soldado en el ejército español. Nació en un área de España conocida como Extremadura y ya a la edad de veinte años estaba de servicio en Italia. Allí luchaba para el reino de España. Y no pasaría mucho tiempo sin que estuviera haciendo lo mismo en América. Pedro de Valdivia pasó su vida al servicio de la Corona española, colonizando el área que hoy en día ocupa Chile. Su acertada carrera se basó en su "tenacidad de propósito y astuto sentido común." Su carrera como explorador comenzó cuando a los 32 años Gonzalo Pizarro lo reclutó para su segundo viaje al Mundo Nuevo.

Gonzalo Pizarro había ganado fama y fortuna al conquistar a los incas y colonizar el area de Sudamérica conocida hoy como Perú. Pedro de Valdivia fue su lugarteniente y le ayudó en esta empresa. Durante estos años se hicieron buenos amigos. En este mismo tiempo Gonzalo intentó extender las regiones conquistadas hasta Chile, lo que otros habían intentado y habían fallado. Por el año de 1538 Pizarro le pidió a su amigo Pedro que colonizara aquella área y al aceptar éste, le dió el nombramiento de Capitán General y Gobernador de Chile.

El primer paso de Valdivia sería organizar a un grupo de hombres para iniciar la aventura. Pero se comentaba que Chile era improductivo. Sin oro o esmeraldas el esfuerzo les parecía sin valor a esos hombres impacientes por arriesgar sus vidas en busca de fortuna y gloria. En vez de el estusiasmo usual, por alistarse en una nueva expedición, a Pedro le fue difícil reclutar 150 hombres. La mayoría pensaba que estaban locos al dejar Perú para irse a Chile. Pero Pedro de Valdivia y sus hombres llegaron al territorio sin apuros extraordinarios. Establecieron la primera ciudad, que Pedro nombró como el lugar de España donde nació, La Serena. Más adelante en 1541, Pedro fundó una segunda ciudad, Santiago, que se convirtió, y sigue siendo hoy, la ciudad capital de Chile.

A medida que Pedro iba cumpliendo su tarea le escribía al emperador Carlos IV, quien era entonces el rey de España y por consiguiente su patrón. En estas cartas le contaba de sus encuentros con los indios que al fin sellarían su sino. En la primera carta él le explica que los indios eran amistosos e incluso ayudaban a construir Santiago. Pedro les dió los planos y con estos construyeron sus casas de madera y paja. Pero entonces relata, que el sentimiento de los indios cambió rápidamente. Estos oyeron en boca del rey inca que los españoles se proponían permanecer y tomar de los indios lo que era suyo. Poco después de su llegada, se vió la marea en la relación entre los indios y los colonizadores. Pedro le escribió al rey que aunque tenía éxito al establecer ciudades los indios daban muestras de resistencia. Específicamente, le ocultaban sus riquezas a los españoles.

Los indios que Pedro encontró no deseaban sufrir el destino de los incas. A medida que el tiempo pasaba, no escondían sólo las riquezas sino tambien los alimentos, el maíz, y el ganado. Abandonaron las cosechas y recurrieron a comer sólo hierbas y raíces. Intentaron saquear los campos plantados por los españoles pero estos estaban fuertemente vigilados. Los indios pensaron que si los colonizadores no encontraban que comer abandonarían las colonias; los indígenas preferían morir de hambre antes que alimentar a los españoles. Estos tuvieron que desenterrar raíces para poder comer. Pedro le contó al rey las dificultades que sobrevinieron: "andamos como fantasmas," le decía. Los indios desdeñaron tanto los esfuerzos de los españoles que los apodaron "Capais," el nombre que daban al diablo.

Mientras que el tiempo pasaba y los españoles no se iban, la agresividad de los indios creció. Los colonizadores cultivaban la tierra y se alimentaban bajo el miedo constante de ser emboscados por los indios. Así fue la vida en los primeros tres años de Santiago. Los indios atacaban ciudades, incluyendo Santiago, determinados a defender su tierra. En una ocasión quemaron a Santiago casi totalmente. Cuando se apagaron los fuegos Pedro le escribió al emperador y le contó lo que habían quedado unos pocos caballos, algo del equipo de batalla, dos cerdos, un par de pollos y algunos granos. Pedro, sin inmutarse, inició en seguida la reconstrucción. Esta segunda vez fabricó una muralla alrededor de la ciudad.

Pedro de Valdivia nunca se dió por vencido, y nunca parecía ver su situación como desesperada sino solo preocupado con los obstáculos que debían ser superados. Día tras día continuó colonizando y nada lo detuvo, ni siquiera una batalla con los indios que lo dejó postrado en cama. No podía caminar, pero encontró una manera de continuar su labor. Hizo que los indios lo llevaran en una silla y con la ayuda de estos indios y de 200 españoles, marchó adelante con su caballería.

Éste tipo de conducta fue lo que distinguió a Pedro de otros conquistadores. La mayoría, como él, estaban dispuestos a arriesgar sus vidas a cambio de gloria y de riquezas para la Corona y para ellos mismos. La ambición y la satisfacción fueron el combustible de estos hombres. Pero las cartas de Pedro y sus acciones revelaron un distinto tipo de explorador, un hombre dedicado más a su deber hacia la Corona que al enriquecimiento personal. La conducta de Pedro y sus cartas al emperador muestran que su objectivo era establecer ciudades y someter a los indios. Éste era el tipo de trabajo coti- diano que realmente estableció a España en el área mientras plantaba las raices con las cuales la península pudo convertirse en un imperio colonial. Pedro también vió a Chile como una región ideal. Él le escribió al emperador que el territorio podía proveer un buen sustento para cualquier persona: "si un hombre desea trabajar, aquí encontrará abundancia, y todos esos caballeros que en Castilla carecen de alimento deben emigrar a Chile, donde hay tierra y comida para todos." ¡Pedro era un verdadero colono! Por su lealtad y sus esfuerzos el emperador le dió el título de Gobernador y Capitán General.

En este punto los indios alrededor de Santiago estaban bastante dominados y los logros de Valdivia eran muchos. Sin embargo, él era un hombre de gran ambición y estaba determinado a extender la colonia. Su aventura siguiente fue la última. Fijó sus ojos en el sur, la tierra de los Araucanos. Su primer encuentro con estos indios fue en enero de 1550. Tan impresionado quedó Pedro con la capacidad de luchar de los Auraucanos que le escribió al Emperador: "comenzaron la batalla de una manera tal que, le doy mi palabra, en los treinta años que llevo sirviendo a su Majestad, aunque he luchado contra tantas nacionalidades, nunca he visto combatientes tan obstinados como estos indios." Le revela también que poseen un equipo avanzado para la lucha, hecho de pieles de oveja, de la llama y de foca y poseen también, garrotes y estacas. La batalla fue difícil pero al fin los españoles prevalecieron. Para darles una lección a los indios Pedro ordenó cortar las manos y las narices de los prisioneros. Ésta fue solo una batalla pues, al final, los Araucanos le ganarían a Pedro.

A continuación, el asentamiento de poblaciones como Concepción era lo común en el territorio de los Araucanos. "Comimos y vivimos con la armadura." Pedro escribió en una carta al describir la dificultad de colonizar esta área. Cuando pensó que tenía ganada la lucha contra los indios no se percató de la última conspiración que tramaban. Fracasados en su intento de matar de hambre o de quemar a Pedro y sus colonizadores los Araucanos idearon entonces el plan de dar muerte a Valdivia. Encontraron a un joven indio, Lautaro, que había sido educado entre los españoles y servido como lacayo de Pedro de Valdivia. Lautaro organizó la rebelión. "Hermanos, los cristianos son mortales como nosotros mismos. Los caballos también son mortales y podemos matarlos, más, que eso, cuando hace calor se cansan fácilmente, y no pueden galopar por mucho tiempo. Luchemos ahora o seremos para siempre esclavos. Prepararé un plan de batalla, y les mostraré que deben hacer para vencer al enemigo."

Los indios iniciaron la rebelión incendiando una fortaleza. Las tropas de Pedro de Valdivia estaban perdiendo la batalla, por lo que él ordenó un retraimiento. El líder acostumbrado a la victoria, debe haber estado en la desesperación cuando mirando a sus hombres les preguntó: "¿Que hacemos ahora?" Los hombres de su ejército le contestaron: "luchar hasta morir." Ellos, como los Araucanos, no querían rendirse. La batalla terminó con la victoria de los indios. Por el lado español solamente sobrevivieron Valdivia y un sacerdote. Los tomaron como prisioneros y fueron más tarde ejecutados.

Pedro de Valdivia tenía cincuenta y seis años cuando murió en su lucha contra los Araucanos. Había pasado dieciseis años colonizando a Chile. En ese tiempo fundó ciudades como La Serena, Santiago, Concepción, Imperial, Villa Rica, y Valdivia. También construyó tres fuertes en la frontera. Estas ciudades y fortalezas fueron el trabajo de su vida. Dejó un trofeo material más conmemorativo y duradero que cualquier otro de los conquistadores en el Mundo Nuevo. En parte debido a su creencia, que nunca abandonó de que el suelo ideal, el clima y las capacidades de Chile ofrecían mucho a todo hombre trabajador.

Nation Builders

LUIS MUÑOZ RIVERA

uis Muñoz Rivera grew up in Puerto Rico when it was a colony of Spain. His father was a politician and one time governor. At the age of fourteen, the young boy showed that in some ways he would be very much like his father: Luis organized a meeting to talk about the government of Puerto. But Luis' father was a conservative. In this way, Luis would be different from him. His father found out about Luis' meeting when the police came to arrest the young boy, for at the meeting Luis had been speaking out against the Spanish government. Luis did not get arrested that day. But as he grew up and continued to work towards Puerto Rican autonomy, Luis would get arrested more than forty times. When asked for what, Luis said his crime was always the same: patriotism. Although they

worked towards opposite political futures for Puerto Rico, Luis and his father respected each others' beliefs. His father once told Luis: "If you are loyal to what you believe in, you are loyal to me."

When he was older, Luis organized another group to work towards autonomy from Spain. The Autonomist Party was created in 1887. The Spanish appointed governor did not respond well to this political group that sought to diminish the power of Spain over the Puerto Ricans. He cracked down on those that did not support Spanish rule. Hundreds of Puerto Ricans were arrested that year. The courts sentenced many to prison time. Luis and his friends started the Autonomist Party in hopes of giving Puerto Ricans more freedom. Instead the party had, in part, sparked the horrible "year of terror."

Although upset over the reaction from the Spanish governor, Luis and his colleagues were not discouraged. Luis especially became more dedicated. He left working at his father's business and started a newspaper. "La Democracia" was the name of the newspaper and its goal was to get Puerto Ricans talking about, and acting on, the issue of autonomy from Spain.

Eventually, Luis Muñoz Rivera decided to go to Spain. If he was to convince the Spaniards that what Puerto Rico needed was autonomy, then he had to get to know the Spanish officials that could grant this. Luis spent five months in Spain. During that time he did everything from attending government meetings and talking with leaders, to watching bullfights and going to the opera. While in Spain, Luis made important contacts. There was one in particular, a man who could become the next premier of Spain. Mr. Sagosta and Luis made a deal: If Puerto Rico received autonomy, Luis would not pursue and promote the lures from Cuban revolutionaries to join them against a revolt from Spain. In 1897 Mr. Sagosta did become premier and he honored the agreement reached with Luis Muñoz Rivera. Puerto

Rico received autonomy and could decide their own domestic policy. Luis was cheered as a hero.

Then war broke out between Spain and the United States. And before Puerto Ricans could enjoy their autonomy, the U.S. invaded. The United States appointed a governor to the island. Now Puerto Ricans answered to the U.S. Luis Muñoz wrote a very famous poem about Puerto Rico's long battle for autonomy and its short-lived reality. The poem was called Sisyphus. It was based on an old Greek legend in which Sisyphus, having offended the gods, was given this punishment: He had to roll a great rock up a steep incline to the top of the hill. But each time Sisyphus got near the top, the rock would slip and roll all the way back down. Over and over Sisyphus tried to get the rock to the top of the hill. But over and over, each time he was almost there, the rock would slip. That was the way the gods had planned the punishment. When, shortly after achieving autonomy the U.S. invaded, Luis Muñoz felt this was the fate of his dream for Puerto Rico: right at the moment when the hard work was to pay off and the goal achieved, autonomy would slip from them as the rock would from Sisyphus. But if he had prevailed and attained his goal from the Spaniards, even considering the "Year of Terror," Luis felt he could do likewise with the Americans.

When Puerto Rico was in the hands of the Spaniards, Luis had moved his dream of autonomy furthest by going to Spain. Now that the U.S. governed Puerto Rico he felt it was in the U.S. that he could find the people that would help Puerto Rico. In 1901 Luis Muñoz Rivera, along with his wife and son, moved to New York. Luis spent many years in the U.S., then went back to Puerto Rico; then again returned to the US when he was appointed Resident Commissioner to Puerto Rico in Washington. Puerto Ricans again found autonomy with the help of Luis Muñoz and his efforts outside of Puerto Rico. With his new position in Washington, Luis worked diligently to present the case for Puerto Rican autonomy. He prevailed. While serving as Resident Commissioner, Puerto Ricans gained U.S. citizenship and protection under the Bill of Rights. Again Puerto Ricans cheered Luis Muñoz on as their hero.

Luis Muñoz Rivera died shortly after this great achievement. The people of Puerto Rico had many reasons for which to be grateful to Luis Muñoz Rivera. But the cause for Puerto Rico was not finished. And in the next generation, it was Luis Muñoz's son, Luis Muñoz Marín, who would further the political interests of Puerto Rico.

LUIS MUÑOZ RIVERA

uis Muñoz Rivera nació en Puerto Rico en 1859 durante la época en que esta isla pertenecía a la corona de España. Era hijo de un conocido político de ideas conservadoras que llegó a ocupar el alto cargo de gobernador. El jóven demostró, desde la temprana edad de catorce años, que seguiría las huellas de su padre, pero con ideas más progresistas y liberales. Interesado en los problemas sociales del país y con vista a analizarlos y discutirlos organizó un mitin en el que se criticó abiertamente la política seguida por el gobierno español en la Isla. La consecuencia imediata fue una una orden de arresto en su contra. Esta fue presentada en la casa de sus padres, quienes en ese momento conocieron las ideas subversivas de su hijo. Don Luis no fue arrestado ese día, pero durante su vida llegó a serlo en más de cuarenta ocasiones debido a sus actividades a favor de la autonomía de Puerto Rico y debido también a su único crimen, el patriotismo, según sus propias palabras.

Aunque de ideas opuestas en cuanto al futuro político de su patria, Luis y su padre se respetaban mutuamente, llegando éste a decirle en cierta ocasión: "Si eres fiel a tus creencias, serás siempre fiel a mí."

Años más tarde, hacia 1887, Luis organizó otro grupo que se llamó el Partido Autonomista el cual perseguía establecer la autonomía de Puerto Rico. El gobernador, nombrado por el reino, no vió con agrado esta organización política que trataba de reducir el poder español sobre los puertorriqueños por lo que ejerció una mano dura en contra de sus seguidores, arrestando en ese año a cientos de ellos y enviando a prisión a muchos. Luis y sus amigos crearon el partido Autonomista con el fin de lograr mayor libertad para el pueblo de Puerto Rico pero, en cambio, por su parte, lo que lograron fue encender la chispa que dió lugar al "año del terror".

Aunque desconcertados por la reacción del gobernador español, Luis y sus colegas no se desanimaron. Luis, especialmente, se dedicó con más ahínco a la causa. Renunció a su trabajo en el negocio del padre y fundó el periódico "La Democracia" teniendo como meta principal la difusión de las actividades y de la ideología puertorriqueña en cuanto a la autonomía de Puerto Rico.

Más adelante, Luis Muñoz Rivera decidió transladarse a España con la certeza de que para lograr la autonomía era necesario, antes que nada, convencer a los oficiales facultados para otorgarla. Durante el tiempo que permaneció en el país fue un incansable activista de la causa, buscando apoyo en todos los círculos, desde asistir a reuniones gubernamentales a entrevistarse con los líderes hasta ir a la ópera y a las corridas de toros.

En este andar y buscar logró relacionarse con quien podría convertirse en el primer ministro de España, el Señor Práxedes Mateo Sagasta llegando a un trato con él: Si Puerto Rico alcanzaba la autonomía, Luis no accedería a las demandas de los patriotas cubanos, que pedían entonces su anexión a la revuelta contra España. En 1897, Señor Sagasta se convirtió en primer ministro y respetó el acuerdo con Luis Muñoz Rivera:

Puerto Rico logró la autonomía y podía así en el futuro decidir su propia política doméstica, siendo Luis aclamado como un héroe por sus coterráneos.

Surgió entonces la guerra entre España y los Estados Unidos, y Puerto Rico fue invadido por el ejército americano antes de que pudiera gozar de sus autonomía. Un nuevo gobernador fue nombrado por el país del norte. Ahora los puertorriqueños le contestaban a los Estados Unidos con un famoso poema, escrito por Luis Muñoz llamado Sisyphores, en el que describe la larga batalla por la autonomía y su corta vivida realidad. Se basa en una vieja leyenda griega en la que Sisyphus recibió un castigo por haber ofendido a los dioses. El tenía que rodar una enorme roca hacia la cima de una inclinada colina. Pero cada vez que llegaba cerca de la cima, la roca se soltaría y rodaría de nuevo colina abajo. Sisyphus trató una y otra vez y siempre que estaba casi arriba, la roca volvía a deslizarse. Así fue el castigo planeado por los dioses.

Cuando poco después de adquirir la autonomía, se produjo la invasión de Estados Unidos justo en el momento en que se alcanzaba la meta que tanta lucha y esfuerzo hubo menester. Luis Muñoz sintió que su logrado sueño para el destino de Puerto Rico se le escapaba de las manos, al igual que la roca de Sisyphus. En la época en que su patria era gobernada por España, Luis había llevado su ideal de la autonomía hasta muy lejos, yéndose a la Metrópoli. Ahora que habían caído bajo el dominio de norteamérica, pensó que era allí donde encontraría quien pudiera ayudarles, por lo que en 1901 se mudó a New York junto con su esposa e hijo, donde permaneció por muchos años. Regresó a la isla después para retornar a los Estados Unidos al ser nombrado representante de Puerto Rico en Washington. Desde esta nueva posición, Luis trabajó sin descanso otra vez para alcanzar la autonomía, lo que triunfalmente logró.

Además, durante el tiempo en que él desempeñó este cargo, se le otorgó la ciudadanía a los puertorriqueños y también la misma protección que la Declaración de Derechos concedía a los norteamericanops. De nuevo, Luis sería aclamado como héroe por su querido pueblo.

Luis Muñoz Rivera murió poco después de este gran triunfo. El pueblo de Puerto Rico tiene mucho que agradecerle a este hombre tan prominente, y aún más, como la lucha por su querida Borínquen no terminaba todavía. En la próxima generación sería su propio hijo, Luis Muñoz y Marín, quien llegando a ser gobernador, promovería y defendería también los intereses políticos de la nación donde él y sus antecesores habían nacido.

ANTONIO LÓPEZ DE SANTA ANA

ntonio López de Santa Ana was born February 21, 1794, in a Mexican mountain village named Jalapa. At that time, Mexico was a colony of Spain. A little while after Antonio was born, his father started a job with the military. When his father was assigned to a job in Veracruz, Antonio and his family moved to the coastal town. This is where Antonio spent his youth. As Antonio grew older, he and his father argued often about Antonio's career ambitions. The young man wanted to be in the army like his father. But unlike his father, who was an administrator, Antonio wanted to be a cavalry officer, actually working on the frontier. By the age of sixteen Antonio convinced his father to find him a position as a cadet.

During the next ten years Antonio López de Santa Ana worked in Spain's colonial army. His job was to maintain Spanish dominance in Mexico. He did this by squashing rebellious uprisings. Antonio, a talented fighter, received promotion after promotion. He developed a reputation among his comrades as a successful decision-maker in battle, while the rebels grew to fear his ferocity and viciousness. Although he was mostly victorious, Antonio was aware of the growing number of rebels. During this period the number of Mexicans in opposition to Spanish colonial rule grew rapidly. The people in Mexico were unhappy with the colonial government, which they saw as corrupt.

As popular support for independence grew, a man named Agustín de Iturbide organized a rebel group. When Agustín looked around to recruit men that could champion a successful revolt, Antonio López de Santa Ana was tops on the list. Antonio was offered the full rank of colonel. This was probably the first time Antonio showed more interest in personal gain than in the gains of the government for which he worked. It would not be the last. He happily accepted the title of colonel, switched sides, and began battling against the government he had served for over a decade.

Antonio López de Santa Ana selected Veracruz, his boyhood home, as the stage for the battle against the Spanish forces. Because the coastal city was walled in, the Spaniards were able to hold off the Santa Ana-led rebels from July through the end of October. But eventually the Spanish military commander fled Veracruz for a nearby island. With this abandonment of the city, Antonio declared Veracruz, and all of Mexico, liberated from Spain.

Antonio López de Santa Ana did not play much of a role in establishing Mexico's first independent government. It was Agustín Iturbide, the rebel leader, who became the first official leader of an independent Mexico. Agustín declared himself emperor. Unfortunately he became more preoccupied with his title than with the actual problems faced by the young nation. The people were concerned about how they would replace the tax revenue that left with the Spaniards. They also wanted the government to address the rising inflation. But Agustín was too busy arranging parades in his honor. His only concern was removing the one man who posed a threat to Agustín's ongoing rule. Antonio López de Santa Ana had military and popular support. Agustín feared that Antonio could raise allegiances and attempt to overthrow him. The emperor issued an order that Antonio report to a position in a remote military post.

Antonio López de Santa Ana was aware of the reasons behind the emperor's orders. Antonio saw this order for what it was—an attempt to decrease his power and prestige. Instead of squashing Antonio, however, the order had the opposite effect. Rather than obey the order, Antonio decided to return to his childhood home. Again in the safety of the walled in city of Veracruz, Antonio declared Iturbide's government illegal. His allies were strong and powerful. It was not long before Iturbide was forced to resign and flee the country. Again, true to his form, Antonio had set his sites on the enemy, made good decisions in battle, and prevailed.

With the emperor gone, the men in charge now sought to establish a republic. Again Antonio López de Santa Ana left the details of building a government to his allies. He seemed more interested in the battle itself than what the battle achieved. He had little interest in establishing a system of government and he played no significant role in the writing of the constitution or the development of the laws of the country. During this period Antonio actually left Mexico City for his birthplace of Jalapa.

While Mexico's first republic was built, Antonio López de Santa Ana spent two years doing what he enjoyed most: He helped defend the frontiers of the new republic. During this period Antonio married a young Creole named Ines Garcia. For a while Antonio busied himself with his new home, his new wife, and his hobbies. He stayed out of Mexico City politics.

Perhaps the situation would have stayed that way if an enemy of Santa

Ana's—Manuel Gómez Pedraza—had not became president. Shortly after the election, Antonio López de Santa Ana returned to Mexico City and played a decisive role in bringing down the presidency of Pedraza. Perhaps he thought Pedraza bad for Mexico's future; perhaps his reasons for opposing Pedraza were more personal. Either way, Antonio probably did not foresee what happened next. Shortly after Pedraza's presidency was overthrown, the Spaniards took advantage of Mexico's newfound and unstable self-rule and tried once again to reclaim the colony. When Santa Ana captured the Spanish commander this time, he did not let him and his men flee. Or at least not before the commander recognized the independence of Mexico. Once he did, the Spaniards retreated to Cuba—this time for good. The victory was so important that Santa Ana was named the country's Benefactor. He was also celebrated in a lavish ceremony, given in his honor, in Mexico City.

Although all of this might have made another man happy, Antonio López de Santa Ana realized that his power was continually checked by those fearful of his popular support and ability. At this point both were at their height. The Mexican population saw Santa Ana as a living hero of self-rule. Twice he had defeated the Spaniards. Antonio saw his chance to win the presidential election. He ran in the election and on April 1, 1833, Antonio became president of the Republic of Mexico.

Even as president Antonio López de Santa Ana left most of the day-to-day work to his vice president. He remained disinterested in actually governing the country. The one issue he adamantly supported was a strong central government. Unfortunately this was the most divisive of all issues. Most of the provinces did not want to take direction from a faraway capital city. At the time the Republic of Mexico was made up of a number of large provinces. These spanned from the Yucatan in the South and included parts of California, Oregon, and Texas. The area was so vast that the colonial government and the former presidents were never able to maintain a stronghold on all the provinces. But Santa Ana believed in a tightly ruled republic. But this, his only strongly held governing belief, would result in his demise as president.

The first province to raise up in revolt was Texas. The people of Texas revolted in the most extreme way: They declared Texas's independence from Mexico. Antonio López de Santa Ana responded: "I declare that I would maintain the territorial integrity of my country whatever the cost." The president, who loved a good fight, organized his troops and set off towards Texas to personally squash the rebellion.

The first decisive victory over the Texans was at the now-famous Alamo—a Spanish mission run at one time by the Franciscans. It was there that Santa Ana gave his troops the order to charge and take no prisoners. For Sam Houston, the Texan rebel leader, it was a terrible loss, yet it energized the rebel troops to strike back with no mercy. Their battle cry from then on became "Remember the Alamo." What happened at the Alamo would not happen again; the next time the victory would not be Santa Ana's. One spring night during the rebellion, Sam Houston and his men caught Santa Ana and his troops off guard. Antonio was sleeping, as were most of the men. Almost half the Mexicans died in the battle that ensued. Houston's men eventually captured Antonio López de Santa Ana.

In exchange for his release Antonio López de Santa Ana had to make a promise to Sam Houston. It was almost identical to the one Antonio had imposed on the Spanish commander: Santa Ana promised that if he was freed he would end the assaults on Texas and secretly work towards the Mexican central government's recognition of Texas's independence. Eventually this treaty won Antonio his life; but it cost him his presidency.

Upon Antonio's return to Mexico City the people thought he had exchanged his life for the future of the whole country. The people of Mexico could not forgive Antonio's decision to choose himself over Mexico's future. Antonio López de Santa Ana lost his re-election bid and returned to a private life.

But soon the government of Mexico called upon Santa Ana again. This time it was in a battle against the French whom many believed wished to occupy Mexico. Although President Bustamante defeated Santa Ana in the electoral race, he knew enough to leave the fighting on the battlefield to Antonio. Not only did Antonio prevail over the French but he also regained the sympathies of the Mexican people. At the end of the battle Santa Ana lay in his bed, his left leg amputated from the foot and he was near death. There he said what he believed could be his dying words: "The only title I wish to leave my children [is] that of a 'good' Mexican." Antonio had redeemed himself. In the eyes of Mexico he had put his own life at risk for the good of the nation.

It was not long before Antonio López de Santa Ana was again president of the republic of Mexico. Perhaps other times his opponents could point to his help in overthrowing presidents or his disregard for the intricacies of establishing a government as evidence that Antonio was more self-serving than interested in Mexico. But during this presidential term, few could avoid acknowledging Antonio's personal agenda. It became more proof than mere evidence. Antonio, once called the "Protector of the Federal System," began dismantling the republic in favor of a dictatorship. If before he had left governing to vice presidents, now he concentrated power in his position. Antonio wanted to be the Napoleon of Mexico. He glorified himself in such ways as digging up his amputated leg and building a monument for it: a column with the remains of his amputated leg in an urn on the top. The final straw occurred when, less than two months after his wife died, the aging leader remarried a woman a third his age. This did not fall within the realm of the traditional mourning period. And the people loved Ines, who won their hearts while she served her terms as first lady. Popular support for Santa Ana fell drastically as a result of this behavior. There was so much animosity towards Santa Ana that an angry mob grabbed the urn he had gloriously placed atop the monument, paraded the remains of the president's leg, and then burned them in the street!

Soon Antonio López de Santa Ana was exiled. But again, he would remain out of government for less than a year. It seemed that the people of Mexico now focused on his strengths as a victorious leader and brushed aside Santa Ana's self-serving tendencies.

His help was much needed during the Mexican-American war, and Santa Ana was again called by the new regime to help establish a government. Eventually Antonio again found his way to the position of president. And again his abuses of power were egregious. He flaunted his affairs with women, spent lavishly, and then in drastic need of money for the country, sold territory to the United States. This last act caused such discontent that Antonio López de Santa Ana called for a general election to address the issue of the people's support. He asked Mexicans to answer the question: Do you still want Santa Ana as your leader? Over half answered yes. So confident was Santa Ana in his popular support that he had all those who voted against him arrested!

Antonio López de Santa Ana had become oblivious to how much such an act could hurt him. Shortly thereafter, realizing that power would soon be taken from him, Antonio voluntarily handed over the rule of the country. The year was 1855, and although he would try again, never would Antonio López de Santa Ana reach another position of such authority in the government. It seemed the people of Mexico could no longer ignore his shortcomings.

Antonio López de Santa Ana lived almost another twenty years. He continued his efforts to become influential in Mexican politics. He tried to make deals with the United States. One time, desperate to get into Mexican politics again, he found himself swindled. The man claimed to be a fan, interested in writing his biography and also well connected. He promised to help Santa Ana lead a campaign for Mexico with the support of the United States. In the end the man bankrupted Santa Ana. No one felt bad for the on-again-off-again president of Mexico. All considered him a victim of his self-serving pursuits.

Santa Ana did return to Mexico shortly before his death. In 1874 his brother-in-law greeted him at the docks of Veracruz. Santa Ana was stricken blind by glaucoma and could barely hear. But the fact that there were no crowds to greet him hurt the old man the most. Santa Ana had always been able to turn the population to his favor. But that generation was passed. By all accounts Antonio López de Santa Ana died poor and alone, his many contributions to Mexico's history overshadowed by the memory of his personal pursuits.

ANTONIO LÓPEZ DE SANTA ANA

ntonio López de Santa Ana nació el 21 de febrero de 1794 en Jalapa, un pueblo mejicano situado en las montañas, cuyo nombre oficial es Xalapa Enriquez. En aquella época Méjico era una colonia de España. Poco después que nació Antonio, su padre aceptó un trabajo en el ejército y la familia se mudó a la ciudad costera de Veracruz, donde pasó su juventud. Durante estos años Antonio y su padre tuvieron muchas discusiones sobre las ambiciones del jóven. Antonio quería hacer su carrera en el ejército como su padre, pero éste era un administrador y Antonio deseaba ser oficial de caballería, defendiendo a su patria en la frontera. Le tomó tiempo, pero cuando cumplió dieciseis años logró convencer a su padre quien le consiguió una posición como cadete.

Antonio López de Santa Ana pasó los próximos diez años trabajando en el ejército colonial. Su posición le exigía mantener el control de España sobre Méjico, lo que logró aplastando los intentos de los rebeldes. Antonio era un comba- tiente con talento por lo que recibió ascenso tras ascenso. Entre sus colegas se ganó una buena reputación como luchador. Entre los rebeldes se ganó la reputación de   despiadado hacia los prisioneros. A pesar de su éxito, Antonio se percató de que los grupos de rebeldes crecían cada vez más. Durante los años que Antonio pasó al servicio del go- bierno español el número de mejicanos opositores al régimen colonial creció rápidamente. El pueblo estaba descontento con el gobierno al que consideraba corrupto.

Mientras que el deseo de independencia de los mejicanos crecía, un hombre llamado Agustín de Itúrbide organizó un grupo rebelde con la intención de liberar a Méjico. Cuando comenzó a considerar a quién debía reclutar pensó en Antonio López de Santa Ana que estaba al tope de la lista como campeón en estas revueltas y le ofreció la posición de coronel. Quizás ésta fue la primera vez que Antonio mostró más interés en su progreso personal que en el del gobierno para el cual trabajaba pero no sería la última. Feliz con el título de coronel, cambió de bando y comenzó a luchar contra el gobierno que había servido por más de diez años.

El nuevo coronel escogió a Veracruz, donde pasó su niñez, como el lugar de batalla contra las fuerzas españolas. La ciudad, situada en la costa, estaba protegida por una muralla. Con esta fortaleza los españoles resistieron los asaltos de los rebeldes desde julio hasta finales de octubre. Pero eventualmente el comandante militar español huyó de Veracruz para una isla cercana. Con este abandono de la ciudad, Antonio declaró a Veracruz liberada del gobierno de España y, junto con ella, a todo Méjico.

Antonio López de Santa Ana no participó en la próxima etapa, durante la cual se estableció el primer gobierno independiente de Méjico. Fue Agustín de Itúrbide, el jefe de los rebeldes, quien ocupó la posición de primer líder de un Méjico independiente. Agustín se coronó emperador. Desafortunademente él se preocupó más por su título que por los problemas reales enfrentados por la joven nación. Ausente el gobierno español, hacía falta establecer impuestos para sostener el país. El nuevo gobierno también tenía que ocuparse del problema de la inflación. Pero Agustín estaba muy ocupado organizando desfiles en su honor. Si el emperador tenía alguna preocupación era destituir a Antonio López de Santa Ana. Éste era el único hombre con el apoyo popular y la ayuda militar necesaria para derrocar el gobierno de Itúrbide. Agustín le temía al poder de Antonio y por esta razón dió órdenes para que Antonio asumiera un nuevo cargo en una remota plaza militar.

Santa Ana conocía las razones detrás de las órdenes del emperador. Sabía que éste estaba tratando de disminuir su poder y prestigio entre los mejicanos. La orden que llevaba el propósito de liquidar la posibilidad de una oposición poderosa tuvo el resultado opuesto. En vez de obedecer, Antonio regresó de nuevo a la ciudad amurallada de Veracruz, el pueblo de su niñez, que le ofrecía seguridad y protección y allí declaró ilegal al gobierno de Itúrbide. Sus aliados eran fuertes y poderosos. No les costó mucho forzar la abdicación de Itúrbide, quien tuvo que abandonar el país. Otra vez Antonio había situado a su enemigo, había hecho buenas decisiones en la batalla y había prevalecido.

Por segunda vez Méjico se enfrentaba a la responsabilidad de establecer un gobierno nuevo. Los actuales dirigentes establecieron una república. Por segunda vez Antonio López de Santa Ana luchó por la libertad pero no quizo dedicarse a los detalles de construir el gobierno. Esta tarea se la dejó a sus aliados. Antonio prefería la batalla que la meta de la bata- lla. Al coronel no le interesaba participar en la estructura de la nueva constitución o en el desarrollo de las leyes de país. Tan era así, que durante esos tiempos Antonio dejó la capital de Méjico y se regresó a Jalapa.

Mientras que la primera república de Méjico se estructuraba, Santa

Ana pasó dos años trabajando en lo que el más gozaba, la defensa de las fronteras de la nueva república. Durante este período se enamoró de una joven criolla de nombre Inés García, con quien se casó pasando entonces gran tiempo en su nuevo hogar, con su nueva esposa y en sus entretenimientos. Permaneció fuera de la política de Méjico.

Quizás la situación hubiera permanecido así por largo tiempo a no ser por la elección de un enemigo de Santa Ana a la presidencia, Manuel Gómez Pedraza. Poco después de la elección Santa Ana regresó a la Ciudad de Méjico y jugó un papel decisivo en derrocar al presidente. Quizás Antonio opinaba que Pedraza no sería un buen presidente para la nación. Quizás él, personalmente, no deseaba ver a Pedraza en esa posición. Cualquiera que fuera la razón, Antonio no pudo prevenir el resultado del derrocamiento. Poco después, los españoles, viendo un oportunidad en la inestabilidad del gobierno autónomo de Méjico, intentaron reclamar la colonia. El asalto de los españoles le presentó a Santa Ana otra oportunidad para la batalla. Esta vez, cuando él capturó al comandante español, no dejó que huyera con sus hombres. O por lo menos sin antes reconocer la independencia de Méjico. Después de esto, el Comandante y su ejército se retiraron a Cuba, para siempre. Por esta gran victoria se le ofreció a Santa Ana una gran ceremonia en Ciudad Méjico, en la cual le otorgaron el título de "Benefactor del País." Ésto podía haber hecho a cualquier hombre feliz. Pero Antonio Lopéz de Santa Ana rea- lizaba que otros lideres le temían a su popularidad y a su habi- lidad militar y que, por esta razón, estos continuamente trataban de controlar sus poderes, lo que en estos momentos se encontraba a un más alto nivel. Santa Ana era un héroe de la independencia que había derrotado por dos veces a los españoles. Se dió cuenta que había llegado la hora crucial para poder ganar una elección presidencial. Así fue que decidió formar parte del gobierno. Ganó las elecciones y asumió la posición de Presidente de la Republica de Méjico en abril del año 1833.

Aún en esta posición Antonio López de Santa Ana dejó la mayor parte del trabajo cotidiano a su Vice-Presidente, porque seguían aburriéndole todavía los problemas enfrentado por la administración del país. Cuando aprobaba leyes y aceptaba cambios sólo permanecía inflexible en un punto: que todas las provincias se sometieran a un gobierno central fuerte. Desafortunadamente éste era el más divisivo de todas los temas del momento. Las órdenes dadas desde una ciudad capital lejana y ausente no era lo que deseaban muchas provincias. En estos tiempos la república estaba compuesta por muchas provincias grandes, desde Yucatán en el sur hasta California, Oregón, y Tejas al norte. El área era tan grande que el gobierno colonial y los residentes anteriores nunca habían tenido mucho que decir en las provincias de más allá. Pero Santa Ana creía en una república unida y firmemente gobernada. Esta convicción destruyó su primera presidencia.

Tejas fue la primera provincia que no aceptó el intento del gobierno de dirigirla y se rebeló en la forma más extrema: declararon su independencia de Méjico. Antonio López de Santa Ana, a quien le atraía una batalla más que cualquier otro aspecto de gobierno, respondió inmediatamente: "declaro que mantendré la integridad territorial de mi país a cualquier costa." El presidente, que disfrutaba una buena batalla, organizó sus tropas y partió hacia Tejas a dirigirlas personalmente. Sus intenciones eran acabar con la rebelión y mantener bajo su mando a esta provincia mejicana.

La primera victoria decisiva para los soldados de Santa Ana ocurrió en al ahora famoso "Alamo", una misión religiosa española administrada por los monjes Franciscanos. Fue allí que Santa Ana le dió a sus tropas la orden de "No tomar prisioneros." Para Sam Houston, el líder de los tejanos, fue una pérdida terrible. Tan mala la pérdida, que excitó los animos de tropas de Sam Houston y atacaron de rechazo sin misericordia. Nunca dejarían que Santa Ana disfrutara de una victoria tan humillante. El grito de batalla que les di impulso desde ese día se convirtió en "Recuerden el Alamo," significando que aquello no volvería a suceder: la próxima vez la victoria no sería para Santa Ana.

Una noche durante esa primavera, Sam Houston y sus tropas lograron sorprender a Santa Ana y a sus soldados, que dormían en gran parte cuando fueron asaltados. Casi la mitad de los mejicanos murieron en esa batalla y Santa Ana fue hecho prisionero. A cambio de su libertad Sam Houston insistió en que Santa Ana le hiciera una promesa, casi idéntica a la que Antonio le exigió al comandante español. Ésta consistió en que, al ser liberado terminaría con los ataques a Tejas y trabajaría, en secreto, para que el gobierno de Méjico reconociera su independencia. Esta promesa le salvó la vida a Antonio pero le costó su presidencia. Al regresar a Méjico los ciudadanos pensaron que Antonio había cambiado su vida por el futuro del país. Aunque en otras ocasiones Antonio también había hecho decisiones por su propio bien, esta vez no se lo perdonaban. Antonio López de Santa Ana perdió su reelección y volvió a la vida privada.

No pasó mucho tiempo cuando el gobierno de Méjico le pidió a Santa Ana que regresara. Esta vez estaba el país en una batalla contra los franceses que muchos creían deseaban ocupar a Méjico. El presidente Bustamante ganó contra Santa Ana en la carrera electoral, pero en el campo de batalla él sabía que Antonio le ganaba a todos. Ocurrió que Antonio le ganó no sólo a los franceses sino que también recuperó la confianza de los mejicanos. La batalla acabó victoriosa pero Santa Ana terminó en cama, cerca de la muerte, con su pierna izquierda amputada por el pie. Allí dijo lo que en ese momento pudieron haber sido sus últimas palabras: El único título que deso dejarles a mis hijos es el de un "buen mejicano." Antonio se había redemido. En los ojos de Méjico él había puesto en riesgo su propia vida por el bien de la nación.

Al poco tiempo Antonio López de Santa Ana ganó otra vez la presidencia de la República. La mayoría del pueblo de Méjico, cuando recordaban los esfuerzos de Santa Ana, podían señalar su comportamiento como bastante al servicio propio, en vez del de Méjico. Otros pensaban que Santa Ana ayudó en la caída de presidentes que a él le convenía derrocar y a esto añadían su indiferencia por las intrincaciones al establecer un gobierno, lo que para muchos era evidencia de que Antonio actuó más por su propio beneficio que por el interés de Méjico. Pero esta vez como presidente, Antonio López de Santa Ana no dejó de mostrar su intereses personales. Pocos pudieron evitar reconocerlo. Antonio, a quien una vez le fue dado el título de 'Protecor del Sistema Federal,' comenzó a desmantelar la República en favor de una dictadura. Si había dejado el trabajo de gobernar a los vice-presidentes, ahora concentró poder en sí mismo. Aspiraba ser el Napoleón de Méjico. Se glorificó de una manera ridícula. Un ejemplo fue el desfile de homenaje a su pierna amputada. Había excavado los restos para este desfile que terminó en el monumento una columna estrecha y alta rematada por una urna donde se depositó ¡lo que quedaba de la pierna! Pero muchos opinan que lo que acabó con su popularidad fue su segundo matrimonio. Menos de dos meses después de morir Inés García, la Primera Dama, se casó con una mujer a quien le triplicaba la edad. Esto rompía con el período tradicional de luto. Además, la gente amaba a Inés. El resultado fue la caída de su popularidad. El disgusto con el personaje fue tan obvio que en una ocasión una multitud enojada bajó la urna con la pierna amputada, que el presidente había colocado gloriosamente encima del monumento, la pasearon por el pueblo y después ¡la quemaron en la calle!

Pronto Antonio López de Santa Ana se exilió. Pero otra vez permanecería fuera del gobierno por menos de un año. El pueblo de Méjico consideraba su fuerza como líder victorioso y echaba a un lado sus tendencias al servicio personal. En esta ocasión necesitaban su ayuda para la guerra Mejico-Americana. Otra vez, el nuevo régimen llamó a Santa Ana para ayudar a establecer un gobierno y otra vez logró la posición de presidente de Méjico. De nuevo comenzaron sus abusos de poder, ya tan notorios. Hizo alarde de sus amoríos, gastaba dinero sin parar, y reconociendo que al país le hacía falta dinero, vendió territorio mejicano a los Estados Unidos. Este último acto causó tal descontento que el presidente pidió una elección en la que preguntó a los mejicanos: ¿Usted desea todavía a Santa Ana como presidente? Más de la mitad de los votantes contestaron que sí. Tan confiado estaba Santa Ana de su apoyo popular que ordenó arrestar a ¡todos los que votaron en su contra!

Antonio López de Santa Ana había olvidado cuánto tal comportamiento podía lastimarlo. Al poco tiempo, realizando que el pronto perdería el poder renunció voluntariamente a la presidencia. Era el año de 1855 y aunque lo intentó otra vez, nunca más alcanzaría una posición de tal autoridad en el gobierno. La población no consideró más sus victorias por encima de sus defectos.

Santa Ana vivió cerca de veinte años más. Continuó sus esfuerzos para ser influyente en la política mejicana e intentó hacer pactos con los Estados Unidos. Una vez, en su desesperación, se dejó estafar. El hombre se presentó como un admirador al expresidente, interasado en escribir su biografía y también con buenas conexiones en los Estados Unidos, con las que prometió ayudarlo a organizar una campaña para derrocar el gobierno y otra vez incluirlo en el poder con la ayuda norteamericana. El hombre era un bandido. Al fin logró solamente dejar a Santa Ana en la bancarrota pero nadie se sintió mal pues todos pensaban que Santa Ana fue una víctima de su avaricia y de sus siempre egoístas propósitos.

En 1874 poco antes de su muerte regresó a Méjico por los muelles de Veracruz. Allí lo esperaba un familiar, su cuñado. Padecía de glaucoma y estaba casi sordo. Pero el hecho de que su pueblo no estaba allí para saludarlo fue lo que más le dolió. Siempre había podido volver a ganarse el favor popular. Pero esa generación ya había pasado. Por todos los relatos conocidos, Antonio López de Santa Ana murió pobre, solo; sus muchas contribuciones a la historia de Méjico habían sido eclipsadas por su egoísmo y su constante empeño en satisfacer solo sus intereses personales.

ISABEL OF CASTILE, QUEEN FROM 1474-1504

In the late 1400s Christopher Columbus searched for money to finance his first voyage. At this time Isabel of Castile was the queen of Spain. Many doors were closed on Columbus as he petitioned different countries to sponsor him. This was because few people during that time believed in his idea of a water route to Asia via the Atlantic Ocean. Columbus finally found a sympathetic ear, and pocket, when he presented his idea to the queen of Spain. From then on, and until her death, Christopher Columbus regarded Queen Isabel as the woman who made his first voyage possible and remained loyal to his efforts throughout. Queen Isabel had a great impact on the future of Latin America, although she never visited once.

Many consider Isabel of Castile's rise to the throne a story of fate. Isabel was born on April 22, 1451. Her father was King Juan II of Spain and her older half brother was named Henry. Henry was twenty-six and married but childless. Under the rules of the Spanish monarchy, Henry would inherit the thrown from his father. Should Henry die without leaving an heir the throne would then go to Isabel. This meant that at the time of her birth, baby Isabel was second in line to the thrown of Spain. But when she was still a baby her parents had another child, a boy. Although the boy was younger, his sex made Isabel's position in line to the throne slip to third; She would eventually become queen, even though many, including her brother, tried for a long time to assure this would not occur.

Henry was always afraid that his half siblings might inherit the throne and spent years trying to prevent this from happening. When their father died and Henry became King Henry IV he made sure Isabel and Alonso were far from the royal court. He sent them, along with his father's widow, to live in the small town of Arevola—far from the center of Spain's government. The king also sent two hundred guards to Arevola. Their job was to protect and watch over these potential heirs. To some it was obvious the king's goal was to remove the two from Spain's memory. But who was there left to protest? The late king's widow was depressed and rarely left the home. And as Alonso was too young, it was Isabel who took a stand. At one point she wrote a letter to the thirty-year-old king. In it she complains of the poor treatment and awful conditions in which he keeps his family in Arevola. Later on in life Queen Isabel would remember her childhood much as a Cinderella story.

By the time Isabel was eleven Henry had been married for many years but still did not have a child. Without an heir of his own, the crown would go to one of his half siblings. The likelihood of Isabel's becoming queen increased and thus King Henry took drastic measures. Although many thought the problem was his, the king blamed his wife. He called her infertile and ended his marriage. Shortly thereafter he found another bride. He hoped his second wife, Juana, would produce an heir. It was around this time that Alonso, travelling in Spain, contracted the plague and died. The young Isabel lost her only sibling—an event that also left her next in line to the thrown.

King Henry IV called Isabel from Arevola and she became part of the entourage that lived in Juana's quarters. During the years she lived at court Isabel showed a determination to take her future into her own hands. The little girl who had complained in a letter to her brother the king was now older, wiser, and focused on coming out from under her brother's wing. The king tried to pick young Isabel's husband three times. But Isabel resisted as she remained convinced that, with her parents dead, the choice of a husband was strictly hers. At the same time the young princess was savvy. Juana had given birth to a baby girl. As daughter of the king she should skip to the head of the line, leaving Isabel second in line to the thrown. But there was talk in Spain that the king was indeed infertile and that Juana's child was not the king's daughter. And Isabel had some supporters—people who insisted that upon Henry IV's death, she would become queen; however, Isabel realized that she needed many more supporters, and a seventeen-year-old unmarried young woman had little chance of finding enough of them. So Isabel looked for a suitor and found one in Fernando of Aragón whom she married.

King Henry IV died December 11, 1474. Some say he left word on his deathbed that his daughter was his true heir. But few believed this and immediately following his death, Isabel was proclaimed queen. Isabel's detractors, which included her half brother, pointed to the Salic Laws to support their objections. The laws stated that women were excluded from royal succession. Isabel's opposition argued that since Henry IV had no male heir the crown should pass to the Aragonese branch, that of Henry IV and Isabel's uncle. Fortunately Isabel had more supporters than her uncle.

Isabel, along with her husband Ferdinand, became king and queen of Spain. Their reign went on to be become one of the most memorable and significant periods in Spanish history, for they brought unity to Spain, a country that was then in turmoil. Isabel became a tough leader. She was focused on unifying the country. The king and queen's first campaign was La Hermandad, a three-year movement to institute justice in the country by pursuing and punishing evildoers. Burglars, rapists, and other criminals received tough punishments. Thieves had their hand or foot cut off to assure they could not steal again. Her other campaign was against the Moors. Since Isabel's youth, conquering the infidels was synonymous with being Spanish. Although her campaigns were swift, decisive, and not necessarily popular, she did succeed. Her efforts helped to restore order and centralize power in the king and queen.

It was toward the end of the Moorish wars that Columbus came before the royal court of Spain. He had been to others and been rejected. But while in Spain looking for financial support, Columbus met Fernando de Talavera. Fernando was the archbishop of Granada. He was also the queen's confessor and she held him in the highest regard. It was Fernando who took Columbus to the royal court. Initially the queen was mildly interested in Columbus's theory that he could reach the East via the West. But she didn't understand the science of his theory so she referred him to the council of scholars. The council's answer was that, although the proposal was interesting, the country's attention was focused on the war effort; after the war they would pursue exploration and other naval ambitions.

Had Columbus given up on the first try Spain may not have led the colonization of the New World. But Columbus came up with an idea and petitioned the crown once again. The queen was raised in a strongly Christian environment. She was a devout Catholic. Isabel viewed and explained the Moorish wars as a crusade for Christianity. So the second time in front of the crown, Columbus explained the voyage west as a means of furthering the empire and the reach of Catholicism. He could spread Christianity as he traveled.

The second time around the explorer's petition interested Isabel. She no longer paid attention to the suggestions of the council of scholars. Instead she told Columbus: "I will assume the undertaking for my own crown of Castile, and am ready to pawn my jewels to defray the expenses of it, if the funds in the treasury shall be found inadequate." With this decision the queen of Spain changed the course of Spain and of what would become Latin America: She provided for Columbus the means to reach what would become the New World.

Most of Isabel and Columbus's contemporaries did not have faith in the success of this adventure. In fact most people believed the expedition was ill conceived and thus it was rather an unpopular decision. The first voyage was so unpopular that laws were put in place to protect the men who went on the voyage upon their return. Columbus did not find a passage west but he did find the land that would create a colonial empire as well as people to Christianize. Over the next few years Columbus would continue on other voyages. Throughout them Isabel remained his financial backer and personal supporter. Even when Spaniards complained that there was no gold to be had, no western passage, and no point in expending finances and efforts, Columbus and the queen remained partners and confidantes.

The queen's goals were more long-term than those of many others involved in exploration. Wealth and power were not her only ambitions. As Royal letters and ordinances stated again and again, the principal obligation of the voyages was religious instruction. The crown organized religious orders to follow the explorers. Isabel remained focused on her goal of spreading Catholicism. In this the queen would also become controversial as she played a hand in the system that granted Indians Christianization in return for work. Queen Isabel opened the door to Spain's years as a colonial empire, but she did so at the cost of many Indians' lives.

Where was Ferdinand during this time? By accounts he remained unconcerned with Columbus's efforts. It even seemed to some that Ferdinand did not care for the explorer. Columbus's son claimed that "not only [was the King] indifferent, but positively unfriendly to his interests." But of the queen Columbus would say: "In all men there was disbelief; but to the Queen, my lady, God gave the spirit of understanding and great courage, and made her heiress of all as a dear and much-loved daughter."

The queen died in 1503. In her will she laid out her wishes for the future government of Spain and her subjects. In it she included steps to be taken to ensure a kinder treatment of the natives of the New World. Isabel is remembered as controversial leader whose career had great highs, such as the unification of Spain, and lows, such as the Inquisition and the expulsion of religious diversity. During her thirty-year reign as queen, Spain left the medieval world, entered the modern world, and led the first exploration of what would become the New World, Latin America.

Isabel de Castilla, reina
a partir de la 1474-1504

n los últimos años del siglo quince Cristobal Colón buscaba dinero para financiar su primer viaje. En este tiempo Isabel de Castilla era la reina de España. Colón no logró éxito al principio. Solicitó a los gobiernos de muchos paises pero todos le negaron el dinero. Esto ocurrió pues pocas personas del tiempo creían en la idea que Colón presentaba, la idea de una ruta a Asia por el océano Atlántico. Colón finalmente encontró un oído comprensivo, y un bolsillo bastante profundo, cuando le presentó su idea a la reina de España. Desde entonces, y hasta su muerte, Colón consideró que la reina Isabel fue la mujer que no sólo hizo posible su primer viaje, sino que siguió siendo leal hacia sus esfuerzos en todas partes. Por medio de esto la reina Isabel ocupa su espacio entre los individuos que afectaron grandemente el futuro de América latina, un lugar que ella nunca visitó.

Las ocurriencias que siguieron, una tras otra, y acabaron con Isabel de Castilla siendo reina, muchos la consideran una historia de destino. Ella

nació el 22 de abril en el año 1451. Su padre era rey Juan II de España.
Éste ya tenía un hijo, Enrique, medio hermano de Isabel. Al nacer Isabel,
Enrique tenía veinteseis años y estaba casado pero sin hijos. Bajo reglas de
la monarquía española, Enrique heredaría la corona de su padre. Si
Enrique no sobreviviera su padre, o muriera sin hijos, la corona sería de
Isabel. Pues al nacer, la bebita Isabel estaba en segundo lugar del lineaje
que asumiría la corona de España. Pero la posición de segunda le duró
poco. Pronto nació un segundo hermano, Alonso. Aunque Isabel fuera
mayor, era niña. Por esta razón su nuevo hermano le saltaba a segunda
posición e Isabel estaba en tercer lugar, con tal de que su hermano mayor
siguiera sin hijos. Eventualmente Isabel sería reina aunque muchos,
incluyendo su hermano, intentaron durante mucho tiempo asegurar que
esto no occurriera.

Enrique vivía preocupado que sus medios hermanos pudie- ran heredar
la corona e hizo todo lo posible para prevenir esta ocurrencia. Cuando
murió Juan II, Enrique fue coronado rey Enrique IV de España. Entre sus
primeras decisiones mudó a Isabel y Alonso lejos de la corte real. Él los
envió, junto con la viuda de su padre, a vivir en Arevola, una ciudad
pequeña y bastante lejos del centro del gobierno español. Además de crear
distancia entre sus hermanos y la corona Enrique también les puso protectores. El rey envió a 200 protectores a Arevola con el encargo de proteger
y vijilar estos niños, herederos potenciales de la corona. A algunos les fue
obvio la meta real del rey, borrar a los niños de la memoria de España.
Tristemente no había familiar en posición de responsabilidad que protes-
tara. La viuda de Juan II estaba deprimida y en pocas ocasiones dejaba el
hogar. Alonso era demasiado joven. Quedaba solo Isabel. Ésta tomó la
responsabilidad que se le presentó y le escribió una carta a su hermano el
rey. En ella se quejó del mal trato y de la situación pésima en la cual man-

tenía a su familia en Arevola. En tiempo futuro la Reina Isabel recordaría su niñez parecida al cuento de Cenicienta.

Cuando Isabel cumplió once años, y seguía tercera en línea al reino de España, Enrique IV tenía treinta años y había estado casado por muchos años, pero seguía sin heredero. Enrique, desesperado por no perder la corona, tomó medidas drásticas. Aunque muchos opinaban que el problema era del rey, Enrique culpó a su esposa acusándola de ser infertil. Como rey y responsable de producir un heredor pidió permisó para divor- ciarse y logró acabar su matrimonio. A poco tiempo se casó de nuevo y tenía esperanza que "Juana" tuviera un hijo. En esos mismos tiempos ocurrió una tragedia. Alonso, viajando en España, contrajo la plaga y murió. La joven Isabel perdió a su hermano. Este acontecimiento también la dejó segunda en línea a la corona. Desde entonces cambió el cuento. Isabel logró ser reina tanto por destino como por sus efuerzos.

La próxima etapa de su juventud tomó puesto en la corte real. Enrique IV llamó a Isabel de Arevola y la puso a vivir con Juana. Isabel fue parte del séquito que vivía en los cuartos de Juana. Durante los años que vivió en la corte Isabel mostró una determinación en cuanto a tomar su futuro en sus propias manos. La pequeña muchacha, que en una carta le había mandado quejas a su hermano rey, ahora era mayor, más sabia y enfocada en deshacerce del control de su hermano. Tres veces el rey intentó escoger un marido para Isabel. Pero cada vez, Isabel resistió. Ella seguía convencida que, como huérfana, la responsabilidad de escoger un marido era suya. Pero Isabel tampoco era tonta. Ella se dió cuenta que una mujer joven, de diecisiete años y soltera tendría pocos seguidores en su búsqueda del trono español. Mas, la Reina Juana había dado a luz a una niña. Como hija del rey ella debería saltar a primera en línea para asumir el trono. Pero el pueblo español, convencidos que el rey era infertil, dudaban que la bebita de Juana era la hija del rey; Al tiempo que Isabel tenía personas que la apoyaban, quienesm insistían que cuando muriera Enrique IV, el trono sería de Isabel. Con todo esto pasando, Isabel buscó un pretendiente. Lo encontró en Fernando de Aragón con quien se casó.

Rey Henry IV murió el 11 de Diciembre 1474. Decían que al momento de morir, afirmó que su hija con Juana era su heredero verdadero. Pero pocos creyeron esto e inmediatamente después de su muerte, proclamaron a Isabel reina. Isabel enfrentó nuevos detractores. Cuando la nombraron reina, las personas que se opusieron a una mujer llevando el país, trataron de hacer cumplir las leyes " Salic." Esta ley excluía el ascenso al trono de una mujer. Reclamaron que considerando estas leyes, y realizando que Enrique IV no tenía ningún heredero masculino, la corona pasaba a la rama de su familia Aragonese, el del tío de Henry IV y de Isabel. Afortunadamente Isabel, ya casada y en posición de poder, tenía mas seguidores que detractores. El tío no logró el trono.

Isabel, junto a su marido Fernando, asumieron el reinado de España. La época de su reinado es recordada como una durante cual España pasó de país agitado a un país unido. Isabel en particular, se desenvolvió en líder poderosa. Su meta era unificar el país. Su primera campaña llevó el nombre de "la Hermanda." Ésta fue una campaña de tres años para instituir la justicia en el país persiguiendo y castigando los criminales. Ladrones, violadores, y otros criminales recibieron castigos fuertes. A los ladrones les cortaron o la mano o un pie cortado para asegurar que no pudieran robar otra vez. Su otra campaña fue en contra de los moros. Durante su juventud la conquista sobre los moros era sinónimo de ser buena española. Al fin las campañas de Isabel era rápidas, decisivas, y no necesariamente populares, pero alcanzaron sus metas. Estas campañas restablecieron orden y centralizaron el poder de España en el rey y reina.

Hacia el final de las guerras contra los moros Colón, se presentó ante la corte real de España. Ya había dado vueltas por otros paises buscando la financiación necesaria para embarcarse. No tuvo éxito en ningún sitio. Pero mientras, en España tuvo la buena suerte de conocer a Fernando de Talavera. Fernando era el arzobispo de Granada. También era el confesor de la reina. Isabel le tenía el más alto respeto. Fue Fernando que llevó Colón a la corte real. La reina al principio estaba interesada en la teoría de Colón, que él podría alcanzar el oeste vía el este. Pero no entendía la ciencia de su teoría. Por esta razón refirió al consejo de eruditos. La respuesta de los consejeros: aunque interesante, hacia falta que la atención del país se quedara enfocada en la guerra contra los moros. Después de la guerra estarían interesados en perseguir ambiciones navales.

Parecía que, otra vez, Colón no lograría su meta. Si hubiera abandonado la idea de España de financiar su aventura, la historia de América Latina hoy sería muy distinta. Pero a Colón se le ocurrió una idea con la cual solicitar a la corona de nuevo. La reina fue educada en un ambiente fuertemente cristiano. Ella era una católica devota. En defender el exilio forzado de los moros, Isabel se excusaba explicando el asunto como una guerra para el cristianismo. Tan la segunda vez delante de la corona, Colón presentó su viaje al oeste como los medios de fomentar el imperio y el alcance de catolicismo. Él podría aumentar en población los discípulos del cristianismo mientras que viajaba.

La segunda vez que Colón peticionó al trono español, usando esta explicación, Isabel quedó convencida. A España, y al cristianismo, le beneficiaba explorar las tierras hacia el oeste. La segunda vez Isabel no le preguntó la opinion de sus consejeros. En lugar le contestó a Colón: "Asumiré la empresa para mi propia corona de Castilla, y, si los fondos en el tesoro son encontrados inadecuados, estoy lista a empeñar mis joyas para pagar los costos." Con esta decisión la reina de España proporcionó a Colón los medios para alcanzar el Mundo Nuevo, una decisión que cambió el destino de las tierras hoy conocidas como América Latina.

La mayoría de los contemporáneos de Isabel y de Colón no tenían fe en el éxito de esta aventura. De hecho la mayoría de la gente opinaban que la expedición estaba mal pensada. Era así una decisión poco popular. El primer viaje era tan poco po- pular que pasaron leyes para proteger a los hombres que fueron en el viaje. Éstas estaban correctas en algunos puntos. Colón no encontró un paso del oeste. Pero encontró algo mas: un Mundo Nuevo sobre el cual España creó un imperio colonial y conquistó y convirtió los indígenes al cristianismo. Durante los próximos años Colón se embarcó en otros viajes. A través de ellos Isabel seguía siendo su financiera y confidente personal. Incluso cuando el pueblo español se quejó que, como no había oro o paso occidental, no había razón por cual gastar las finanzas y los esfuerzos, Colón y la reina seguían siendo socios y confidentes.

Pues como las metas de la reina eran mas anchoamplias que obtener oro al instante, la reina se mantenía enfocada en las exploraciones del Mundo Nuevo. Sus cartas y las ordenanzas reales les indicaban repetida- mente a los exploradores que era obligación la instrucción religiosa para los indígenas. La corona mandó órdenes religiosas para ayudar con esta tarea de predicar el catolicismo. Esto también llegó a ser polémico. Isabel tuvo parte en crear el sistema que impuso la instrucción al cristia- nismo y la salvación de los indígenas, que en cambio estos pagaban con su labor en las minas y fincas de los españoles. La reina Isabel abrió la puerta en los años coloniales del imperio de España, pero ella hizo tanto en el costo de las vidas de muchos indios.

¿Dónde estaba Fernando durante este tiempo? El se despreocupó con los esfuerzos de Colón. En un aparte personal hay evidencia que el rey y el explorador no se llevaban bien. El hijo de Colón contó lo que su papá le había explicado: que "no solamente [era el rey] indiferente, pero positivamente antipático a sus intereses." Pero de la reina Colón escribió: "en todos los hombres había incredulidad; pero a la reina, mi señora, dios dió el espíritu del valor que entendía y grande, y por esto a sido heredera de todo como su muy amada hija."

La reina murió en 1503. Dejó escrito en su testamento sus aspiraciones para el futuro de España. También incluyó sus pensamientos sobre como debía desenvolverse y mejorar el tratamiento de las personas indígenas en el Mundo Nuevo. La Reina Isabel es recordada como líder que logró grandes cosas, como la unificación de España, y también dejó puntos bajos, tales como la Inquisición y la expulsión de la diversidad religiosa en España. Durante sus treinta años como reina de España dejó el mundo medieval, entró en el mundo moderno, y condujo la primera exploración que se convirtió en el Mundo Nuevo, América Latina.

JOSÉ MARTÍ

A true patriot and writer, who is remembered as the "Apostle of Independence", José Martí was both an influential political mind and a renowned poet. He was born and became an adult during the era that witnessed the end of Spain,s 400 year old colonial empire in the America's. Throughout the boy's adolescence Latin American countries were winning independence from Spain. No doubt it was the issue discussed in daily conversation and read about in the morning paper. As such, it is no surprise that José Martí became involved in the cause of Cuban Independence. What is remarkable is how a man, who died young and barely lived in his homeland, was so instrumental and helped usher Independence in Cuba. Through his writings and by way of the organizations he formed Jose Martí organized Cubans for independence and played a pivotal role in bringing a close to the Spanish Colonial Empire while opening the door to independence for the island nation.

Mariano and Lenor Martí welcomed their son José on January 28, 1853. Shortly after the boy was born the family moved from Havana, Cuba to Spain. José spent his early years in Spain. But just about the time he was becoming a young adult, the family returned to Cuba. This was also around the time Cubans were increasingly aggressive in their dealings with the Spanish government. Cubans were interested in self-rule. That is, they did not want the Spanish Crown, across the Atlantic Ocean and unaware and unconcerned with their needs, dictating their laws and their future. The young José was in a unique situation as he had experienced life in Spain and in Cuba. He knew well both sides of the argument. An avid writer he wrote about his beliefs in democracy, liberty and independence. The young man identified with the desires of the island where he was born.

The 19th century witnessed a number of Latin-American revolutions. Spain was losing its colonies and Cuba was amongst the last of them. Democracy, liberty and independence were not ideas Spain was interested in fostering throughout the island. The young José not only believed in these ideas but, as an aspiring author, published papers and poems expressing them. It was a matter of time before this got him in trouble with the Spanish government.

The situation between Spain and Cuba was much like the situation between the US colonies and Britain during the years just before the American Revolution. Cubans, much like the US colonists, were interested in testing the boundaries. They looked for opportunities to defy the Spanish government and show that they did not consider themselves subservient. One incident set the stage for José's first encounter with the Spanish government. There was a student who acted out when a Spanish officer crossed his path. The officer expected the Cuban student to move out of his way. When the student refused, the officer shot and killed the young man. Tensions between the Spaniards and Cubans on the island heightened as news of the incident spread. The Spanish government felt pressured to exhibit control over the revolting Cubans. By coincidence, José Martí became one of their first targets.

Just like the student, José was interested in showing his distaste for

Spain's dominance over the Cubans. The young José took a different route, he wrote a poem. In this poem he suggested that dying for one's country was an admirable act. This was José Martí's first published work and by coincidence the poem appeared in the paper on the morning after the student was killed. The Spanish government arrested José. Perhaps he had not meant to cause such a stir. But the poem expressed his true feelings. In front of the judge he emphasized these feelings by proclaiming Cuba's right to independence. Of course this only worsened his situation. The young Martí was sentenced to six years in prison. He was also kicked out of the island.

For his belief that Cuba had a right to be free, Jose Martí became a political prisoner. Banished from Cuba he began his prison sentence at a hard labor prison camp in Spain. Jose was sixteen years old. While in prison he continued to write. His mother, Lenor, continued to plea her son's case. Her dedication won. Although he remained banished from Cuba, Jose's jail time was dismissed. Unfortunately the time in prison would already cost him dearly. While at the labor camp he suffered a foot injury that left him forever relying on a cane to walk.

Free from jail but banished from Cuba, Jose began his early adult life in Europe. This however did not lessen his passions for a free Cuba. If anything, his determination grew. He continued to study, to write and to publish. In *El Presidio Político en Cuba* he wrote about the horrible conditions of political imprisonment. He wrote plays (*amor con amor se paga, Adúlter*), poetry such as (*Versos Sencillos, Ismaelillo*), the first examples of modernism and numerous political articles. He studied law and philosophy and received degrees in both. His writings began making the young man a name in the public arena. But life in Europe must have left him feeling estranged from his homeland. With all these accomplishments he would begin looking for a way to return to Cuba—from which he was legally banished.

Jose Martí did eventually leave Europe and returned to Cuba. What about his sentence that left him banished from the island? The twenty four year old reentered the island under a pseudonym, Julian Perez. Julian was José's middle name. Perez was his mother's maiden name. It was a risk he seemed willing to take. But the young man stayed in Cuba only briefly as he found a job in Guatemala. As a professor at a university he continued publishing. His popularity grew. And because his writings were many times politically motivated he drew popularity particularly amongst the people that identified with his beliefs in freedom and liberty. Martí believed that all governments should allow a great degree of individual freedom; no matter if this results in the loss of centralized power. His writings expressed the utmost importance of human rights, his love of liberty and the absolute evil of oppressive governments. In one famous verse the poet wrote: "Like the bone to the human body and the hub to the wheel, and a wing to the bird and the air to the wing, so is liberty to the essence of life."

It wasn't long before these writings came to the attention of the local authorities. This time it was the Guatemalan government that was disapproving. Alarmed at José's ability to motivate the masses they asked him to leave. This might have been sad for José. He had a good job there. Just before coming to Guatemala he had met and married a young Cuban, Carmen Zayas Bazan. Together they built an enjoyable life in Guatemala. But at the same time the tensions in Cuba had passed. Spain had recently promised reform and had pardoned political exiles. The situation between the Spaniards and the Cubans had eased and so José and Carmen decided to return to their homeland.

In Cuba, the young family had a son and began settling into life. But peace did not exist for long. Tensions sparked again when it became clear that Spain did not intend to meet their promise of reform. José's notoriety would not let him live a normal life. He was charged with conspiring against the Spanish government. Fearful of again losing his freedom he escaped the island and moved his family to New York City. At first life was hard as the family moved into New York's slums. But eventually, through his writings, Martí became well known and influential. Jobs were soon offered to him. They were mostly political jobs and Martí found himself in the position to act on those beliefs he wrote about so passionately. He held jobs as consul to many Latin American nations at the same time his writings began appearing in various newspapers.

Now a renowned political writer and an experienced politician José Martí became further devoted to the cause for Cuban independence. He began establishing organizations that promoted this idea. In 1890 he formed a type of grass roots school. *La Liga* sought to educate Cuban exiles, particularly the poor. Later he formed the Cuban Revolutionary Party and founded a newspaper, *La Patria*. All these organizations had a similar goal, to motivate Cubans, whether exiled or in Cuba and draw new supporters to act on the cause of independence. All this work did a lot in gaining public sympathy inside and outside the Cuban exile community. It wasn't just *La Patria* that wrote against Spain and for Cuban Independence. It was also the *New York Journal* and the *New York World*, the papers owned by William Randolph Hearst and Joseph Pultizer. American sentiment was on the same side as Martí.

In February of 1895 Cubans in Cuba revolted. Declaring "independence or death" they were tired of Spain's broken promises. Spain's answer was decisive. The Spanish authorities brought and end to the revolt in one day. But the situation proved to José that the time had come. He arrived in Cuba on April 10th with the help of the Cuban Revolutionary Party based in New York City, and continued the spark of the revolution. Eventually Spain would find itself at a loss.

It would be years and take the involvement of the US but finally in 1898 Spain relinquished its control over Cuba. Sadly José Martí did not live to see the flag of a free Cuba fly. He died in battle at the onset of the war. He was 42 and although not present throughout the last war that brought independence—his early work in establishing a revolutionary cause and his writings on freedom and liberty propelled the island and its fighters to victory. Today José Martí's writings are core to the Latin American literary cannon and his memory lives on as he remains a symbol of an independent Cuba.

JOSÉ MARTÍ

lustre cubano, patriota y escritor, que pasó a la historia siendo llamado

"Aspostol de la Independencia" fue a la vez un pensador profundo, poeta precursor del modernismo y en general, una de las figuras más puras de la historia de America.

Nació en la Habana, capital de la Isla de Cuba el 28 de enero de 1853 y pasó su juventud durante la era que atraves la caída del imperio colonial español, que ya duraba 400 anos. A través de su adolescencia vio cómo los países latinoamericanos iban ganando su independencia de España. Seguramente Este era el tópico de conversación y el tema de los artículos en los periódicos de esos tiempos. Por lo tanto, fue una consercuencia lógica que Jose Martí se dedicara a la causa de una Cuba libre. Es de notar cómo un hombre que murió tan joven y vivió casi todos sus días fuera de su patria, llegó a ser tan instrumental, con sus escritos y a través de las organizaciones que fundó en lograr la caída del imperio colonial español, y por consiguiente la independencia cubana.

Don Mariano Martí y Doña Leonor Pérez de Martí dieron la bienvenida a su hijo José en la fecha anteriormente citada. Poco después de nacer el muchacho, la familia se trasladó de La Habana, a España, por lo que José pasó sus primeros años en ese país, pero al empezar los años de su adolescencia la familia regresó a Cuba. Por este tiempo, las relaciones entre los cubanos y los gobernantes españoles se volvían cada día más agresivos. Ellos estaban interesados en independizarse pues, pensaban que la corona española, al otro lado del Océano Atlántico, no estaba enterada o preocupada con las necesidades de la Colonia, por lo que no querían que dictaminara sus leyes ni su futuro. El joven José Martí estaba en una situación especial pues él había vivido en España y en Cuba. Conocía ambas caras del argumento. A esta edad temprana sus opiniones reflejaban en sus escritos: creía en la libertad, la independencia y la democracia y se identificaba con los deseos de la Isla donde había nacido.

El siglo diecinueve atravesó por números revoluciones latino-americanas. España estaba perdiendo sus colonias en América y Cuba estaba entre las últimas. La democracia, la libertad y la independencia eran ideas que España no estaba interesada en fomentar en la Isla. No sólo José creía en estas ideas sino que, como aspirante escritor, empezó a publicarlas en sus artículos y poemas. Era uns cuestión de tiempo el que se encontrara en problemas con el gobierno español.

La situación entre España y Cuba era semejante a la situación entre las colonias de los Estudos Unidos y Gran Bretana durante los años antes de la revolución americana. Los cubanos estaban interesados en probar los límites de los oficiales. Ellos buscaban oportunidades de desafiar el govierno español y demostrar que no se conderaban subordinados. Un estudiante intentó desafiar un oficial español qu se cruzó en su camino. El oficial esperó a que el estudiante cubano se moviera. Cuando Este se negó, el oficial sacó su rifle, disparó y mató al estudiante. Las tensiones entre los españoles y los cubanos en la isla aumentaron cuando el pueblo se enteró de lo que habia ocurrido. El gobierno español ejerció presión sobre los rebeldes, para demostrar su control. Por coincidencia, José Martí se encontró entre, los primeros acusados.

Igual que el estudiante, Martí estaba interesado en mostrar su disgusto por la dominación española. Como escritor El tomó otro camino: escribió un poema donde sugería que morir por la patria era un acto admirable. Por casualidad el poema apareció publicado en el periódico a la mañana siguiente de la muerte del estudiante. El gobierno arrestó a josé. Quizás su intención no habla sido causar tal revuelo, pero el poema expresaba sus verdaderos sentimientos. Delante del juez El acentuó estos sentimientos proclamando el derecho de Cuba a su independencia. Por supuesto, esto empeoró su situación. El joven Martí fue condenado a seis años de prisión y a trabajos forzados.

Por su creencia en una Cuba con derecho a ser libre, José se encontró convertido en un preso político. Comenzó a cumplir su sentencia en un campo de trabajos forzados cuando apenas tenía dieciséis años. Mientras estaba en la prisión El continuó escribiendo y su madre, Leonor, presentó un litigio en su defensa que logró ganar, siendo indultado y deportado a España. Desafortunadamente, la prisión lo había afectado flsicamente y debido a una lesión provocada por los grillos atados a sus pies se vió obligado a caminar con bastón por el resto de su vida.

En España comenzó su vida de adulto. Esto, sin embargo, no aminoró su pasion por una Cuba libre. Al contrario, su determinación aumentó. Continuó estudiando, escribiendo y publicando. En su obra El Presidio Político en Cuba describió las condiciones horribles del encarcelamiento polltico en la Isla. Estudió leyes y filosofía y recibió títulos en ambos. A causa de sus escritos el joven se hizo de un nombre en la arena pública y su importancia en las letras hispanas la demostró al continuar escribiendo a través de toda su vida: obras de teatro (amor con amor se paga, Adúltera); poesIa, iniciador del modernismo, (Versos Sencillos, Ismaelillo); prosa, destacándose en el género pistolar (Cartas a mi madre); novelas (Amista funesta), y miles de ensayos, crónicas y foletos y artículos de caracter polItico. La vida en Europa durante este tiempo debe haberle dado la sensación de nostalgia por su patria. A pesar de todos esos logros él comenzaría a buscar una manera de volver a Cuba de la que estaba legalmente desterrado.

Ya mayor, tenía veinticuatro años, regresó a la Isla usando un seudónimo, Julián Pérez. Julián era su segundo nombre. Pérez era el apellido de su madre. Era un riesgo que parecía dispuesto a tomar. Pero permaneció en Cuba poco tiempo pues encontró un trabajo como profesor de historia y literatura en una universidad en Guatemala. Allí continuó publicando. Su nombre creció. Sus escritos muchas veces tenían motivos políticos y por esta razón se convirtió en una personalidad conocida y respetada entre la gente que se identificaba con sus ideas de libertad e independencia. Martí pensaba que todo gobierno debe permitir al máximo de libertad individual aún cuando signifique perdida del poder centralizado. Sus escrituras expresaron la importancia extrema de los derechos humanos y del perjuicio absoluto de los gobiernos opresivos. Los pensamientos de Martí expresan su amor por la libertad. Como ejemplo copiamos uno, muy inspirativo a continuación. "Como el hueso al cuerpo humano y el eje a una rueda y el ala a un pájaro y el aire al ala, asi es la libertad a la esencia de la vida."

Al poco tiempo estas publicaciones llamaron la atención de las autoridades locales. Esta vez era el gobierno guatemalteco quien censuraba. Alarmado, pensando en la capacidad de Martí para motivar las masas pidieron que se fuera. Esto pudo haber sido triste para él pues tenía u buen trabajo y se había casado ya anteriormente, en Méjico, con una señorita cubana nombrada Carmen Zayas Bazán. Pero al mismo tiempo, las tensiones en Cuba estaban desapareciendo. España prometió reformas y recientemente había perdonado a exiliados póliticos. La situación entre españoles y cubanos estaba más calmada. José, con Carmen, su esposa regreso a su patria.

En Cuba la joven familia tuvo un hijo y comenzó a organizar su nueva vida. Pero la paz no duró por mucho tiempo. Las tensiones comenzaron otra vez cuando llegó a estar claro que España no cumpliria su promesa de reforma. La retupación de Martí no le permitIa llevar una vida normal. Lo acusaron de conspirar contra el gobierno español. Temeroso otra vez de perder su libertad se escapó de la Isla y mudó a su familia para la ciudad de New York. Al principio les fue difIcil pues la familia tuvo que vivir en los barrios bajos de la ciudad. Pero al poco tiempo por sus escritos Martí se hizo conocido e influente y llegó a colaborar en distintos diarios neoyorquinos, sirvió como corresponsal de los mejores periódicos de América, manteniéndose activo, sobre todo, en trabajos políticos. Los gobiernos de Argentina, Uruguay y Paraguay lo nombraron su cónsul en New York y Martí se encontró asi en la posición de poder ejercer influencia con sus creencias e ideas que él denfendía tan ardientemente.

Ya conocido como escritor y pensador politico de experiencia, Jose Martí se dedicó más a la causa de la independencia cubana. Comenzó a fundar organizaciones que pormovieron esta idea. En 1890 formó una escuela "La Liga" para educar a los cubanos en el exilio, especialmente a los más pobres. Organizó el Partido Revolucionario Cubano y fundó más adelante el periódico "Patria" vocero del movimiento. Todas estas organizaciones tenían la misma meta, motivar a los cubanos, exiliados o en Cuba y reunir fondos partidarios nuevos para actuar a favor de la causa de la independencia. Todo este trabajo logró ganar gran apoyo público, tanto dentro como fuera de la comunidad cubana. No era sólo "Patria" que publicaba articulos contra España y sobre la independencia de Cuba, sino también el "New York Journal" y el "New York World"; populares periódicos propiedad de William Randolph Hearst y de John Pulitzer. El sentimiento americano también apoyaba a Martí.

En febrero de 1895 los cubanos en Cuba se cansaron de las promesas rotas de España y se rebelaron declarando "independencia o muerte." La respuesta de España fue decisiva, las autoridades acabaron con la rebelión en un día. Pero la situación le probó a José que el momento había llegado. Con la ayuda del Partido Revolucionario Cubano que él había fundado se había convertido en el lider y principal dirigente de la lucha por la independencia de su patria. Ya convencido de que realmente su presencia era tan necesaria en la Isla como afuera y sabiendo que ponia en riesgo su vida. Tomaría años y la implicación de los E.U. pero, finalmente, en 1898 España abandonó su control sobre Cuba. Tristemente, José Martí no vivió para ver la bandera de una Cuba libre ondear en su tierra. Murió en la batalla al inicio de la guerra. Tenía tan sólo 42 años y aunque no pudo estar presente fisicamente a través de todo el conflicto, fue su espíritu y su pluma, su trabajo, su lucha por establecer una causa revolucionaria, su oratoria y sus escritos sobre la libertad y la independencia lo que llevó a los cubanos combatientes a la victoria. La obrea literaria de José Martí forma parte del canon latino-americano y su memoria vivirá siempre como símbolo de una Cuba independiente. Por la proyección de su pensamiento, universal en su diversidad y amplitud de criterio, se sitúa en la historia junto a otros héroes americanos, al igual que Bolívar y San Martín, como una egregia figura de gran repercusión hemisférica.

SPANISH AMERICAN LITERATURE OF MORE RECENT TIMES

BLESS ME ULTIMA

BY RUDOLFO ANAYA

et me begin at the beginning. I do not mean the beginning that was in my dreams and the stories they whispered to me about my birth, and the people of my father and mother, and my three brothers—but the beginning that came with Ultima.

The attic of our home was partitioned into two small rooms. My sisters, Deborah and Theresa, slept in one and I slept in the small cubicle by the door. The wooden steps creaked down into a small hallway that led into the kitchen. From the top of the stairs I had a vantage point into the heart of our home, my mother's kitchen. From there I was to see the terrified face of Chavez when he brought the terrible news of the murder of the sheriff; I was to see the rebellion of my brothers against my father; and many times late at night I was to see Ultima returning from the llano where she gathered the herbs that can be harvested only in the light of the full moon by the careful hands of a curandera.

That night I lay very quietly in my bed, and I heard my father and mother speak of Ultima.

"Está sola," my father said, "ya no queda gente en el pueblito de Las Pasturas—"

He spoke in Spanish, and the village he mentioned was his home. My father had been a vaquero all his life, a calling as ancient as the coming of the Spaniard to Nuevo Méjico. Even after the big rancheros and the tejanos came and fenced the beautiful llano, he and those like him continued to work there, I guess because only in that wide expanse of land and sky could they feel the freedom their spirits needed.

"Qué jéstima," my mother answered, and I knew her nimble fingers worked the pattern on the dolly she crocheted for the big chair in the sala.

I heard her sigh, and she must have shuddered too when she thought of Ultima living alone in the loneliness of the wide llano. My mother was not a woman of the llano, she was the daughter of a farmer. She could not see beauty in the llano and she could not understand the coarse men who lived half their lifetimes on horseback. After I was born in Las Pasturas she persuaded my father to leave the llano and bring her family to the town of Guadalupe where she said there would be opportunity and school for us. The move lowered my father in the esteem of his compadres, the other vaqueros of the llano who clung tenaciously to their way of life and freedom. There was no room to keep animals in town so my father had to sell his small herd, but he would not sell his horse so he gave it to a good friend, Benito Campos. But Campos could not keep the animal penned up because somehow the horse was very close to the spirit of the man, and so the horse was allowed to roam free and no vaquero on that llano would throw a lazo on that horse. It was as if someone had died, and they turned their gaze from the spirit that walked the earth.

It hurt my father's pride. He saw less and less of his old compadres. He went to work on the highway and on Saturdays after they collected their pay he drank with his crew at the Longhorn, but he was never close to the men of the town. Some weekends the llaneros would come into town for supplies and old amigos like Bonney or Campos or the Gonzales brothers would come by to visit. Then my father's eyes lit up as they drank and talked of the old days and told the old stories. But when the western sun touched the clouds with orange and gold the vaqueros got in their trucks and headed home, and my father was left to drink alone in the long night. Sunday morning he would get up very crudo and complain about having to go to early mass.

"She served the people all her life, and now the people are scattered, driven like tumbleweeds by the winds of war. The war sucks everything dry," my father said solemnly, "it takes the young boys overseas, and their families move to California where there is work-"

"Ave María Purisima," my mother made the sign of the cross for my three brothers who were away at war. "Gabriel," she said to my father, "it is not right that la Grande be alone in her old age-"

"No," my father agreed.

"When I married you and went to the llano to live with you and raise your family, I could not have survived without la Grande's help. Oh, those were hard years—"

"Those were good years," my father countered. But my mother would not argue.

"There isn't a family she did not help," she continued, "no road was too long for her to walk to its end to snatch somebody from the jaws of death, and not even the blizzards of the llano could keep her from the appointed place where a baby was to be delivered—"

"Es verdad," my father nodded.

"She tended me at the birth of my sons—" And then I knew her eyes glanced briefly at my father. "Gabriel, we cannot let her live her last days in loneliness."

"No," my father agreed, "it is not the way of our people."

"It would be a great honor to provide a home for la Grande," my mother murmured. My mother called Ultima la Grande out of respect. It meant the woman was old and wise.

"I have already sent word with Campos that Ultima is to come and live with us," my father said with some satisfaction. He knew it would please my mother.

"I am grateful," my mother said tenderly, "perhaps we can repay a little of the kindness la Grande has given to so many."

"And the children?" my father asked. I knew why he expressed concern for me and my sisters. It was because Ultima was a curandera, a woman who knew the herbs and remedies of the ancients, a miracle-worker who could heal the sick. And I had heard that Ultima could lift the curses laid by brujas, that she could exorcise the evil the witches planted in people to make them sick. And because a curandera had this power she was misunderstood and often suspected of practicing witchcraft herself.

I shuddered and my heart turned cold at the thought. The cuentos of the people were full of the tales of evil done by bruJas.

"She helped bring them into the world, she cannot be but good for the children," my mother answered.

"Está bien," my father yawned, "I will go for her in the morning."

So it was decided that Ultima should come and live with us. I knew that my father and mother did good by providing a home for Ultima. It was the custom to provide for the old and the sick. There was always room in the safety and warmth of la familia for one more person, be that person stranger or friend.

It was warm in the attic, and as I lay quietly listening to the sounds of the house falling asleep and repeating a Hail Mary over and over in my thoughts, I drifted into the time of dreams. Once I had told my mother about my dreams, and she said they were visions from God and she was happy, because her own dream was that I should grow up and become a priest. After that I did not tell her about my dreams, and they remained in me forever and ever ...

In my dream I flew over the rolling hills of the llano. My soul wandered over the dark plain until it came to a cluster of adobe huts. I recognized the village of Las Pasturas and my heart grew happy. One mud hut had a lighted window, and the vision of my dream swept me towards it to be witness at the birth of a baby.

I could not make out the face of the mother who rested from the pains of birth, hut I could see the old woman in black who tended the Just-arrived, steaming baby. She nimbly tied a knot on the cord that had connected the baby to its mother's blood, then quickly she bent and with her teeth she hit off the loose end. She wrapped the squirming baby and laid it at the mother's side, then she returned to cleaning the hed, All linen was swept aside to be washed, hut she carefully wrapped the useless cord and the afterbirth and laid the package at the feet of the Virgin on the small altar. I sensed that these things were yet to he delivered to someone.

Now the people who had waited patiently in the dark were allowed to come in and speak to the mother and deliver their gifts to the baby. I recognized my mother's brothers, my uncles from El Puerto de los Lunas. They entered ceremoniously. A patient hope stirred in their dark, brooding eyes.

BENDÍCEME, ULTIMA

POR RUDOLFO ANAYA

ermítanme empezar por el principio. No me refiero al principio que estaba en los sueños, ni a las historias que murmuraban sobre mi nacimiento, ni a la gente en torno de mi padre y de mi madre, ni a mis tres hermanos; hablo del principio que llegó con Última .

En el desván de nuestra casa había dos habitaciones pequeñas. Mis hermanas, Débora y Teresa, dormían en una y yo en el cubículo junto a la puerta. Los escalones de madera rechinaban cuando uno bajaba al pasillo que conducía a la cocina. Desde la parte alta de la escalera observaba claramente el corazón de nuestro hogar: la cocina de mi madre. Desde allí contemplaría la cara aterrada de Chávez el día que nos trajo la terrible noticia del asesinato del alguacil; vería cómo se rebelaban mis hermanos en contra de papá; y muchas veces, ya entrada la noche, vería a Última regresar del llano donde iba a recoger las hierbas que solamente pueden recortar las cuidadosas manos de una curandera a la luz de la luna llena.

La noche anterior a la llegada de Última me acosté en la cama muy quietecito y oí a mis padres hablar de ella.

—Está sola —dijo él—. Ya no queda gente en el pueblecito de Las Pasturas.

Habló en español y el pueblo que mencionó era de donde él provenía. Mi padre había sido vaquero toda su vida, oficio tan antiguo como la llegada de los españoles a Nuevo México. Aún después de que los rancheros y los texanos llegaron y cerraron las tierras del hermoso llano, él y los demás de la misma condición siguieron trabajando allí quizá porque sentían la libertad que sus almas necesitaban en aquella gran extensión de tierra.

—Qué lástima!— contestó mi madre mientras tejía a gancho la elaborada carpeta para el sofá de la sala.

Mi madre no era mujer de ahí; era hija de un campesino. No podía apreciar la belleza del llano y le era imposible comprender a los hombres toscos que se pasaban la mitad de la vida montados a caballo.

Después de nacimiento en Las Pasturas, mi madre convenció a mi padre para que dejara el llano y trajera a su familia a Guadalupe, donde dijo que habría más oportunidades y un colegio para nosotros. La mudanza fue causa de que los compadres de papá le perdieran estimación, pues eran vaqueros que se aferraban tenazmente a su manera de vivir y a su libertad. No había lugar en el pueblo para los animales, por lo que papá tuvo que vender su pequeño hato, pero no quiso hacerlo con el caballo; prefirió regalárselo a un buen amigo, Benito Campos. Pero Campos no podía mantenerlo encerrado, porque de alguna manera el animal se sentía muy cerca del espíritu de mi padre, así que lo dejaron rondar libre.

No había vaquero en el llano que lo lazara. Era como si alguien se hubiera muerto y todos desviasen la mirada de aquella alma que vagaba por la tierra.

Mi padre estaba dolido en su orgullo. Veía cada vez menos a los compadres. Se fue a trabajar a la carretera, y los sábados, después de cobrar el salario, bebía con sus campañeros de trabajo en el Longhorn, mas nunca llegó a intimar con los hombres del pueblo. Algunos fines de semana, los llaneros llegaban por provisiones y los viejos amigos, como Bonney o Campos o los hermanos Gonzáles, pasaban a visitarlo. Entonces sus ojos cobraban brillo mientras todos bebían, platicaban de los tiempos idos y se contaban viejos cuentos. Pero cuando el sol teñía las nubes de naranja y oro, los vaqueros trepaban a sus camiones y partían rumbo al hogar, y mi padre se quedaba sin compañía en la soledad de la noche. El domingo por la mañana se levantaba con una cruda tremenda y se quejaba de tener que asistir temprano a misa.

—Última ayudó a la gente toda su vida y ahora esa gente se ha dispersado como matas secas volando con los vientos de la guerra. La guerra absorbe todo hasta dejarlo seco —decía mi padre solemnemente—. Se lleva a los jóvenes al otro lado del mar y sus familias se van a California, donde hay trabajo.

—!Ave María Purísima...! —mamá hizo la señal de la cruz por mis tres hermanos que se habían ido a la guerra—. Gabriel —le dijo a papá—, no es bueno que la Grande esté sola ahora que está vieja.

—No —convino él.

—Cuando me casé contigo y fuimos a llano a vivir juntos y a formar familia, yo no hubiera podido sobrevivir sin la ayuda de la Grande. ¡Ah!, esos años fueron muy duros.

—Fueron años muy buenos —la contradijo mi padre y mi madre no replicó.

—No había familia a la que ella no ayudara —continuó mi madre—. Tampoco vereda que se le hiciera demasiado larga para caminarla hasta el final y sacar a alguien de las garras de la muerte, y ni siquiera las tormentas del llano le impedían llegar al lugar donde habría de nacer un niño.

—Es verdad.

—Ella me atendió cuando nacieron mis hijos —yo sabía que posaría su mirada brevemente en mi padre—. Gabriel, no podemos dejarla vivir sus últimos días en la soledad.

—No —dijo papá—. Así no se porta nuestra gente.

—Sería un gran honor brindarle un hogar a la Grande —murmuró mamá.

—Mi madre, por respeto, se refería a Última como la Grande. Significaba que la mujer era vieja y sabía.

—Ya mandé a Campos decirle a Última que se venga a vivir con nosotros —dijo él con gran satisfacción, pues supo que así complacía a mi madre.

—Lo agradezco —dijo ella con ternura—. Quizá podamos pagarle a la Grande un poco de toda la bondad que ella le ha prodigado a tanta gente. —¿Y los niños? —preguntó mi padre, quien se preocupaba por mí y por mis hermanas porque Última era curandera, sabía de hierbas y remedios de los antepasados. Mujer milagrosa que curaba a los enfermos. Se oía el rumor que Última era capaz de liberar a la gente de las maldiciones de las brujas, y exorcizar a las personas poseídas por el mal. Y puesto que una curandera tiene tales poderes, había la sospecha de que ella misma practicaba la brujería.

Me estremecí y se me heló el corazón con solo pensarlo. La gente contaba muchas historias sobre el mal que podían causar las brujas.

—Si ella ayudó a que nacieran mis hijos, no puede traerles más que el bien —contestó mi madre.

—Está bien —bostezó papá—. Iré a recogerla por la mañana.

Así quedó establecido que Ultima vendría a vivir con nosotros. Yo supe que mis padres hacían lo correcto al brindarle un hogar. Era costumbre darles casa y sustento a los viejos y a los enfermos. En la seguridad y el calor de familiares ,siempre había un sitio de más para ofrecerlo a quien lo necesitara, fuera extraño o amigo.

BROAD AND ALIEN IS THE WORLD

CIRO ALEGRÌA

osendo Maqui was coming back from the hills where he had gone in search of some herbs the wisewoman had ordered for his old wife. The truth is that he went because he also liked to test the strength of his muscles against the steep slopes, and then once he had mastered them, to fill his eyes with horizons. He loved the broad spaces and the magnificent grandeur of the Andes. He rejoiced in the sight of snow-covered Urpillau, hoary and wise as an old Inca sage; rough, tempestuous Huarca, a warrior in perpetual struggle with the mist and the wind; serried Huillac, in which an Indian sleeps forever, face upward to the sky; crouching Puma, like a mountain lion poised to spring; pudgy Suni, of peaceful habits and somewhat ill at ease among its neighbors; pastoral Mamay, spread out in multicolored slopes of planted fields with hardly a rock showing from which to view the distance; and this one, and that one, and the other . . . .

The Indian Rosendo attributed to them all the shapes and characters imaginable, and he spent long hours watching them. Deep within him, he believed that the Andes held the baffling secret of life. He gazed at them from one of the foothills of Taita, or Father Rumi, a peak whose summit of blue rock thrust toward the sky like a lance. It was not so high as to be crowned with snow, nor so low as to make its ascent easy. Exhausted by the soaring force of its bold summit, Rumi flowed downward on both sides in blunt peaks that were easier to climb. Rumi means ìstoneî and its high slopes were mottled with blue stones, almost black, like moles among the yellow rustling hay fields. Just as the severity of the peak softened into the lower hills, so the grim desolateness of its stones melted away on the slopes. These became clad, as they descended, in bushes, grassy patches, trees, and tillable fields. Down one of its sides went a gentle ravine in all the rich beauty of its thick woods and its torrent of clear water. Rumi was both forbidding and gentle, stern and friendly, solemn and benign. The Indian Rosendo believed that he understood its physical and spiritual secrets as though they were his own. Or rather, those of his wife, for love is a stimulus to knowledge and possession. Except that his wife had grown old and sick while Rumi was always the same, haloed by the prestige of immortality.

"Which is better," Rosendo tried to decide, "the earth or woman?"

He had never thought it through clearly, but he loved the earth very much.

It was on his return from these hills that the snake had crossed his path with its augury of misfortune. The road wound, full of curves, like another snake twisting down the slope. Rosendo Maqui, by looking hard, could make out the roofs of some of the houses. Suddenly the gentle oncoming wave of a ripe wheat field stopped short before him, then began again in the distance, and came toward him once more with its soft rhythm.

The gentle undulation was an invitation to the eye, and the man sat down on a huge stone. The wheat field was turning yellow, though it was still green in patches. It looked like one of those strange lakes of the mountains, showing all the colors of the rainbow from the refraction of the light. The heavy stalks swayed gently, with a little crackle. And in a moment Rosendo felt that the weight had lifted from his heart and that everything was beautiful and good like this waving field. This brought him serenity, and he decided that the omen was a forewarning of something inevitable to which the only response was resignation. Would it be the death of his wife? Or his own? After all, they were both very old and it was time for them to die. Everybody's turn comes. Could it be that some ill was to befall the community? Possibly. Yet he had always tried to be a good mayor.

From where he was sitting at the moment he could see the village, the modest and strong center of the community of Rumi, owner of much land and cattle. The road dropped down into a hollow to enter the town through a double row of little houses pompously called the Calle Real. At about the middle the street opened on one side into what was also known pompously as the Village Square. In the center of the square, shaded by an occasional tree, rose a sturdy little church. The houses had roofs of red tile or gray thatch, and the walls were yellow or violet or red, depending on the color of the clay with which they were stuccoed. Each had its own garden patch in the back, sown in lima beans, cowpeas, vegetables, and bordered with leafy trees, prickly pears, and magueys. It was a delight to see the gay picture the village made, and still more delightful to live there. What does civilization know? Of course, it can deny or affirm the excellence of this kind of life. Those who had made it their business to live here had known, for centuries, that happiness comes from justice, and justice from the common good. This had been established by time, force of tradition, man's will, and the unfailing gifts of the earth. The villagers of Rumi were content with their lot.

This is what Rosendo felt at this moment—felt rather than thought, although, at bottom, these things formed the substance of his thought—as he looked down on his native lares with satisfaction. On the rising slopes, on both sides of the road, the abundant wheat waved lush and tall. Beyond the rows of houses and their many-colored gardens, in a more sheltered spot, the corn rose tasseled and rustling. The sowing had been large and the harvest would be good.

The Indian Rosendo Maqui squatted there like an ancient idol. His body was gnarled and brown as the lloque—the knotted, iron-hard trunk—because he was part plant, part man, and part rock. His thick lips were set in an expression of serenity and firmness under his flat nose. Behind his hard, jutting cheekbones shone his eyes, dark quiet lakes. The eyebrows were like beetilingcrags. It was almost as though Rosendo Maqui were cast in the image of his geography; as though the turbulent forces of the earth had fashioned him and his people in the likeness of the mountains. His temples were white, like those of Urpillau. Like the mountain, he was a venerable patriarch. For many years, so many now that he could not remember them exactly, the villagers had kept him in the office of mayor, or head of the community, with the assistance of four selectmen who were not changed either. The village of Rumi said to itself, "The one who gives good advice today will give good advice tomorrow," and left the best men in their posts. Rosendo Maqui had shown himself to be alert and dependable, fair in his decisions and prudent.

He liked to recall how he had become, first, selectman and then mayor. A new field had been planted in wheat, and it came up so thick and grew so rank that the green of it looked almost blue. Then Rosendo went to the man who was mayor at that time.

"Taita," he said, "the wheat is growing so rank that it is going to fall, and the grain will rot on the ground and be no good."

The mayor had smiled and had consulted with the four selectmen who also smiled. Rosendo persisted:

"Taita, if you are in doubt, let me save half of it."

He had to argue with them a long time. Finally the council accepted his plan, and half of the big wheat field that the villagers had worked to plant was mowed down. As they bent over their scythes, looking browner than ever above the intense green of the wheat, they muttered:

"These are Rosendo's newfangled ideas."

"A waste of time," grumbled others.

But time had the last word. The mowed part came up again and stood erect. The untouched half, drunk with energy, grew top-heavy, toppled over, and lay flat on the ground. Then the villagers admitted he was right, saying:

"You know, we'll have to make Rosendo a selectman."

Rosendo smiled to himself, for he had once seen the same thing happen at the Sorave Ranch.

He gave good service when they made him selectman. He was active and he liked to know everything that was going on, though he was always tactful about it. Once a strange case came up. An Indian named Abdon happened to buy an old shotgun from a gipsy. What he really did was to take it in exchange for a load of wheat and eight soles. But, as was to be expected, this fantastic deal did not end here. Abdon took up deer hunting. Shots echoed from hill to hill. Every afternoon he would come back with one or two deer. To some of the villagers this seemed all right; others thought that Abdon should not be shooting these innocent animals, and that he was going to arouse the anger of the hills. The mayor, an old man named Ananias Challaya, to whom the hunter always presented a loin of venison, held his peace. Not that the gift really had much to do with his silence; his idea of the best way to govern was to say nothing. Meanwhile,

Abdon went on hunting and the villagers went on gossiping. The objections to the hunting increased. One day a contentious Indian named Pillco came before the mayor, backed up by several others, to register his protest.

"Why is it," he asked, "that Abdon can kill deer whenever he feels like it? Besides, since the deer eat the grass on the land that belongs to the community, he ought to divide the meat up between everybody."

Mayor Ananias Challaya remained thoughtful; here was a case where he did not know how to apply his silent form of government. At this point Selectman Rosendo Maqui asked permission to speak, and said:

"I've been hearing this gossip and it's a pity the villagers waste their time like this. Abdon bought himself a shotgun because he wanted to, just the same as somebody else goes to town and buys a looking glass or a handkerchief. True, he kills deer; but the deer don't belong to anybody. Who can prove that the deer always feed on pasture that belongs to the community? They might have eaten for a while on a ranch nearby, and then have come over on our land. What's fair is fair. The property we hold in common is that which comes from the land we all work. The only one here who hunts is Abdon, and it's only right that he should enjoy the fruits of his skill. And I want to point out to you that times are changing and we can't be too strict. If Abdon isn't happy with us he'll get bored and he might even go away. We want everybody to feel happy here, as long as the general, interests of the community are respected."

Pillco and his friends, not knowing how to answer this speech, nodded their heads, and then went away saying:

"He thinks straight and his words are good. He would make a good mayor."

It might be mentioned that from then on the venison changed their destination and went to Rosendo's house instead of the mayor's, and that other Indians, encouraged by Abdon's success, also bought themselves shotguns.

EL MUNDO ES ANCHO Y AJENO

CIRO ALEGRÌA

osendo Maqui volvió de las alturas, a donde fue con el objeto de buscar algunas yerbas que la curandera había recetado a su vieja mujer. En realidad, subió también porque le gustaba probar la gozosa fuerza de sus músculos en la lucha con las escarpadas cumbres y luego, al dominarlas, llenarse los ojos de horizontes. Amaba los amplios espacios y la magnífica grandesa de los Andes. Gozaba viendo el nevado Urpillau, canoso y sabio como un antiguo amauta; el arisco y violento Huarca, guerrero en perenne lucha con la niebla y el viento; el aristado Huilloc, en el cual un indio dormía eternamente de cara al cielo; el agazapado Puma, justamente dispuesto como un león americano en trance de dar el salto; el rechoncho Suni, de hábitos pacíficos y un poco a disgusto entre sus vecinos; el eglógico Mamay, que prefería prodigarse en faldas coloreadas de múltiples sembríos y apenas hacía asomar una arista de piedra para atisbar las lejanías;

éste y ése y aquél y eso otro El indio Rosendo los animaba de todas las formas e intenciones imaginables y se dejaba estar mucho tiempo mirándolos. En el fondo de sí mismo, creía que los Andes conocían el emocionante secreto de la vida. Él los contemplaba desde una de las lomas del Rumi, cerro rematado por una cima de roca azul que apuntaba al cielo con voluntad de lanza. No era tan alta como para coronarse de nieve ni tan bajo que se lo pudiera escalar fácilmente. Rendido por el esfuerzo ascendente de su cúspide audaz, el Rumi hacía ondular a un lado y otro, picos romos, de más fácil acceso. Rumi quiere decir piedra y sus laderas altas estaban efectivamente sembradas de piedras azules, casi negras, que eran como lunares entre los amarillos pajonales silbantes. Y así como la adustez del picacho atrevido se ablandaba en las cumbres inferiores, la inclemencia mortal del pedrerío se anulaba en las faldas. Éstas descendían vistiéndose más y más de arbustos, herbazales, árboles y tie- rras labrantías. Por uno de sus costados descendía una quebrada amorosa con toda la bella riqueza de su bosque colmada y sus caudalosas aguas claras. El cerro Rumi era a la vez arisco y manso, contumaz y auspicioso, lleno de gravedad y de bondad. El indio Rosendo Maqui creía entender sus secretos físicos y espirituales como los suyos propios. Quizá decir esto no es del todo justo. Digamos más bien que los conocía como a los de su propia mujer porque, dado el caso, debemos considerar el amor como acicate del conocimiento y la posesión. Sólo que la mujer se había puesto vieja y enferma y el Rumi continuaba igual que siempre, nimbado por el prestigio de la eternidad. Y Rosendo Maqui acaso pensaba o más bien sentía: "¿Es la tierra mejor que la mujer?". Nunca se había explicado nada en definitiva, pero él quería y amaba mucho a la tierra.

Volviendo, pues, de esas cumbres, la culebra le salió al paso con su mensaje de desdicha. El camino descendía prodigándose en repetidas curvas, como otra culebra que no terminara de bajar la cuesta. Rosendo Maqui, aguzando la mirada, veía ya los techos de algunas casas. De pronto, el dulce oleaje de un trigal en sazón murió frente a su pecho, y recomenzó de nuevo allá lejos, y vino hacia él otra vez con blando ritmo.

Invitaba a ser vista la lenta ondulación y el hombre sentóse sobre una inmensa piedra que, al caer de la altura, tuvo el capricho de detenerse en una eminencia. El trigal estaba ama- rilleando, pero todavía quedaban algunas zonas verdes. Parecía uno de esos extraños lagos de las cumbres, tornasolados por la refracción de la luz. Las grávidas espigas se mecían pausadamente produciendo una tenue crepitación. Y, de repente, sintió Rosendo como que el peso que agobiaba su corazón desaparecía y todo era bueno y bello como el sembrío de lento oleaje estimulante. Así tuvo serenidad y consideró el presagio como el anticipo de un acontecimiento ineluctable ante el cual sólo cabía la resignación. ¿Se trataba de la muerte de su mujer? ¿O de la suya? Al fin y al cabo eran ambos muy viejos y debían morir. A cada uno, su tiempo. ¿Se trataba de algún daño a la comunidad? Tal vez. En todo caso, él había logrado ser siempre un buen alcalde.

Desde donde se encontraba en ese momento, podía ver el caserío, sede modesta y fuerte de la comunidad de Rumi, dueña de muchas tierras y ganados. El camino bajaba para entrar, al fondo de una hoyada, entre dos hileras de pequeñas casas que formaban lo que pomposamente se llamaba Calle Real. En la mitad, la calle se abría por uno de sus lados, dando acceso a lo que, también pomposamente, se llamaba Plaza. Al fondo del cuadrilátero sombreado por uno que otro árbol, se alzaba una recia capilla. Las casitas, de techos rojos de tejas o grises de paja, con paredes amarillas o violetas o cárdenas, según el matiz de la tierra que las enlucía, daban por su parte interior, a particulares sementeras—habas, arvejas, horta- lizas—, bordeadas de árboles frondosos, tunas jugosas y pencas azules. Era hermosa de ver el cromo jocundo del caserío y era más hermoso vivir en él. ¿Sabe algo la civilización? Ella, desde luego, puede afirmar o negar la excelencia de esa vida. Los seres que se habían dado a la tarea de existir allí, entendían, desde hacía siglos, que la felicidad nace de la justicia y que la justicia nace del bien de todos. Así lo habían establecido el tiempo, la fuerza de la tradición, la voluntad de los hombres y el seguro don de la tierra. Los comuneros de Rumi estaban contentos de su vida.

Esto es lo que sentía también Rosendo en ese momento —decimos sentía y no pensaba, por mucho ques estas cosas, en último término, formaron la sustancia de sus pensamientos— al ver complacidamente sus lares nativos. Trepando la falda, a un lado y otro del camino, ondulaba el trigo pródigo y denso. Hacia allá, pasando las filas de casas y sus sementeras variopintas, se erguía, por haberle elegido esa tierra más abrigada, un maizal barbado y rumoroso. Se había sembrado mucho y la cosecha sería buena.

El indio Rosendo Maqui estaba encuclillado tal un viejo ídolo. Tenía el cuerpo nudoso y cetrino como el lloque —palo contorsionado y durísimo—, porque era un poco vegetal, un poco hombre, un poco piedra. Su nariz quebrada señalaba una boca de gruesos labios plegados con un gesto de serenidad y firmeza. Tras las duras colinas de los pómulos brillaban los ojos, oscuros lagos quietos. Las cejas era una crestería. Podría afirmarse que el Adán americano fue plasmado según su geografía; que las fuerzas de la tierra, de tan enérgicas, eclosionaron en un hombre con rasgos de montaña. En sus sienes nevaba como en las del Urpillau. Él también era un venerable patriarca. Desde hacía muchos años, tantos que ya no los podía contar precisamente, los comuneros lo mantenían en el cargo de alcalde o jefe de la comunidad, asesorado por cuatro regidores que tampoco cambiaban. Es que el pueblo de Rumi le decía: "El que ha dao guena razón hoy, debe dar guena razón mañana", y dejaba a los mejores en sus pestos. Rosendo Maqui había gobernado demostrando ser avisado y tranquilo, justiciero y prudente.

Le placía recordar la forma en que llegó a ser regidor y luego alcalde. Se había sembrado en tierra nueva y el trigo nació y creció impetuosamente, tanto que su verde oscuro llegaba a azulear de puro lozano. Entonces

Rosendo fue donde el alcalde de ese tiempo. "Taita, el trigo crecerá mucho y se tenderá, pudriéndose la espiga y perdiéndose." La primera autoridad había sonreído y consultado el asunto con los regidores, que sonrieron a su vez. Rosendo insistió: "Taita, si dudas, déjame salvar la mitá". Tuvo que rogar mucho. Al fin el consejo de dirigentes aceptó la propuesta y fue segada la mitad de la gran chacra de trigo que había sembrado el esfuerzo de los comuneros. Ellos, curvados en la faena, más trigueños sobre la intensa verdura tierna del trigo, decían por lo bajo: "Estas son novedades del Rosendo". "Trabajo perdido", murmuraba algún indio gruñón. El tiempo habló en definitiva. La parte segada creció de nuevo y se mantuvo firme. La otra, ebria de energía, tomó demasiado altura, perdió el equilibrio y se tendió. Entonces los comuneros admitieron: "Sabe, habrá que hacer regidor al Rosendo". Él, para sus adentros, recordaba haber visto un caso igual en la hacienda Sorave.

Hecho regidor, tuvo un buen desempeño. Era activo y le gustaba estar en todo, aunque guardando la discreción debida. Cierta vez se presentó un caso raro. Un indio llamado Abdón tuvo la extraña ocurriencia de comprar una vieja escopeta a un gitano. En realidad, la trocó por una carga de trigo y ocho soles en plata. Tan extravagante negocio, desde luego, no paró allí. Abdón se dedicó a cazar venados. Sus tiros retumbaban una y otra vez, cerros allá, cerros arriba, cerros adentro. En las tardes volvía con una o dos piezas. Algunos comuneros decían que estaba bien, y otros que no, porque Abdón mataba animalitos inofensivos e iba a despertar la cólera de los cerros. El alcalde, que era un viejo llamado Ananías Challaya y a quien el cazador obsequiaba siempre con el lomo de los venados, nada decía. Es probable que tal presente no influyera mucho en su mutismo, pues su método más socorrido de gobierno era, si hemos de ser preciso, el de guardar silencio. Entre tanto, Abdón seguía cazando y los comuneros murmurando. Los argumentos en contra de la cacería fueron en aumento hasta que un día un indio reclamador llamado Pillco, presentó, acompañado de otros, su protesta: "¿Cómo es posible óle dijo al alcalde— que el Abdón mate los venaos porque se le antoja? En todo caso, ya que los venaos comen el pasto de las tierras de la comunidá, que reparta la carne entre todos". El alcalde Ananías Challaya se quedó pensando y no sabía cómo aplicar con éxito aquella vez su silenciosa fórmula de gobierno. Entonces fue que el regidor Rosendo Maqui pidió permiso para hablar y dijo: "Ya había escuchao esas murmuraciones y es triste que los comuneros pierdan su tiempo de ese modo. Si el Abdón se compró escopeta, jue su gusto, lo mesmo que si cualquiera va al pueblo y se compra un espejo o un pañuelo. Es verdad que mata los venaos, pero los venaos no son de nadie. ¿Quién puede asegurar que el venao a comido siempre pasto de la comunidá? Puede haber comido el de una hacienda vecina y venido después a la comunidá. La justicia es la justicia. Los bienes comunes son los que produce la tierra mediante el trabajo de todos. Aquí el único que caza es Abdón y es justo, pues, que aproveche de su arte. Y yo quiero hacer ver a los comuneros que los tiempos van cambiando y no debemos ser muy rigurosos. Abdón, de no encontrarse a gusto con nosotros, se aburriría y quién sabe si se iría. Es necesario, pues, que cada uno se siente bien aquí, respetando los intereses generales de la comunidá." El indio Pillco y sus acompañantes, no sabiendo cómo responder a tal discurso, asintieron y se fueron diciendo: "Piensa derecho y dice las cosas con guena palabra. Sería un alcalde de provecho". Referiremos de paso que los lomos de venado cambiaron de destinatario y fueron a dar a manos de Rosendo y que otros indios adquirieron también escopetas, alentados por el éxito de Abdón.

THE HOUSE OF THE SPIRITS

BY ISABEL ALLENDE

evero del Valle was an atheist and a Mason, but he had political ambitions and could not allow himself the luxury of missing the most heavily attended mass on Sundays and feast days, when everyone would have a chance to see him. His wife, Nívea, preferred to deal with God without benefit of intermediaries. She had a deep distrust of cassocks and was bored by descriptions of heaven, purgatory and hell, but she shared her husband's parliamentary ambitions, hoping that if he won a seat in congress she would finally secure the vote for women, for which she had fought for the past ten years, permitting none of her numerous pregnancies to get in her way. On this Holy Thursday, Father Restrepo had led his audience to the limits of their endurance, with his apocalyptic visions, and Nívea was beginning to feel dizzy. She wondered if she was pregnant again. Despite cleansings with vinegar and sponging gall, she had given birth to fifteen children, of whom eleven were still alive, but she had good reason to suppose that she was settling into maturity, because her daughter Clara, the youngest of her children, was now ten. It seemed that the force of her astonishing fertility had finally begun to ebb. She was able to attribute her present discomfort to Father

Restrepo when he pointed at her to illustrate a point about the Pharisees, who had tried to legalize bastards and civil marriage, thereby dismembering the family, the fatherland, private property, and the Church, and putting women on an equal footing with men—this in open defiance of the law of God, which was most explicit on the issue. Along with their children, Nívea and Severo took up the entire third row of benches. Clara was seated beside her mother, who squeezed her hand impatiently whenever the priest lingered too long on the sins of the flesh, for she knew this would only lead the child to visualize with even greater accuracy aberrations that transcended reality. Clara was extremely precocious and had inherited the runaway imagination of all the women in her family on her mother's side. This was evident from the questions she asked, to which no one knew the answers.

The temperature inside the church had risen, and the penetrating odor of the candles, the incense, and the tightly packed crowd all contributed to Nívea's fatigue. She wished the ceremony would end at once so she could return to her cool house, sit down among the ferns, and taste the pitcher of barley flavored water with almonds, that Nana always made on holidays. She looked around at her children. The younger ones were tired and rigid in their Sunday best, and the older ones were beginning to squirm. Her gazed rested on Rosa, the oldest of her living daughters, and, as always, she was surprised. The girl's strange beauty had a disturbing quality that even she could not help noticing, for this child of hers seemed to have been made of a different material from the rest of the human race. Even before she was born, Nívea had known she was not of this world, because she had already seen her dreams. This is why she had not been surprised when the midwife screamed as the child emerged. At birth Rosa was white and smooth, without a wrinkle, like a porcelain doll, with green hair and yellow eyes—the most beautiful creature to be born on the earth since the days of original sin, as the midwife put it, making the sign of the cross. Her very first bath, Nana had washed her hair with chamomile, which softened its color, giving it the hue of old bronze, and put her out in the sun with nothing on, to strengthen her skin, which was translucent in the most delicate parts of her chest and armpits, where the veins and secret texture of the muscles could be seen. Nana's gypsy tricks did not suffice, however, and rumors quickly spread that Nívea had borne an angel. Nívea hoped that the successive and impleasant stages of growth would bring her daughter a few imperfections, but nothing of the sort occurred. On the contrary, at eighteen Rosa was still slender and remained umblemished, her maritime grace had, if anything, increased. The tone of her skin, with its soft bluish lights, and her hair, as well as her slow movements and silent character, all made one think of some inhabitant of the sea. There was something of the fish to her (if she had had a scaly tail, she would have been a mermaid), but her two legs placed her squarely on the tenuous line between a human being and a creature myth. Despite everything, the younger woman had led a nearly normal life. She had a fiancé and would one day marry, on which occasion the responsibility of her beauty would become her husband's. Rosa bowed her head and a ray of sunlight pierced the Gothic stained-glass windows of the church, outlining her face in a halo of light. A few people turned to look at her and whispered among themselves, as often happened as she passed, but Rosa seemed oblivious. She was immune to vanity and that day she was more absent than usual, dreaming of new beasts to embroider on her tablecloth, creatures that were half bird and half mammal, covered with iridescent feathers and endowed with horns and hooves, and so fat and with such stubby wings that they defied the laws of biology and aerodynamics. She rarely thought about her fiancé, Esteban Trueba, not because she did not love him but because of her forgetful nature and because two years' absence is a long time. He was working in the mines in the North. He wrote to her regularly and Rosa sometimes replied, sending him lines of poetry and drawing flowers she had copied out of sheets of parchment paper. Through this correspondence, which Nívea violated with impunity at regular intervals, she learned about the hazards of a miner's life, always dreading avalanches, pursuing elusive veins, asking for credit against good luck that was still to come, and trusting that someday he would strike a marvelous seam of gold that would allow him to become a rich man overnight and return to lead Rosa by the arm to the altar, thus becoming the happiest man in the universe, as he always wrote at the end of his letters. Rosa, however, was in no rush to marry and had all but forgotten the only kiss they had exchanged when they said goodbye; nor could she recall the color of her tenacious suitor's eyes. Because of the romantic novels that were her only reading matter, she liked to picture him in thick-soled boots, his skin tanned from the desert winds, clawing the earth in search of pirates' treasure, Spanish doubloons, and Incan jewels. It was useless for Nívea to attempt to convince her that the wealth of mines lay in rocks, because to Rosa it was inconceivable that Esteban Trueba would spend years piling up boulders in the hope that by subjecting them to God only knew what wicked incinerating processes, they would eventually spit out a gram of gold. Meanwhile, she awaited him without boredom, unperturbed by the enormous task she had taken upon herself: to embroider the largest tablecloth in the world. She had begun with dogs, cats, and butterflies, but soon her imagination had taken over, and her needle had given birth to a whole paradise filled with impossible creatures that took shape beneath her father's worried eyes. Severo felt that it was time for his daughter to shake off her lethargy, stand firmly in reality, and learn the domestic skills that would prepare her for marriage, but Nívea thought differently. She preferred not to torment her daughter with earthly demands, for she had a premonition that her daughter was a heavenly being, and that she was not destined to last very long in the vulgar traffic of this world. For this reason she left her alone with her embroidery threads and said nothing about Rosa's nightmarish zoology.

LA CASA DE LOS ESPIRÍTUS

POR ISABEL ALLENDE

Severo del Valle era ateo y masón, pero tenía ambiciones políticas y no podía darse el lujo de faltar a la misa más concurrida cada domingo y fiesta de guardar, para que todos pudieran verlo. Su esposa Nívea prefería entenderse con Dios sin intermediarios, tenía profunda desconfianza de las sotanas y se aburría con las descripciones del cielo, el purgatorio y el infierno, pero acompañaba a su marido en sus ambiciones parlamentarias, en la esperanza de que si él ocupaba un puesto en el Congreso, ella podría obtener el voto femenino, por el cual luchaba desde hacía diez años, sin que sus numerosos embarazos lograran desanimarla. Ese Jueves Santo el padre Restrepo había llevado a los oyentes al límite de su resistencia con sus visiones apocalípticas y Nívea empezó a sentir mareos. Se preguntó si no estaría nuevamente encinta.

A pesar de los lavados con vinagre y las esponjas con hiel, había dado a luz quince hijos, de los cuales todavía quedaban once vivos, y tenía razones para suponer que ya estaba acomodándose en la madurez, pues su hija Clara, la menor, tenía diez años. Parecía que por fin había cedido el ímpetu de su asombrosa fertilidad. Procuró atribuir su malestar al momento del sermón del padre Restrepo cuando la apuntó para referirse a los fariseos que pretendían legalizar a los bastardos y al ma- trimonio civil, desarticulando a la familia, la patria, la propiedad y la Iglesia, dando a las mujeres la misma posición que a los hombres, en abierto desafío a la ley de Dios, que en ese aspecto era muy precisa. Nívea y Severo ocupaban, con sus hijos, toda la tercera hilera de bancos. Clara estaba sentada al lado de su madre y ésta le apretaba la mano con impaciencia cuando el discurso del sacerdote se extendía demasiado en los pecados de la carne, porque sabía que eso inducía a la pequeña a visualizar aberraciones que iban más allá de la realidad, como era evidente por las preguntas que hacía y que nadie sabía contestar. Clara era muy precoz y tenía la desbordante imaginación que heredaron todas las mujeres de su familia por vía materna. La temperatura de la iglesia había aumentado y el olor penetrante de los cirios, el incienso y la multitud apiñada, contribuían a la fatiga de Nívea. Deseaba que la ceremonia terminara de una vez, para regresar a su fresca casa, a sentarse en el corredor de los helechos y saborear la jarra de horchata que la Nana preparaba los días de fiesta. Miró a sus hijos, los menores estaban cansados, rígidos en su ropa de domingo, y los mayores comenzaban a distraerse. Posó la vista en Rosa, la mayor de sus hijas vivas, y, como siempre, se sorprendió. Su extraña belleza tenía una cualidad perturbadora de la cual ni ella escapaba, parecía fabricada de un material diferente al de la raza humana. Nívea supo que no era de este mundo aún antes que naciera, porque la vioóen sueños, por eso no le sorprendió que la comadrona diera un grito al verla. Al nacer, Rosa era blanca, lisa, sin arrugas, como una muñeca de loza, con el cabello verde y los ojos amarillos, la criatura más hermosa que había nacido en la tierra desde los tiempos del pecado original, como dijo la comadrona santiguándose. Desde el primer baño, la Nana le lavó el pelo con infusión de manzanilla, la cual tuvo la virtud de mitigar el color, dándole una tonalidad de bronce viejo, y la ponía desnuda al sol, para fortalecer su piel, que era translúcida en las zonas más delicadas del vientre y de las axilas, donde se adivinaban las venas y la textura secreta de los músculos. Aquellos trucos de gitana, sin embargo, no fueron suficiente y muy pronto se corrió la voz que les había nacido un ángel. Nívea esperó que las ingratas etapas del crecimiento otorgarían a su hija algunas imperfecciones, pero nada de eso ocurrió, por el contrario, a los dieciocho años Rosa no había engordado y no le habían salido granos, sino que se había acentuado su gracia marítima. El tono de su piel, con suaves reflejos azulados, y el de su cabello, la lentitud de sus movimientos y su carácter silencioso, evocaban a un habitante del agua. Tenía algo de pez y si hubiera tenido una cola escamada habría sido claramente una sirena, pero sus dos piernas la colocaban en un límite impreciso entre la criatura humana y el ser mitológico. A pesar de todo, la jóven había hecho una vida casi normal, tenía un novio y algún día se casaría, con lo cual la responsabilidad de su hermosura pasaría a otras manos. Rosa inclinó la cabeza y un rayo se filtró por los vitrales góticos de la iglesia, dando un halo de luz a su perfil. Algunas personas se dieron vuelta para mirarla y cuchichearon, como a menudo ocurría a su paso, pero Rosa no parecía darse cuenta de nada, era inmune a la vanidad y ese día estaba más ausente que de costumbre, imaginando nuevas bestias para bordar en su mantel, mitad pájaro y mitad mamífero, cubiertas con plumas iridiscentes y provistas de cuernos y pezuñas, tan gordas y con alas tan breves, que desafiaban las leyes de la biología y de la aero- dinámica. Rara vez pensaba en su novio, Esteban Trueba, no por falta de amor, sino a causa de su temperamento olvidadizo y porque dos años de separación son mucha ausencia. Él estaba trabajando en las minas del Norte. Le escribía, metódicamente y a veces Rosa le contestaba enviando versos copiados y dibujos de flores en papel de pergamino con tinta china. A través de esa correspondencia, que Nívea violaba en forma re- gular, se enteró de los sobresaltos del oficio de minero, siempre amenazado por derrumbes, persiguiendo vetas escu- rridizas, pidiendo créditos a cuenta de la buena suerte, confiando en que aparecería un maravilloso filón de oro que le permitiría hacer una rápida fortuna y regresar para llevar a Rosa del brazo al altar, convirtiéndose así en el hombre más feliz del universo, como decía siempre al final de las cartas. Rosa, sin embargo, no tenía prisa por casarse y casi había olvidado el único beso que intercambiaron al despedirse y tampoco podía recordar el color de los ojos de ese novio tenaz. Por influencia de las novelas románticas, que constituían su única lectura, le gustaba imaginarlo con botas de suela, la piel quemada por los vientos del desierto, escarbando la tierra en busca de tesoros de piratas, doblones españoles y joyas de los incas, y era inútil que Nívea tratara de convencerla de que las riquezas de las minas estaban metidas en las piedras, porque a Rosa le parecía imposible que Esteban Trueba recogiera toneladas de peñascos con la esperanza de que, al someterlos a inicuos procesos crematorios, escupieran un gramo de oro. Entretanto, lo aguardaba sin aburrirse, imperturbable en la gigantesca tarea que se había impuesto: bordar el mantel más grande del mundo. Comenzó con perros, gatos y mariposas, pero pronto la fantasía se apoderó de su labor y fue apareciendo un paraíso de bestias imposibles que nacían de su aguja ante los ojos preocupados de su padre. Severo consideraba que era tiempo de que su hija se sacudiera la modorra y pusiera los pies en la realidad, que aprendiera algunos oficios domésticos y se preparara para el matrimonio, pero Nívea no compartía esa inquietud. Ella prefería no atormentar a su hija con exigencias terrenales, pues presentía que Rosa era un ser celestial, que no estaba hecho para durar mucho tiempo en el tráfico grosero de este mundo, por eso la dejaba en paz con sus hilos de bordar y no objetaba aquel zoológico de pesadilla.

BIBLIOGRAPHY

Jaffee, Nina. *The Golden Flower*. New York: Simon and Schuster, 1996.

Rohmer, Harriet. *How We Came to the Fifth World*. San Francisco California, Children's Book Press, n.d.

Rohmer, Harriet. *The Mighty God Viracocha*. San Francisco: Children's Book Press, n.d.

Rohmer, Harriet. *The Invisible Hunters*. San Francisco: Children's Book Press, n.d.

Goetz, Delia, and Sylvannus G. Morley. How Hun Nal Ye Brought Corn to the People. In *The Popol Vuh: The Sacred Book of the Ancient Quiché Maya*. Trans. Adrián Reinos. Norman, OK: University of Oklahoma Press, 1950.

Parke, Marilyn, and Sharon Panik. *A Quetzalcoatl Tale of Corn*. New York: Simon and Schuster, 1992.

Florescano, Enrique. *El Mito de Quetzalcoatl Mexico fondo de cultura economica*. S.A. de C.V., 1993.

Anaya, Rodolfo. *The Legend of Quetzalcoatl*. Albuquerque, NM: University of New Mexico Press, 1987.

Cavendish, Richard, ed. *Man, Myth & Magic: The Illustrated Encyclopedia of Mythology, Religion and the Unknown*. New York: M. Cavendish, 1997.

Grimal, Pierre, ed. *Larousse World Mythology*. Trans. Patricia Beardsworth. New York: Putnam [1912]

Bierhorst, John. *The Hungry Woman: Myths and Legends of the Aztecs*. New York: Quill/William Morrow, 1993.

Van Laan, Nancy, *The Legend of El Dorado: A Latin American Tale*. New York: Knopf, [1991].

Delacre, Lulu. *Golden Tales: Myths, Legends, and Folktales from Latin America*. New York: Scholastic, [1996].

Whitney, Alex. *Voices in the Wind: Central and South American legends with Introductions to Ancient Civilizations*. New York: D. McKay Co., [1976].

Gifford, Douglas. *Warriors, Gods & Spirits from Central & South American Mythology*. New York: Peter Bedrick Books, [1993].

Samaniego, Felix. *La Serpiente y la Lima, El Perro y El Cocodrilo, Las Moscas* from *Marìa Libro Tercero de Lectura*. Miami, FL: La Moderna Poesia, 1970.

Ortells, Alfredo. *El Maravilloso Mundo de las Fábulas*. Valencia, Spain: Editorial Alfredo Ortells, S.L., 1984.

Fábulas Ediciones Generales, (based on fables by Félix Marìa Samaniego.) Madrid, Spain: Anaya, 1982.

Mistral, Gabriela. *Crickets and Frogs: a Fable*, Trans. By Doris Dana York: Atheneum, 1972.

Dana, Doris. *The Elephant and his Secret*. (Based on a fable by Gabriela Mistral.) New York, Atheneum, 1974.

Barrios Loubriel. *Marta la cucarachita Martinez. cultivemos nuestra idioma*. Madrid, Spain: Cultural Puertorriqueno, Inc., n.d.

Refranes, Jesús María Carrizo. *Frases y modismos: creencias y supersticiones de la región N.O.* Buenos Aires, Argentina: Jesús María Carrizo, 1971.

Bierhorst, John. *The Hungry Woman: Myths and Legends of the Aztecs*. New York: Quill/William Morrow, 1993.

Parish, Helen Rand. *Our Lady of Guadalupe*. New York: Viking Press, 1955.

Lasso de la Vega, Luis. In *Huei tlamahuiçoltica of 1649*. Ed. and trans. by Lisa Sousa, Stafford Poole, James Lockhart. Stanford, CA Stanford University Press, 1998.

Barlow Genevieve. *John, the Silly Boy*. Leyendas Latinoamericanas. Skokie, IL: National Textbook Co, 1974.

Coll y Toste, Cayetano. La casa encantada 1524. In *Leyendas y tradiciones Puertorriqueñas*. Rio de Piedras, Puerto Rico: Editorial Cultural, Inc. 1975.

Martí, José. *The Rose-Colored Slippers*—1853. José Martí, *Major Poems: a Bilingual Edition*. Trans. Elinor Randall. New York: Holmes & Meier Publishers, 1982.

Stone, Idella Purnell. *The Dwarf Who Became King*. In *The Wishing Owl, a Maya Storybook*. New York: Macmillan, 1931.

Keegan, William F. *The People Who Discovered Columbus*. Gainsville, FL: University of Florida Press, 1992.

Jacobs, Francine. *The Tainos: The People Who Welcomed Columbus*. New York: G.P. Putnam's Sons, 1992.

Gómez Acevedo. *Labor y Ballesteros, Manuel Gaibrois Vida y Cultura Precolombinas de Puerto Rico*. Rio de Piedras, Puerto Rico: Editorial Cultural, Inc. 1980.

de las Casas, Bartolomé. *The Devastation of the Indies*. Trans. Herma Briffault. Baltimore, MD: Johns Hopkins University Press, 1974.

Odjik, Pamela. *The Aztecs*, South Melbourne, Australia: Macmillan, 1989.

Steele, Philip. *Aztec News*. Cambridge, MA: Candlewick Press, 1997.

Shepards, Donna Wals. *The Aztecs*. Danbury, CT: Franklin Watts, 1992.

Tutor, Pilar. *Mayan Civilization*. INCAFO S.A. 1988.

Ediciones S.M. & Children's Press Inc. UNESCO, 1993.

Chrisp, Peter. *The Maya*. Thomas Learning, 1994.

Beck, Barbara L. *The Ancient Maya*. Danbury, CT: Franklin Watts Publisher, 1983.

Malpass, Michael Andrew. *Daily Life in the Inca Empire*. CT: Greenwood Press, 1996.

Bákula, Cecilia et al. *The Inca World: The Development of Pre-Columbian Peru, A.D. 1000-1534*. Ed. Laura Laurencich Minelli. Norman, OK: University of Oklahoma Press, n.d.

Stopsky, Fred, *Bartolomé de las Casas and His Crusade for the Rights' of the Indians*. Lowell, MA: Discovery Enterprises, Ltd., 1992.

Friede, Juan, and Benjamin Keen, eds. *Bartolomé de las Casas*. Dekalb, IL: Northern Illinois University Press, 1971.

Wilkes, John. Hernan Cortes' War Against the Aztecs for Control of Their Capital Tenochtitlan In *Hernan Cortes Conquistador in Mexico*. England: Cambridge University Press, 1974.

Arciniegas, Germán. Gonzalo Jiménez de Quesada's Passage Through the Jungles of South America to Columbia In *The Knight of El Dorado: The Tale of Don Gonzalo Jiménez de Quesada and His Conquest of New Granada Now Called Colombia*. New York: Viking, 1942.

Graham, R.B. Pedro de Valdivia, Settler of Chile and prisoner of the Arawakans In *Cunninghame Pedro de Valdivia Conqueror of Chile*. Boston MA: Milford House Inc., 1973.

Tuck, Jay Nelson and Norma Coolen Vergara. Luis Muñoz Rivera and His Crusade for Puerto Rican Autonomy In *Heroes of Puerto Rico*. New York and London: Fleet Press Corporation, 1969.

The Come-back Kid of Mexico's Early Republic. Antonio López de Santa Anna, The Columbian Encyclopedia, 5th ed. P. 32,814. Electronic Collection, Columbia University Press, [1993]. A17490442.

O'Brien, Steven. *Antonio López de Santa Anna*. Broomall, PA: Chelsea House Publishers, 1992.

Clark, Peter J. Antonio López de Santa Anna. In The Harper Encyclopedia of Military Biography, 1992 ed. P. 657. Electronic Collection. A16844223.

Plunket, Irene L, Trans. Isabel of Castile, the Queen who opened the door to Spains' Colonial Empire in the Americas. In *Isabel of Castile & the Making of the Spanish Nation*. New York & London: GP Putnam's & Sons, 1915.

Bowen, David. Columbus and the Crowns. In *History of the Reign of Ferdinand and Isabella*. Ed. William H. Prescott. San Antonio, TX:Corona Publishing Company, 1991.

Liss, Peggy K. *Isabel the Queen*. New York: Oxford Press, 1992.

Ripoll, Carlos. José Martí: A Biography in Photographs and Documents. Coral Gables, FL: Senda Nueva de Ediciones, 1992.

Turton, Peter. *José Martí, Architect of Cuba's Freedom*. London: Zed Books, n.d.

Martí, José, 1853-1895. *La edad de oro*. Buenos Aries: Editorial Nueva Senda, [1972].

Anaya, Rudolfo. *Bless Me, Ultima*. New York: Warner Books, c1972. Used by permission of the Susan Bergholz Literary Agency.

García Márquez, Gabriel. *Chronicle of a Death Foretold*. Trans. Gregory Rabassa. New York: Knopf, 1983. Originally published as *Crónica de una muerte anuncia-da*. (Bogotá, Colombia: Editorial La Oveja Negra, 1981.)

Alegría, Ciro. *Broad and Alien is the World*. Trans. Harriet de Onís. New York, Toronto: Farrar & Rinehart, Incorporated [c1941].

Allende, Isabel.*The House of the Spirits*. Trans. Magda Bogin. New York : Alfred A. Knopf Inc., 1985. Reprinted by permission of Alfred A. Knopf, Inc.